忌《い》館《かん》

ホラー作家の棲む家

三津田信三

講談社

目次

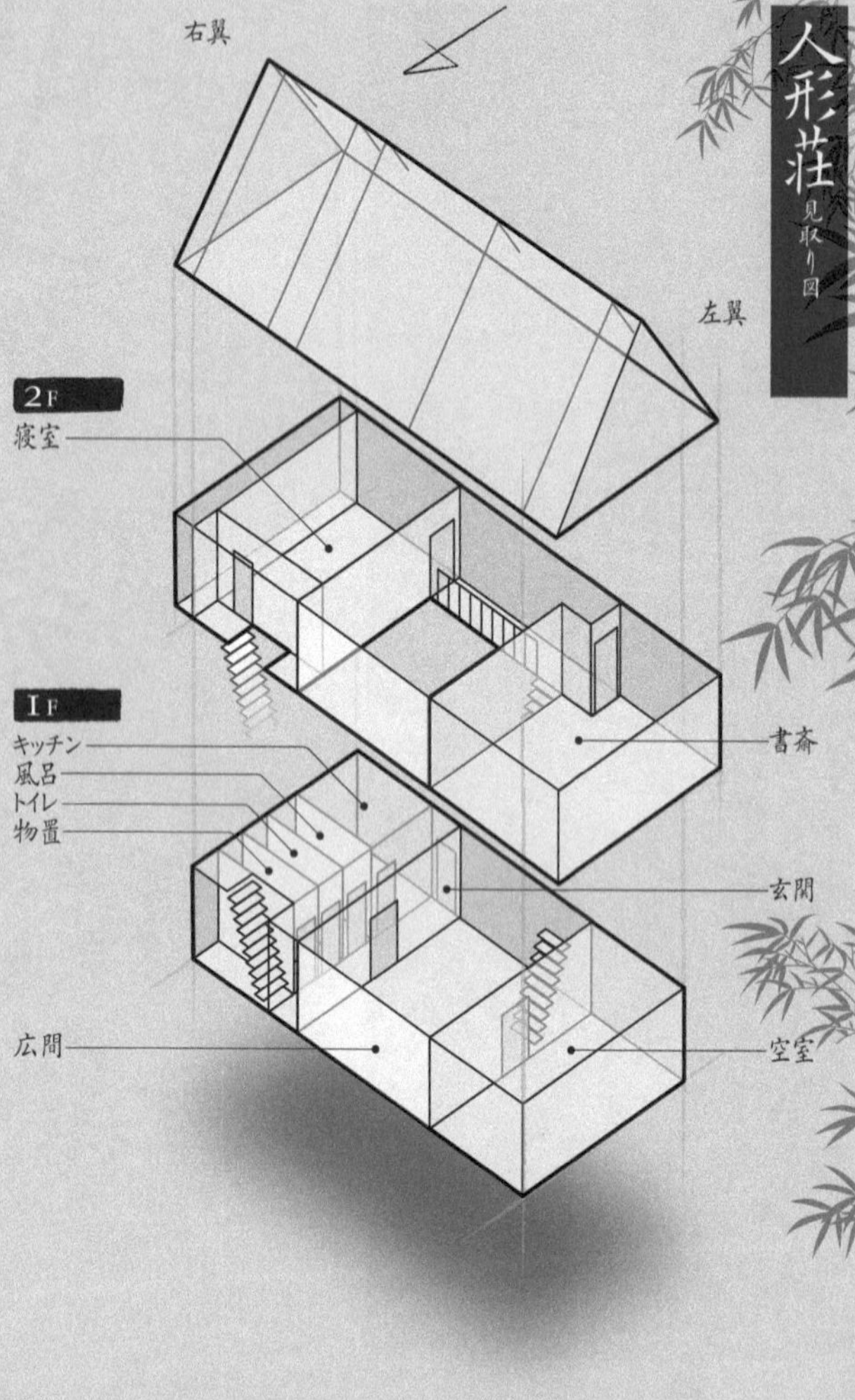
人形荘
見取り図
右翼
左翼
2F
寝室
1F
キッチン
風呂
トイレ
物置
書斎
玄関
広間
空室

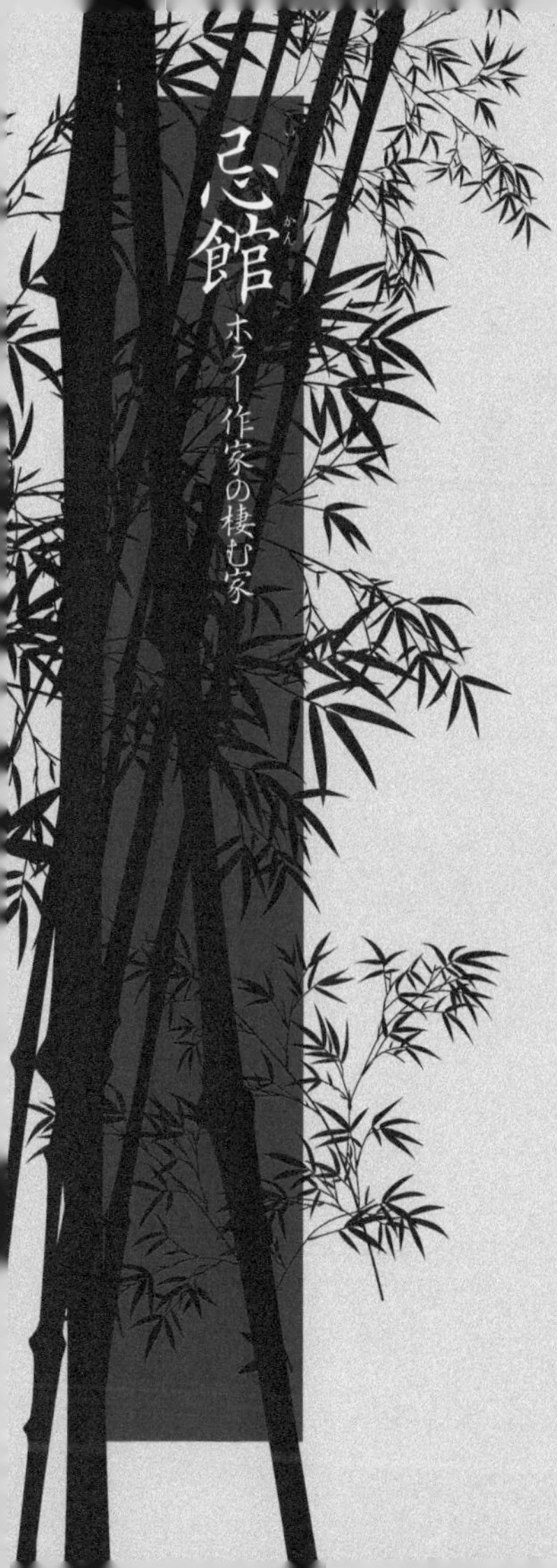

忌《い》館《かん》
ホラー作家の棲む家

父、三津田八幡男と
母、勝子に本書を捧ぐ——

『百物語という名の物語』という私の作品らしい小説が、日本ホラー小説大賞に応募されていると祖父江耕介《そふえこうすけ》に知らされたのは、早くも夏の火照《ほて》りが治まりかけた九月の半ばだった。暑さに弱いため、早々と夏の気配が去ったことを喜びながら、それでもすぐにぶり返しがくるのだろうと、取り留めもない思いに耽《ふけ》っていたある夜、彼からその奇妙な連絡があった。

耕介とは大学の同窓で、共にある文芸部に籍を置いていた仲だったため、卒業後も互いに連絡は取り合っていた。もっとも彼は、卒業と同時に関西から東京へ行ってしまったため、滅多《めった》に会うことはなかったが、私がちょうど二年ほど前に転勤で東京へ出てきてからは、しばしば旧交を温めあっていた。

私は京都と東京に拠点を持つある出版社の編集部に勤務しており、耕介はいわゆるライターの仕事をしていたから、お互いどこかで学生時代の活動を引きずっていたといえる。だからこそ公私で共通の話題が常にあった。彼は学生時代からミステリ系の雑誌に投稿を繰り返し、その少なからぬ量が掲載されていた。大学卒業後も定職には就かず、本人曰《いわ》くミステリ・ライターとして活躍をしていたが、それでもいつしかミステリ研究家として、そこそこの名を成すに至っていた。そんな彼が、最近よく依頼される仕事というのが、ミステリ系の文学賞の下読みだった。

昨今のミステリブームで、各出版社は一般応募による自社の賞を新設しはじめている。長篇の賞と短篇の賞で違いはあるが、だいたい三人から五人の選考委員――その多くはベテラン作家か売れっ子作家――が、応募作を読んで選考するわけだが、一つの賞で集まる作品の数は、少なくても二、三百、多ければ一千作近くになる。

もちろん選考委員が全作品に目を通す時間はないし、その必要もない。なぜなら応募数こそ凄い数字になるが、その中で実際に小説として最低限読める作品、つまり文章上の問題をクリアしている作品はそうそうないからだ。こういうレベルの作品は、出だしの数枚を読めばだいたい分かる。まずこの手の応募作を除外すると、あとには一応小説として読める作品が残る。すると次には、残った作品中、小説として読めるプロットが何作あるかを判断する。ただ文章が上手くても、内容がなければお話にならない。おそらくこの段階で、候補作は数十作から十数作に絞られる。そして最後に、その賞に相応《ふさわ》しい要素を持つ作品を選出する。

当然、このように理路整然と手順を踏むわけではない。また、賞ごとの特徴もあるため一概にはいえない部分もある。特にまったくの新人の場合、文章や構成よりもアイディアそのものが評価される割合の方が大きい傾向がある。しかし、ごく一般的な選考の手順は概《おお》ねこうしたものだ。そして耕介のような人間――いわゆるその分野に通じている読み達者――が、数人掛かりで膨大な応募作の下読みを行い、選考委員がわざわざ目を通す必要のない作品を除いていく。

実際に応募作には、とんでもない作品があるそうだ。小説として読めた文章ではない作品などは、一読で分かるのでまだ楽だという。一番始末に悪いのは、そこそこ書けていて最後まで読まないと判断できない作品らしい。江戸川乱歩賞の下読みをしていたときに当たった作品で、猟奇的な連続殺人を扱った小説があったという。当然、興味の中心は、「なぜ犯人は猟奇的殺人を繰り返すのか」という動機に焦点が当てられる。ところが肝心の動機の説明が、「犯人は気が狂っていたから」で終わり。彼は思わず溜息が出たという。気楽そうに見えて、結構精神的にはきつい仕事かもしれない。それでも、自分が下読みして選考に残した作品が受賞すれば、やはり嬉しいものではあるらしい。

ミステリ系といっても、耕介は怪奇幻想文学にも造詣《ぞうけい》が深かったため、日本ホラー小説大賞の下読みは第一回から依頼されていた。私が興味を覚えることを彼も分かっているので、いつも当たり障りのない程度に応募作のことを話してくれた。ところが今回、自分の担当分として送られてきた原稿の中に、私の名前があったので驚いたのだ。より正確に言うと、登場人物の名前としてだが……。

もっとも私が小説を書いているのは彼も知っており、あまつさえ四、五年前に私の「霧の館《やかた》」という短篇が光文社文庫の『本格推理』に入選したときは、我がことのように喜んでくれた。よって『百物語という名の物語』という作品も、自分に黙って応募したのだろうと思ったらしい。

ちなみに「霧の館」に登場する飛鳥信一郎《あすかしんいちろう》という青年は、奈良の杏羅《あんら》に実在する私と耕介の共通の友人になる。

しかし、仕事は仕事である。

「まさか三津田も、自分の作品が俺に下読みをされるとは思うてもおらんやろう」

そう苦笑いすると同時に、ここは私情を交えずに下読みをしなければと、おかしなことに変に緊張したらしい。

ところが読みはじめてすぐ、妙な感じがしたという。読みながらも何かが気になって仕方がない。心の中に凝《しこり》ができたような感覚があり、読み進むにしたがって、その凝が次第に大きくなっていく。この妙な気持ちは何だろうと思ったとき、この小説は本当に私が書いたものか、という疑問が起こった。学生時代に『紫苑《シオン》』という同人誌を作っていたため、お互い相手の作品はいくつか読んでいる。卒業後は、そういう機会も少なくなったが、創作に対する姿勢や趣味嗜好《しこう》は知り尽くしているといってもよい。だからこそ、ある程度まで読み進んだ段階で、おかしいと悟ったのだ。いかなる理由があれ、下読みをしている者が、その作品について作者に連絡をとるのは拙《まず》い。それは分かっていたと思う。だが、彼も気になって読むことができなかったのだろう。

その夜、電話してきたかと思うと突然、

「応募したんか」

開口一番にそう言われた。もちろん意味が分からなかったので、

「何のことや」

彼と話すときだけ自然と出る関西弁で尋ねた。

「自分の作品を何かの賞に応募したか」

「いや」

このとき彼は、ひょっとすると自分の思い違いで、私は実際に応募しており、それでも照れからしらばくれているのでは……と、まだ心のどこかでは思っていたらしい。

「お前の創作活動に口出しする気はないし、それは分かってくれてると思うけど、本当に覚えはないんか」

しかし、こう言いながらも彼は、自分の間違いに気がついたという。もし実際に私が応募したのなら、この賞の下読みに彼がいることは知っているのだから、どこまでも隠し通すのは不自然であると。

「どうかしたんか」

私の不審がる声に被せて、

「最近、いや今までに怪奇幻想系の小説を書いたことがあるか」

「何があったんか知らんけど、ないよ。これから書こうとしている作品はあるけど」

「そうか、実はな……」

この後、彼の話を聞いた私は文字通り度肝《どぎも》を抜かれたが、同時にとてつもない恐怖を覚えた。

その『百物語という名の物語』という作品の原稿はワープロで書かれており、手書き文字は一切ないらしい。彼が思うに、封筒は見ていないが、おそらく表書きの住所もワープロの文字だろうという。そして、彼が電話口で読み上げた梗概《こうがい》のあとに書かれた氏名、住所、電話番号、略歴も確かに私のものだった。ただ、津口十六人《つぐちいざひと》というペンネームと、一段落分読んでもらった小説の文章には、当然まったく覚えはなかったのだが……。

「いや、疑うわけやないが、もしかしたらお前が応募したのを、あくまでも俺に隠そうとしたんかと思うた。しかし、それが有り得んのが分かった。次に考えたんは、誰かがお前の作品を勝手に応募した可能性や。ところが、お前自身、その手の小説を書いたことがないという。ということは、誰かがお前の名前を騙《かた》って自分の作品を応募してきた、そういうことになる」

「そいつ自身の作品とは限らんぞ」

「盗作した作品を送ってきたと？」

「わざわざ他人の名前を騙って、自分の作品を応募するメリットがあるとは思えんからな」

「盗作ならメリットがあるんか」

「分からん。嫌がらせか」

「お前の文学的名声を落とそうという……」

「皮肉るな」

結局この話は謎のまま放っておくことにした。今の時点で、「私は、そんな作品は応募していません」とは、出版社に言うに言えないからだ。耕介は気味悪がり私の心配をしてくれながらも、一応他の作品と同等の扱いをするといって電話を切った。

興味がないといえば嘘になる。その作品を読みたいとも思う。誰が何のためにこんなことをしたのか知りたい気持ちもあるが、それ以上にその作品の内容が気になるのだ。もし仮に送った本人が書いたものだとしたら、一体どんなプロットが展開しているのか。純粋に同じ小説を書く者として興味があった。

しかも、作中の記述者である〈僕〉が、作者自身である〈三津田信三《みつだしんぞう》〉だというのだ。津口十六人というペンネームを使用しているとはいえ、自分の名前を騙られて応募されただけでも気味が悪いのに、作中の一人称の人物が自分自身だというのだから、尚のこと不気味である。一体これには、どういう意図があるのだろうか。考えれば考えるほど、背中がぞわぞわとしてくる。まるで気ままな一人旅を楽しんでいたはずが、実は誰かの意志によって行き先が決められていることに気づいたような感じだ。そのうえ、そんな行為をする理由が分からない。何とも不条理な恐怖を味わいながら、一方では、この作品に強烈な興味を掻き立てられる。あたかも難解だが魅力的な謎を目の前に突きつけられた探偵のように……。

しかし、私の頭の中のどこかで、「関わるな」という警告の声が微かに聞こえていた。子供のころ「お盆に川へ入ったらあかんで」と、よく祖母に注意された。その言葉が、ふと脳裏を過ぎる。つまり、その小説に関わるということは、お盆に川の中へざぶざぶと入っていくようなものだ、といった意識があるのだろう。私は子供のころ、お盆になると川に入るどころか近寄りさえしなかった。今回も近づこうとは思わない。

だが、この件がまったく私に影響を与えなかったわけではない。関係ないと考えればそれまでだが、これを一つの切っ掛けとして、私は予《かね》てから目をつけていた一軒の西洋館に引っ越し、そこで「忌《い》む家」という小説を書くことになり、そして稜子《りょうこ》と知り合うのだから……。

実は肝心の話は、ここからである。

東京に転勤になったとき、〈地球発見マガジン〉というコンセプトを持つ月刊誌『GEO』の編集に携わっていたため、ゆっくりと住む所を探している暇がなかった。何しろ、ただでさえ忙しい年末進行の号を編集する十一月に、編集部ごと引っ越しをしたのである。部の引っ越しだけでも大変なのに、編集部の各個人の引っ越しも行わねばならない。しかも編集作業を進めながらなのだ。結局、とりあえず編集部の引っ越しを優先させ、各個人は当初の一週間はホテル住まい、その後はウィークリーマンションに入り、マンションの賃貸期間中の一ヵ月の間に住む所を探し、個人の引っ越しを済ませるという段取りになった。

しかし、土地鑑のない東京で年末の慌ただしい中、編集作業を進めながらの部屋探しは、思っている以上に大変だった。それで自分で見つけるよりはと思い、会社に出入りしている不動産屋にお願いしたのだが、私の希望というのが業者に言わせれば結構変だったようである。

奈良という緑の多い田舎で生まれ育っているため、いくら便利であっても都内に住む気はなかった。通勤時間に本が読みたいので、ある程度は電車に乗りたい。駅の近くは嫌で、少なくとも十五分以上は歩く所に限る。当然、周りの雰囲気は田舎じみた場所が望ましい。

それでも、不動産屋は便の良い阿佐ケ谷《あさがや》や荻窪《おぎくぼ》といった地の物件を見せてくれたが、やはりどれも気に入らない。とはいえ年内には引っ越しを済ませておきたかったので、どれかで妥協するしかないかと思っていると、ちょうど武蔵名護池《むさしなごいけ》で良い物件があるという。中央線の三鷹《みたか》を過ぎてから、武蔵何々とか何々小金井とかいう駅名がしばらく続くが、その中に武蔵名護池もあるらしい。

早速そのFコーポという物件を見に行くと、これがすべての条件に合っているではないか。ただコーポの周りは田舎というより住宅街だったが、閑静な雰囲気だったのと、私が入る予定の二階の部屋の窓から、すぐ隣地に広がる梅の木の畑――と不動産屋は言っていた――が見えるのが気に入り、そこに決めた。また、武蔵名護池という地名から、国木田独歩の「武蔵野」や大岡昇平の『武蔵野夫人』のイメージが湧き、何となく惹かれてしまったせいもある。といって、決して両作の内容に共感を覚えていたわけではない。仮に文学作品に影響されて住む所を決めるのであれば、それこそ江戸川乱歩の随筆「浅草趣味」に倣《なら》って浅草に住むか、団子坂《だんござか》の古本屋の二階にでも下宿するか、東栄館でも探しただろう。もっとも小説に描かれた古き浪漫《ロマン》の世界は、既に消え去っているわけだが……。

ところが、同じことが武蔵名護池にもいえた。住みはじめて、また辺りを散策しはじめて気づいたのは、思っていたほど武蔵野の面影がないという現実である。イメージ的には、いわゆる〈武蔵野の雑木林〉が広がって――と想像していたのだが、そんなものはどこにもない。コーポの近所にある理髪店に入ったときも、主人に尋ねてみたが、雑木林などとっくの昔に宅地開発されてしまい、今でもそういう風情が残っているのは玉川上水《たまがわじょうすい》の辺りぐらいだろうという。

それでも諦め切れず、休みの日に気が向けば未練たらしく一年以上も周辺の散策を続けていた。毎週末探し歩くわけではなく、ともすれば二、三ヵ月は何もしない月もある。そんなだらだらとした散策を行っていた、ある日のことだった――その洋館を見つけたのは。

先の記述と少し矛盾するが、この地にまったく武蔵野の自然が残っていないわけではない。散策の途中、気の向くまま脇道に入ると、しばしば小さいながらも楢《なら》や櫟《くぬぎ》の雑木林、または竹林などに出会《でくわ》すことがある。しかし、なかには明らかに私有地と分かる場所もあり、また広さからいっても、なかなか歩いて楽しめるだけの土地は少なかった。かといって、公園や植物園などの管理されている緑地には、どうしても興味が湧かない。

そんな実りの少ない散策を細々と続けていたが、いくつかお気に入りの場所は見つけていた。そのうちの一つが、勝手に〈暗闇坂〉と命名した滄浪泉園《そうろうせんえん》に到る坂道である。滄浪泉園は犬養毅が名づけたという庭園で、明治、大正時代に三井銀行などの役員を務め、外交官や衆議院議員を歴任した波多野承五郎によって利用された別荘だったという。武蔵野特有の〈はけ〉の地形を活かし、その湧水までも巧みに造園に取り込んだ庭園を持つ、武蔵野らしい別荘であったと伝わる。昭和五十年ごろまでは存在していたが、売却される際に家屋は取り壊され、庭も次々と宅地化されてしまい、現在では往時の三分の一が残されているだけだという。今では都の緑地保全地区に指定され、自然緑地として保護されていた。

だが私は、この由緒ある庭園よりも、その地の側を通る〈暗闇坂〉に心惹かれていた。駅の方面から園に赴《おもむ》くと、何の変哲もない道路側から入ることになるが、地元の人が〈坂下〉と呼んでいる段丘の下から辿れば、陰鬱な雰囲気を漂わせた暗闇坂を見上げられる。

ちなみに、この段丘は古代多摩川が南東に流れる過程でつくられたもので、立川《たちかわ》から世田谷《せたがや》まで続いており、地質学上は〈国分寺《こくぶんじ》崖線《がいせん》〉と呼ばれている。面白いことに国分寺崖線そのものが〈はけ〉と呼ばれる一方で、地元の人々は崖線から出る湧水が流れたり溜まったりして、小さな泉のようになっている所こそを〈はけ〉と呼んでいる、という事実がある。いずれにせよ、崖下の砂礫層から湧き出る豊かな水は、まさに〈はけ〉特有のものであり、武蔵野の地形そのものの産物といえた。

肝心の暗闇坂だが、都内だけでもこう呼ばれる坂は何箇所かある。由来の大抵は、坂の両際に鬱蒼《うっそう》と樹木が生い茂り昼なお暗かったためというものだが、その名に惹かれて行ってみると、大方は樹木があった所に家屋が建ち、坂に落ちる影などなく、燦々《さんさん》と陽が照りつけている光景を見ることになる。もっとも名前の由来はそれだけでなく、かつて古墳があり人骨が出たとか、追い剝ぎが出て旅人を惨殺したとか、そういう因縁話も付随している。おそらく、そういった負の伝承が、〈暗闇〉という異世界の名称を坂に与えた理由ともなっているのだろう。

さて、我が暗闇坂はというと、陰惨な伝承はさておき、昼なお暗いという言葉がぴったりと当てはまる、文字通りの暗闇の坂であることは間違いない。ただし距離そのものは短い。坂下から道を辿ると、坂道全体の四分の三までは、極めて健康的な普通の坂である。両側は住宅地で、坂を陰らす樹木の一本とてない。ただ登りはじめると右手に、広い庭を持つ一軒の家の塀がしばらく続き、塀内の竹林が辛うじて暗闇の世界を垣間見せる程度だ。しかし、その塀を過ぎ、もうしばらく明るい坂を辿ると、目の前に暗闇坂がぽっかりと口を開けている。これほど明暗を分けている坂も珍しい。

元来、坂というものは、一つの境として考えられてきたが、そこには坂上と坂下という明確な区別があった。坂はあくまでも明でもなく暗でもない、一方から一方への通過点、灰色であったはずだ。ところが、この坂は見た目のうえで、既に明暗を分けていた。陽の照りつける世界から闇の世界へ、まさに日中から夜へ、逢魔《おうま》が時を経ることなく、この坂は明と暗を同時に合わせ持っていたのである。

幼いころから不思議で仕方なかったのが、夕暮れだった。子供心にも、日中と比べて陽の光が段々と弱くなっていき、太陽が西の彼方に傾いていくのは分かったが、それでも明るさはあった。子供にとって、明るさがある間は遊びの時間だった。まだ夜ではない、という意識があった。まだ遊んでいられる、という判断があった。ところが、そう安心していて、ふと気づくと辺りはもう夜だった。

そんな馬鹿な、確かについさっきまで微かでも陽の光があったのに……。

いつも狐狸《こり》に化かされたような気になったものだ。何度も何度も、夜になる瞬間をこの目で見ようとした。しかし、いつもふと気づくともう夜になっていた。後年、逢魔が時という言葉とその意味を知ったが、そのとき真っ先に思ったことは、何かが人に、この世が夜になる瞬間を見せないようにしているのでは、という疑いだった。なぜか理由は分からない。しかし、その何かは人が気づく前のほんの一瞬に、この世を夜に変えてしまうのだ。

はじめて暗闇坂を登ったとき、そんな幼いころの記憶が蘇《よみがえ》った。ある意味、この坂が長年の疑問に答えてくれたような気がした。以来、この坂の昼と夜の境目を通るたびに、何か厳粛で荘厳な通過儀礼を行っている感じを受ける。

境目を過ぎると、文字通り目の前が真っ暗になる。単に明るい所から暗い所に入ったために起こる現象ながら、それが屋外で起こったという事実に違和感を覚え、本当に異界へと足を踏み入れたような気分を味わう。しかも、目が慣れてくるにしたがって見えるものは、両脇から覆い被さるように坂を包む、単なる樹木だけではない。まるで天空の魔人が巨大な手で——いや巨大な人さし指で——南北に段丘を細長く抉《えぐ》り取りでもしたかのように、両側には赤裸々なほどの地肌が露出しており、高い壁となって坂を包み込んでいるのだ。つまり坂の夜の部分は、崖線の中を通っている隧道《ずいどう》のようなものといえる。天井の代わりに鬱蒼たる樹木が天を覆っている、何とも奇妙な隧道なのだ。

壁面の地肌には樹木の巨大な根が浮び上がり、極めてグロテスクである。砂礫層ながら風雨による土砂崩れの痕跡が見られないのは、おそらく天井代わりの樹木が雨や風から壁面を守っているのと、地中に強く張られたしっかりとした根っこのお蔭なのだろう。

私はしばし、この陰鬱として醜悪な、どこか荒涼感の漂う風景を、ぼうっと見つめながら佇《たたず》むことがある。荒れながらも瑞々《みずみず》しさを湛《たた》えた地肌を見ていると、人の営みなどすべて飲み込むだけの包容力を持っているように感じられる。そして、その養分が、やがて美しい〈はけの湧水〉として生まれ変わる光景まで目にできるような気になる——。これで、一篇の怪奇小説が書けるかもしれない。乱歩の「怪談入門」の分類で見るなら、いわゆる植物怪談である。

実は春ごろから、この散策を頻繁に行うようになったのも、百枚程のホラー小説を書くためだった。

関西で発行されている同人誌に『迷宮草子《めいきゅうぞうし》』という新書判の冊子がある。同人誌で新書サイズというのも珍しいが、冊子といっても立派な頁数を誇り、同人誌といっても大型書店には配本され、なまじの文芸誌よりは部数が出ているといわれている怪奇幻想系の専門誌だった。当初は季刊で年に四冊発行されていたが、刊行月にばらつきがあり、時にはいきなり増刊号なども出していた。まったく商売を度外視しているとしか思えないが、噂では採算のとれる号も結構あるという。そのうち本誌も増刊も区別がつかなくなってきたのか、いつの間にか隔月刊になっていた。

私も、たまたま書店で目に留めてから、自分の好きな特集——例えば英国怪奇小説や幽霊屋敷小説、またリドル・ストーリーなどといったテーマもの。それに江戸川乱歩やスティーヴン・キングといった作家ものである——は気をつけて購入するようにしていた。それが、いつしか毎号買うようになっていた。

ただ最初の関わりは、あくまでも一愛読者だった。読者欄に投稿する趣味もなかったため、特集に関わるアンケートなどに時折は回答した以外は、もっぱら読者として読む楽しみを味わっていた。

　ところが、そのうち『GEO』で、「ロンドン・ミステリー・ツアー」や「ヨーロッパ・ゴースト・ツアー」という特集を企画編集するようになった。浪人時代と学生時代、それに社会人になって一度、イギリスには旅行しており、それなりのミステリー・スポットを巡っていたため、いつかは企画したいと思っていた特集である。その完成後、少し迷いはしたものの一部を『迷宮草子』の発行元に送ったところ、丁寧な礼状が届いた。問題は、その礼状が執筆依頼状でもあったことだ。自分が編集した書籍のやり取りは出版界ではよくある献本であり、それ自体は別に珍しくない。が、いかにその編集者がミステリー系の特集に関心がありそうだからといって、執筆依頼まではは普通しない。ただし今回、問題は私の側にあった。

　先述したように、拙作「霧の館」が光文社文庫の『本格推理』に掲載されているのだが、それを『迷宮草子』の発行人が読んでいたらしい。「霧の館」に目を通していただければ分かるのだが、実は本作には『迷宮草子』という同人誌が出てくる。もちろん本物の『迷宮草子』から頂戴した名前である。本物の発行人は「おや？」と思ったのだろう。しかも私は本名で本作を書いていた。本名でありながら〈三津田信三〉というのは、どこでも見かけるような名前ではない。結局、発行人の記憶の片隅に残っていた私の名前が、月刊誌を送ってきた編集者の名前と結びついたわけだ。

　しかも『本格推理』に掲載されながら「霧の館」は、編集長の鮎川哲也氏の解説の言葉を借りれば、《夕暮れどき、森のなかで道を見失った青年が宏壮《こうそう》な建物にゆき当り、一夜の宿を乞う。館には美しい娘がいて、人恋しいのであろうか歓待してくれる。その辺まではドイツ浪漫派の小説を思わせるが、夜が更けるにつれて若者の周囲は徐々に妖気につつまれてくる。》といった内容の怪奇幻想小説系の匂いも合わせ持った作品である。

「こいつに何か怪奇小説の一つでも書かしてみたら面白いかもしれない」と、発行人が思ったかどうかは知らないが、今年の春前に執筆を打診する手紙が送られてきた。

　あれは春一番が吹いたというニュースを新聞で読んだ日の夜だった。深夜に帰宅すると、一通の封書が届いていた。それも大判で何か書籍のようなものが入っている。差出人を見ると奈良県杏羅市の真如寺《しんにょじ》の天山天海《てんざんてんかい》とある。坊主の知り合いは何人かいるが故郷にはいないぞ、と不審に思いながら封を切ると『迷宮草子』の最新号が出てきた。同封された手紙を読むと、月刊誌送付のお礼と『本格推理』に掲載された「霧の館」の作者ではないかというお尋ね、それにもしそうなら来年の刊行分に怪奇小説の連載をしてみませんかという依頼の言葉が書かれていた。そういえば、『迷宮草子』の発起人の一人に寺の副住職がいたなと気づいたのは、手紙をほとんど読み終わろうとしているときだった。

すぐに返信を認《したた》めた。申し出は大変嬉しいが自分は当然プロの作家ではないこと、「霧の館」は確かに幻想系の作品ではあるが、その骨格は本格物であること、また連載などというものには到底対処できないこと、などである。しかし、それに対する返信もすぐに届いた。基本的にうちは同人誌なので、プロ作家でないことは何の問題もない。連載といっても隔月刊のうえ、まだまだ時間はある。また、確かに「霧の館」はミステリだが、あの雰囲気を醸《かも》し出せるのであれば、きっと怪奇幻想系の小説も書けますよ、と励ましまでいただいてしまった。これではどちらがプロの編集者か分からない。案外、編集者という人種は自分が依頼される側に回ると弱いものなのかもしれないと、このとき自嘲気味に思ったのを覚えている。

そこで「霧の館」以外の作品、それも本格ミステリではない「娯楽としての殺人」と「葉隠《はぐれ》の夜語《よがた》り」という二作品を読んで判断してもらうことにした。耕介の電話では、ついホラー系は書いたことがないといったが、実は短篇では何作か書いたものがあったのだ。

今度は一週間程してから返事がきて、まず年内の号に「葉隠の夜語り」を掲載したい、そしてそのうえで、こちらとしては一年間の連載が欲しいという旨《むね》の内容が記してあり、とうとう来年の四月号から連載で怪奇小説を書くことになってしまった。向こうの注文は、できればオーソドックスな怪奇小説を頼みたいということで、暗にモダンホラーやSFホラー、まして鬼畜系のホラーは避けてほしい感じだった。

この段階で確固たるプロットを持っていたわけでも、連載小説を書ける自信があったわけでもない。ただ漠然とだが、散策によって西洋館か家屋の廃墟でも見つけられれば、それにインスピレーションを得て、古典的な幽霊屋敷小説が書けるかもしれないという思いがあった。それと今年の秋ごろには、『GEO』の編集から書籍の編集へ移ろうかと考えていたためである。

月刊誌を離れようと思ったのは、会社の方針によるリニューアルが行われそうで、私のその編集方針に賛同できなかったからだ。後にこのリニューアル案は具体化し、私の異動も認められることになる。このことが、なぜ怪奇小説の連載と関係があるかといえば、同じ編集の仕事でもやはり月刊誌の仕事は時間的にきつく、とても連載小説など書けそうにないが、書籍の編集ならまだ大丈夫だろうと過去の経験から読めたからである。少なくとも徹夜することは、そうそうないはずだから、何とか執筆の時間を捻《ひね》り出せると判断していた。

天山天海の依頼状に記された原稿枚数と連載期間は、一回につき二、三十枚の六回から十回連載という、極めていい加減なものだった。ただし枚数規定や連載回数はあってないようなものらしく、大幅な枚数オーバーや連載の延長はむしろ歓迎されるようで、とにかく中篇と呼べる分量の読み応えのある小説を望んでいることが分かった。もっとも「文学の極意は怪談にあり」という有名な佐藤春夫の言葉――この場合の怪談とは短篇だと私は勝手に解釈している――を持ち出すまでもなく、怪奇幻想小説というのは短篇に限ると私も思っていたから、この依頼は素人作家には荷が勝ちすぎた。しかし逆にいうと、優れた怪奇小説の短篇を書くためには、プロットは元より文章力をはじめ相当の技量がいることも事実であるため、ここは自分に都合の良いように解釈させてもらうつもりだった。

この連載の件により、武蔵野の散策がより一層興味深いものになったことは言うまでもない。が、仮に洋館や廃墟が見つけられなくても、別に幽霊屋敷小説が書けないわけではなかった。要は切っ掛けである。私の中ではなぜか、そういった家屋を見つけさえすれば、一目それを眺めさえすれば、すっと執筆に入れそうな気がしていただけである。

そんな気持ちになった理由を無理に挙げれば、おそらくある映画の記憶によると思う。とはいっても実際は、まったく何も覚えていないに等しい。いつ、どこで見たのか、それこそ一切が記憶にない。映画館で観賞したのか、テレビで目にしたのかも分からない。いつ見たのか覚えていないくらいだから、子供のときだと思うのだが、その一方でホラー映画にどっぷり浸かっていた学生時代に、半ば寝ながら見た深夜映画だったかもしれない、という思いもある。とにかく、洋画だったのか邦画だったのかさえ曖昧なのだ。

記憶にある風景は外国のもので、出てくる建物も明らかに洋館なのだが、その中を幽鬼の如く彷徨《さまよ》う少年は日本人だったように思う。覚えているのは、荒涼とした風景と一軒の洋館、その館の中をゆっくりと歩く少年の姿……。やがて、少年が洋館の中の部屋の扉を開けるのだが――、その先が分からない。とてつもなく怖いものを見た、という思いだけは残っている。だが、少年が目にしたものが何だったのか、まったく覚えていない。

似たような記憶は他の人にもあるようで、ある作家のエッセイを読んでいて同じような事例に出会ったことがある。その人が覚えているのは、一軒の家の屋根裏に、ひとりの女性が階段を上がって行くシーンらしい。ただ、一体その屋根裏に何があったのか、すっかり忘れている。それでも、とても怖いものがあったことだけは確かだという。こういった記憶は、他人にとっては何の意味もないが、当人にとっては結構気になるもので、いつまでも引きずってしまう。

この文章を読んだとき私は、この作家が見た映画は「太陽の爪あと」ではないかと思った。実際はオーガスト・ダーレスが書いた小説をラヴクラフト原作として映画化した作品だったと思うが、確か同じようなシーンがあったはずである。教えてあげられれば良いのだが、肝心の当人が誰だったか今度はこちらの記憶がないのだから、それも叶《かな》わない。

実は私もこれまで折にふれ、この「ある映画の記憶」を人に話してきた。しかし、今まで誰ひとりとして「それは、あの映画だろう」と言ってはくれない。今回の洋館探しも、もしかすると雰囲気のある西洋館を見つけることにより、映画の中で少年が見た「とてつもなく怖いもの」を思い出さないかという淡い期待と、それがそっくり幽霊屋敷小説のヒントにならないかという一石二鳥の目論見もあった。もっとも、ある時期まで探してみて見つからなければ、小説に関してはきっと別のアプローチを考えていただろう。

ところが、灯台もと暗しとはよくいったもので、その〈幽霊屋敷〉は暗闇坂のすぐ側にあったのだ。

夏の時期は、さすがに散策の回数もめっきり減った。また、そのころは異動前に企画した「イタリア・ショッキング・ツアー」や「ヨーロッパ仰天博物館ツアー」と銘打った特集の編集にも追われており、のんびりと洋館探しをできるような状態でもなかった。それが秋になり、ほぼ異動も決まり、気候的にも時間的にもちょうど良い時期になったので、また散策を再開していた。

これには、天山天海から送られてきた「葉隠の夜語り」の掲載された『迷宮草子』——嬉しいことに「英国古典怪奇小説未訳傑作集」の号だった——も切っ掛けとなった。奥付の前に設けられた筆者紹介の頁で、私の略歴と共に、来春より「化物屋敷」という怪奇小説の連載予定があることが謳われていたのである。それを読んだ瞬間、プレッシャーを感じなかったといえば嘘になる。同人誌とはいえ、途中で書けなくなったら大事だという思いがどうしても頭を過《よぎ》る。大変おこがましい例えになるが、乱歩がかつて『新青年』で新作「悪霊」の予告を何度も出されて、遂に書きはじめたのはよいが結局は中絶してしまったエピソードが、不吉にも思い出された。もっとも乱歩が感じたプレッシャーは、当然こんなものではなく、何倍も何十倍も強烈だったに違いないが……。

ちなみに、その号の内容は左記の通りである。

『迷宮草子』一九九七年十月号＊＊＊目次

そんなある日、久し振りに暗闇坂を訪れてみた。実は何度も足を運びながら、滄浪泉園には一度も入ったことがなかった。それまで敬遠していたのは、別荘屋敷は既に取り壊され現存していないと聞いていたからで、特に整備された緑地だけを見たいとも思わなかったからだ。ところが一歩園内に足を踏み入れたとたん、そんな自分の考えが間違っていたことを悟った。

門を入ると落葉に埋め尽くされた横幅のある石畳の道が、緩やかな下りの勾配《こうばい》を見せながら伸び、急角度で左手に曲がっている。何ら誇張した表現ではなく、しばし私は呆然と佇み、その風景に酔っていた。いや、実際は目の前の眺めに陶酔していたというより、曲がって見えない道の先に存在するであろう、空想風景を思い描くことに酔っていたのである。それほど叙情性にあふれ、物語のはじまりを予感させる場の気配が、そこには漂っていた。おそらく、かつて別荘として使用されていたころ、はじめて訪れた人々は多かれ少なかれ、門から望む風景の中に、これからの別荘生活を予感させる何かをきっと感じ取ったはずである。この眺めが意図されたものであったとすれば、まさに玄関口に相応しい演出ではないか。

そのまま石畳を下っていくと、やがて園の案内板が現れる。左手に休憩所がある他は、二本の細い道が樹林内に消えているのが見える。どちらの道をとっても、園内にある池の周囲を一周でき、もう一方の道から案内板の地点にまで戻れるようになっている。道は土道で、勾配のある九十九折《つづらおり》である。要所ごとに石灯籠《いしどうろう》が配され、馬頭観音や地蔵菩薩が祀られており、何箇所かで〈はけの湧水〉を見ることもできる。池は別荘庭園内にあるとは思えないほど、どんよりと濁っており、沼といった方がよいかもしれない。実際、土道を下りて鬱蒼たる樹林の中に飲み込まれ、層を成す腐葉土を踏み締めながら歩いていると、満足に陽の光を見ることもできない。そのため徐々に陰鬱な気分に囚われるようになる。もっともよく探せば、メジロやキジバトといった野鳥、ニリンソウやギンランといった野草を観察することもできるらしい。だが、この圧倒的な薄闇の世界では、それらも掠《かす》れてしまうに違いない。

　思わぬ場所の発見に嬉しくなって、私はゆっくりと池の縁を巡りながら、ぼんやりと小説の構想を練るともなしに考えはじめた。道はときおり枝道になっていたが、そのほとんどは行き止まりで、竹を線路の遮断機のように渡して人の進入を防いでいる。かつては、四阿《あずまや》や何かの小屋にでも続いた道なのだろう。それが取り壊されたか、園内の散策道から外されて道そのものが朽ちてしまったかして、今では通行禁止になっているものと思われる。個人的には、こういった道こそ好きなのだが、決まりを破る気は毛頭ないうえ、それが自然破壊にも繋がるのが分かるため、竹の遮断棒の前で、その奥を覗き込む行為だけに留めておいた。

　ところが、そうやって覗き込んでいた枝道の何番目だったろうか。ふと目に留まるものがあった。生い茂った笹に埋もれた道の向こうには、見事な竹林があったのだが、その竹と竹の間に建物らしきものが——それも洋館らしきものが——見え隠れしている。まだかなり距離があるので、はっきりと見てとることはできないが、明らかに日本家屋とは異質な建造物である。取り壊されていない別荘の一部があったのか、とも思ったが、入口でもらったパンフレットには別荘が現存しない旨が明記されている。園内の地図を見ても、その枝道の先には何も記されていない。

こうなっては、もう好奇心を抑えることができない。私は迷わず竹の境界線をまたぎ、道を覆い隠している笹の草叢《くさむら》の中へ足を踏み入れていた。ざぁ、ざぁ、と水の中を歩くように笹の海を進むと、やがて杉の木立が行く手に現れ、さらに進むと竹林に行き着いた。しかし、ちょうど竹林がはじまる辺りには木の杭が打たれ、杭と杭の間には鉄条網が張られている。杭そのものはほとんど腐っており、鉄条網も錆びて、もはや柵としての役目を果たしていないように見えたが、かといって通り抜けられるだけの空間は開いていない。とっさに杭に手をかけたが、その瞬間はっと悟った。ここで仕切られているということは、この先が園外だからではないか。つまりあの洋館は、滄浪泉園とはまったく関係のない建物なのかもしれない。しかし、この近所に、あのような家屋があっただろうか……。

ともすれば笹に足を捕られながらも、私は足早にその場を離れると園内の道を門まで引き返し、半ば駆けるように暗闇坂を下った。

最初はすぐに分かると思っていた。が、探しても探しても洋館への道はなかなか見つからない。竹林を目印に、おおよそ場所の当たりはつけているのだが、該当すると思われる所に行こうとすると、住宅が建っていて行けない。その家の横に回ろうとしても隣家があって、やはり進めない。目の前に城があるのに、城下町に迷い込んでなかなか城に辿り着けないような気分である。城下町が戦略的に造られた町であったのと同じく、この辺りの住宅地が迷路めいた造りになっているわけがない。第一あの洋館は城でも何でもないのだから……。

ひとまず園に戻って、やっぱり柵を越えようかと思った。しかし、門の詰め所には管理人がいる。先程出たばかりなのに、また入園するのは不自然だろう。それに大して入園者がいないため、管理人は私がいつまでも出てこなかったら不審に思うに違いない。一番良いのは日を改めて、あの柵を越えて洋館まで行き、そこから一般道に出る道を確認した上でまた園内に戻り、門から帰るという手順である。極めて面倒ではあるがやむを得ない。

竹の向こうに見え隠れする洋館を見つけたときの興奮が、まだ熾火《おきび》のように胸の中で燻《くすぶ》っていたが、その日は諦めて帰ることにした。とにかく探していたような建物が見つかったことを喜ぼうと思った。

そうしてコーポの近くまで来たが、ふと例えで思いついた城下町のことが浮かんだ。城下町は敵が攻めて来たとき、すぐに城には近づけないように、わざと道を曲げて迷路のように造られているのが特徴である。普通なら直線で五十メートル行けば済む道を、わざと百メートル歩かないと行けないようにしているわけだ。ひょっとすると、あの洋館も同じなのかもしれない。もちろん意図的にしたわけではないだろう。園がある関係で、新興住宅地によくある区画整理された整然さが、この辺りにはない。つまり洋館よりもあとから、それもまったく個別に建てられた住宅が、結果的に洋館を覆い隠してしまったのだとしたら……。

あまりにも直接的に、洋館への道を探し過ぎたのかもしれない。その印象から立派な入口や、それなりの門構えを無意識に求めていたのだ。だが、もしかすると洋館に通じる道は、住宅と住宅の間の思いもよらぬ空間にあるのではないか。

そう考えた瞬間、一本の道が鮮明に頭に浮かんだ。それは二階建てのアパートと民家の間を通る細い道だった。道はちょうどアパートの建物が途切れる辺りまでは舗装されているが、先の民家の前に行くと砂利道となり、さらに進んで国分寺崖線に当たる坂に差し掛かると土道に変化する。砂利道辺りから道の両側を樹木が覆いはじめ、土道になると山の中かと思うような風景になる。私はこの道が好きで、坂下から駅の方面に行くときには、いつも利用していた。もっとも雨が降った日などは土道が泥濘《ぬか》るみとても歩けた状態ではない。そのうえ夜ともなると二本だけ点《とも》る電灯の明りが妙に不気味で、怖がりの人は絶対に通れない雰囲気があるため、万人に勧められる道ではない。言わば、もう一つの暗闇坂といえる。

　小さな暗闇坂の左手は、砂利道沿いの家を除けば杉の林になっており、それが登り坂辺りから竹林に変わる。右手には敷地の広い民家が一軒あるのだが、道沿いには垣根が張り巡らされ、庭内には鬱蒼たる樹木が茂っているため、道の側に家があるという雰囲気はない。

　その坂の途中に、ちょうど竹林がはじまる前に、左手へ曲がる一本の道があったのを思い出した。そんな道なら、とっくの昔に私が足を踏み入れていそうなものだが、少し覗いた限りでは私有地のように思えたので、これまで除外していた。しかし、こういう状況になると、あの小道が極めて怪しいではないか。私は部屋には帰らずに、そのままもう一つの暗闇坂へ向うことにした。

　問題の小道を入ると、すぐに二メートル位の樹木に囲まれた。コーポの窓から見える梅の木に似ていたが、本当にそうなのかは分からない。ただ、どこか人工的に植えられたように見えるため、やはりここは植林された土地なのだろう。

　最初は他人の家に勝手に上がり込んでいる後ろめたさがあったが、さらに奥へと続く小道を見つけてからは、開き直ったかのごとく進んだ。かなり歩いた感じがしたころ、正体不明の林が終わり竹林が現れた。そこから先は道を歩いているというよりは、単に竹と竹の間を辿っている案配だったが、その向こうには間違いなく例の洋館が見え隠れしていた。

ようやく竹林を抜けると、そこは洋館の裏手だった。

家を一周するようにして正面に回り込む。側面に来たとき、滄浪泉園の柵越しに見たのが、この方向だったことに気づく。家の正面に出ると、荒れ果てた庭と小道が目についた。小道は門まで続いていたが、そこは完全に閉ざされていた。小さいながら瀟洒《しょうしゃ》な造りの鉄製の門には、針金が何重にも巻かれたうえ、外側から板が×印に渡されている。また門のすぐ外には細い道が通っていたが、すぐ左右に背の高い生け垣と板塀があり、各々の内側には家が建っている様子だった。おまけに小道の先は、自然に繁茂したらしい右手の生け垣に半ば塞がれている。

つまりこの洋館は、完全に住宅街の中に埋没させられていたのだ。これではどれほど探そうが見つかるわけがない。まだ都内に点在する、四方を高層ビルに囲まれた社や塚を探す方が簡単である。謎は解けたものの、さらなる疑問が浮かぶ。

なぜこんなことをしたのだろう……？

廃屋らしき家屋は、この辺りにも何軒かある。だが、同じ状態に置かれている家など見たことがない。まるでこの家そのものを閉じ込めるように、まるで家ごと封印するかのごとく、家で家を隠している。

いつしか私は門の前で腕を組み、考え込んでいた。と、何か違和感を覚えた。なんだろうと思って辺りを見回すが、特に目につくものはない。あらためて門に目をやる。腰を屈《かが》めてよく見ると、細かい部分にまで装飾がなされ、いかにも凝った造りがなされている。でも、特におかしなところは見当たらない。

気の迷いかと顔を上げ、ぼんやりと生け垣に目を走らせたとき——目が見えた。生け垣のびっしりと詰まった葉っぱの中に、まるで小さな生き物のように見開かれた二つの目があった。

それを認めた瞬間、ヒッと詰まったような声が漏れ、次いでゾッと身震いがきた。ほんの数秒、生け垣の目はその眼球を大きく見開いたまま、私をじっと見ていたが、すぐにスウッと葉っぱの奥に消えた。

「な、何だ……」

無意識に声が出ていた。声を出すことによって、自分を少し落ち着かせようとしたのかもしれない。もう一度しげしげ——しかし怖々——と生け垣を見回してみたが、あの目はどこにもない。

いや、気のせいではなかった。確かに目があった。人間の目が……。

もやもやとした不安感を胸に残しながらも、私は門を離れた。

一体何なのか——誰なのか——分からない以上どうしようもない。ただ、薄気味悪さだけが残る。

しかし、そんな私の不安も、門から家に近づくにしたがい薄れていった。結局、家そのものに向けられた関心が、その不安感を上回ってしまったのだ。

なぜなら、目の前にある洋館というのが——

『迷宮草子』一九九八年四月号連載より

忌む家　第一回　三津田信三

「木の家じゃないか……」

両親と姉のあとから門を入った言人《ことひと》は、そう呟《つぶや》いた。

「いいじゃない、洋風の家には違いないんだから」

姉の涼《りょう》は引っ越しが決って以来続いている御機嫌な口調で、彼の失望感が滲《にじ》む言葉を即座に打ち消す。

「それに小さいよ……」

それでも言人は、弱々しい声でつけ足した。

東雲《しののめ》家が杏羅で住んでいた、奈良や京都に特有の間口が狭く奥に細長い木造平屋の家屋を、姉は毛嫌いしていた。だから、彼女の反応は理解できた。

大手建設会社に勤める父の仕事の都合で東京に引っ越す、それも洋風の家に引っ越すと決まってから、とにかく姉は機嫌がいい。関西には約二年半住んだことになるが、どうやら姉は馴染むことができなかったようで、元々生まれ育った東京に帰れるのが嬉しくてたまらないらしい。この春から中学生になるため、ちょうど良い句切りになると思っているのだろう。

しかし言人は、まだ小学校をようやく半分終わったところだ。小学一年生の夏休みに転校し心細い思いをした彼も、四年生になろうとしている今では、すっかり学校に溶け込んでいた。それに彼は関西を、というより奈良を、また杏羅の地を気に入っていた。

気象台の禿山、御陵の秘密基地、粘土山の穴蔵などの遊び場や、角のたこ焼き屋、頭巾《ずきん》婆ちゃんの駄菓子屋、質屋の隣の当て物屋などの店、そして何より穂紗《ほさ》小学校の友達——清人《きよひと》と和人《かずひと》。彼らと別れるのが一番嫌だった。

三人とも名前に人という漢字が一文字入り、仮名にすると四文字になるという他愛ない偶然が、親交を深める切っ掛けだった。ところが仲よくなるにしたがい、そんな偶然も何か運命的な力が働いたんだという確信に変わっていった。

もっとも、和人がお祖父ちゃんの本棚から黙って持ち出してきた『姓名判断入門』という本を三人で見ても何も分からず、姉には「ばっかじゃないの！　ただの偶然に決まってるじゃない」と言われたけれど。

そんな言人にとって唯一の慰めは、引っ越す家が洋館らしいということだった。姉と違って杏羅の家は大好きだったが、洋館に暮らせるのなら夏休みに清人と和人を呼んで、家の中を探検できると思ったのだ。

この考えは二人も大いに気に入り、最終的には見取図を完成させて、どこかに宝物を埋めようという話にまとまった。引っ越しが決ってから沈みがちだった三人も、この計画を思いついてからは少し元気になった。

それなのに……。

「言人ちゃん、こっちに来なさい。そんな所に立っていたら、引っ越し屋さんの邪魔になるでしょ」

母親が玄関から、まだ門の前に佇《たたず》んでいる彼を呼んだ。

今日のために着せられた慣れない他所《よそゆ》行きの服の下で、言人は身体をぎこちなく動かし門から離れた。

引っ越しをするのに、こんな窮屈な服を着る必要がないと抵抗したのだが、「お父さんの会社の人が手伝いに見えるのだから、変な格好はできません」と無理やり着せられたのだ。

でも、そんなことはどうでもいい。問題はこの家だ。こんなの洋館でもなんでもないじゃないか……。

　言人にとって洋館とは、テレビで見た映画「吸血鬼ドラキュラ」に出てくる古城のような建物であり、清人と和人の三人で見に行った再上映映画「名探偵登場」で世界を代表する六人の名探偵が招かれる屋敷のような家だった。

　言人とて、いくらなんでも引っ越し先が西洋の城だとは思っていなかった。だが、少なくとも石造りや煉瓦《れんが》造りの館のような、そんな建造物を思い描いていた。

　ところが、目の前に現れたのは、二階建てとはいえ木造の家ではないか。しかも、木の柱が白色の壁から浮き上がっているうえ、斜めに傾いているのだ。

　姉の涼は「可愛い！　素敵な装飾よね」と、着いてからはしゃぎ通しだが、どっしりとした西洋館をイメージしていた言人にとって、この家はまるで「ヘンゼルとグレーテル」の童話に出てくるお菓子の家のような、変に甘っちょろい感じがして好きになれない。

　半ば不貞腐《ふてくさ》れながら庭に佇んでいる間にも、引っ越し会社の社員が次々と段ボール箱を門から玄関脇に運んでいる。しばらくすると父の会社の人たちが到着し、言人は再び母に呼ばれて姉の横に並び挨拶をさせられた。

　両親は会社の人を交じえ、引っ越し屋と家具などを運び入れる段取りを打ち合わせると、動きやすい服に着替えるため家の中へと入っていった。

ただし母は、すぐ玄関から半身を出して、

「言人ちゃんも、早く着替えなさい」

相変わらず突っ立っている彼に声を掛けた。

だったら最初から、他所行きの服なんか着なければいいのに……。

最近、どうも両親の言うことが、すべて正しいわけではないと思いはじめていた。

それを清人に愚痴ると、「当たり前やろ。大人はな、本音と建前を使い分けるんや。

お前、この齢になってやっとそんなことに気づいたんか」と呆れられた。

「やれやれ……」

大人びた溜息をひとつつき、玄関へと向かう。

門から家までは、充分に庭と呼べるだけの広さがあった。青々と葉を繁らせた樹木が疎《まば》らに植えられているだけなので、遊ぶ場所には困りそうもない。

春の麗《うら》らかな木漏れ日を受けて、庭から家へと歩く。杏羅からここまで六時間ほど電車や新幹線に乗ってきた疲れが、気持ちの良い日の光のお蔭で、少しではあるが薄れてゆくような気がする。

言人は目を細めて樹木を仰ぎながら、そんなに悪くないかもしれないな、という気持ちになっていた。とにかく家を見ることにしよう。イメージと違うとはいえ、一応西洋の家なのだから、意外に面白いかもしれない。

玄関へ入らずに、そのまま裏手へ回り込む。家の周囲は雑木林に囲まれており、隣家は見当たらない。何よりも森や山という冒険の舞台になりそうな場所を好む言人にとって、この環境は決して悪くなかった。

ゆっくりと裏手へ回りながら、家を見上げる。二階部分が一階よりも出っ張っていて、つくづく変な家だと思う。よく見ると壁も平な板を並べたものではなく、魚の鱗のように段重ねになっている。こういうのを装飾的というのだろうか。

和人なら、「それは何々様式で、何年ごろ、どこそこで流行ったものだ」と、きっと説明するだろう。あいつは小学生とは思えないような、妙な知識をよく口にする。しかし、和人に蘊蓄《うんちく》を垂れてもらわなくても、言人は少しこの家が気に入り出していた。

家の裏手は竹藪だった。南向きの表に比べて日が差さず、どことなく陰鬱な雰囲気が漂っている。でも、母は竹細工が好きなので、きっと喜ぶだろう。

一応、家の敷地と竹藪を分けるために木の杭が打ってあり、杭から杭へと鉄条網が張られていたが、子供なら充分に潜《くぐ》れる。杭越しに竹藪を覗くと、結構奥が深そうで、探検しがいがありそうだった。

竹藪を見ていると、幼いころ、祖母の寝床の中で聞いた「かぐや姫」の話を思い出した。後にそれが「竹取物語」という、平安時代に書かれた日本で最も古いお話だということを知り興味を持ったが、そのときイメージした竹藪が、ここのような雰囲気だった。

鬱蒼としていて暗く、少し怖い感じはあるが、とても静かな空間――。そんな中で、ぽっとひとつだけ光る竹がある。遠目には、ぼうっとした光だったのが、近づくにつれて輝き出し、すぐ側まで来ると目映《まばゆ》いばかりに光輝く一本の竹の一節――。

言人が祖母のお話ではなく、図書館で手に取った『日本の昔話』の中の「竹取物語」を読んでイメージしたシーンである。

それが今、鮮やかに脳裏に浮び上がっている。

元来、空想好きな言人だったが、ここ数週間は引っ越しの慌ただしさに追われて、こんな風にぼうっとしたのは久し振りだった。

竹藪を見ながら尚も佇んでいると、ぶるっと身震いがした。春とはいえ、しばらく日陰にいるだけで身体が冷えてきたらしい。

来た方とは逆方向へ家を回り込むと、玄関へ向かう。

再び日差しの中に出る。家の四方が遊び場というのが気に入った。それに外から見た限り、家そのものも面白そうだ。宝の地図とはいかないまでも、何か秘密めいた小物や、意味ありげな古い手紙を発見できるかもしれない。

そうだ！うかうかしていると、姉の涼に一番良い部屋をとられてしまう。姉は言人の探検をはじめ、その趣味嗜好《しこう》を馬鹿にしているくせに、妙なところで彼と好みが合ってしまう。

一目でこの家を気に入った姉のことだ。もう今ごろは、どの部屋を自分のものにするか、しっかり値踏みをしているに違いない。

冗談じゃない。いったん姉の部屋になってしまったら、たとえそこに何か秘密めいた匂いが感じられても、彼女は決して言人に、探偵の真似ごとなんか許してくれないだろう。

到着時の失望感は最早なく、少し笑みさえ浮かべた言人の顔には、微かに姉に対する闘争心さえ窺《うかが》えた。

彼は足早に玄関へ近づくと、扉を開けて――

「…………」

――嫌な感じを受けた。

玄関に脚を踏み入れた途端――、いやーな、か、ん、じ……を覚えた。

庭で全身を包んでいた暖かなほんわりとして気持ちの良い気配が、すうっと冷めてゆき、背筋に悪寒《おかん》が走った。

そのまま、その場に留まっていることに耐えられず、とっさに右手に見えた扉を開けると、闇雲に飛び込んだ。

そこはキッチンだった。意外にも備えつけの近代的なシステムキッチンを認め、少しホッとした。

が——

背後で扉の閉まる音が聞こえたとき、それはきた。二、三匹の蟻《あり》が背中を這《は》っているような感触を覚えたと思った瞬間、何十、何百、何千の蟻が背中に群がってでもいるような、ぞわぞわっとした寒気が走り——

久し振りに「ぞっ」とした。

一瞬、頭を過《よぎ》ったのは、幼稚園で秋のピクニックに行ったとき、普段から乱暴者として皆から嫌われていた竹又《たけまた》という園児が、捕まえた何匹もの蟋蟀《こおろぎ》を掘った穴の中へ入れて、上から大きな石を何度も落としながら、嬉々として潰していた光景だった。

あのとき言人は、魅入られたように竹又の行為から目を逸らすことができなかった。そのせいで胸はむかつき、なんとも嫌な気分を味わった。

そんな五、六年前の記憶が、唐突に蘇ったのだ。

今、一瞬感じた何かは、当時の嫌な気持ちと同じもの——いや、それ以上のおぞましさがあった。

あのときは、蟋蟀を潰す行為の残虐さや虫たちの無残な遺骸の有様よりも、そんなことを楽しそうにする竹又の心情に触れた気になり、吐きそうになったのだ。

ここで感じたのは、それに似た何かだった。

いったいなんだろう？

言人は不安になった。

彼はこれまでにも何度か、「ぞっ」としたことがある。そして、この「ぞっ」とした出来事をそのまま進めたり、「ぞっ」とした場所にいつまでも留まったりすると、必ず嫌な目に遭うのだ。

和人が言うには、それは霊感もしくは予知能力というもので、昔は虫の知らせといって、本来は人間が動物として本能的に持っている特殊能力だというのだが、この「ぞっ」とする感じが言人は大嫌いだった。

とはいえ蟋蟀のことを思い出したのは、おそらく何か意味があるはずだ。

二年生の夏休み、皆で市民プールへ行った帰り、ひとり別方向へ帰って行く菊口《きくぐち》の後ろ姿を見て「ぞっ」としたことがある。あのときは一週間前に家の台所で、牛乳の入った硝子《ガラス》のコップを落として割ったことを思い出したのだが、菊口は帰り道の国道で無理な横断をし、車に撥《は》ねられて死んでしまった。

和人は、コップが菊口の「隠喩」だという難しい説明をしてくれたが、言人の理解は違っていた。そんな直接的なものではなく、はっきりと言葉では説明できないが、もっとあやふやな何かだった。言人が感じるイメージのようなもの、とでも言うしかない。

清人と和人と三人で、清人が住む目蓮町《もくれんちょう》の〈幽霊屋敷〉を探検したときも、そうだった。用水路に架かる小さな石橋を渡ってすぐ、その幽霊屋敷はあった。過去に何か忌まわしい事件が起こったわけではなく、ただ清人が物心ついたときから既に廃屋だったため、近所の子供たちの間で自然と幽霊屋敷になってしまった家である。

ある土曜日の放課後、三人は誰が言い出すともなく、この家の探検に出掛けた。石橋を渡ったときも、家の前に着いたときも、家の中をうろついたときも、特に何も感じなかった。

ところが、和人が押入から見つけた古い新聞を読んでいたとき、昨年の夏、クワガタに親指を挟まれて血を流していた清人の像が、ふっと浮かんで「ぞっ」とした。悲鳴を上げて痛がっている清人の手首を持って、和人がクワガタを机の縁にぶつけて親指から離した光景が、パッと脳裏に浮かんだ。

たかが昆虫とはいっても、クワガタのハサミの力は強く、がっちりと指の肉に食い込んでしまうと少々のことでは離れない。案の定、清人の親指からは血がどくどくと流れ出した。

言人が「ぞっ」としたのとほぼ同時に、家の奥で「わっ」と声が上がったかと思うと、「ううっ」と呻《うめ》く清人の苦しそうな唸り声が聞こえた。

言人と和人が駆けつけると、清人は便所の腐った床板を右足で踏み抜いていた。しかも右足が床下に吸い込まれた際、割れてギザギザに尖《とが》った床板が、ズボンをまくって皮膚の上を走ったらしく、助け上げたときには下手なミシン目のような傷が走り、たちまち血が滲みはじめた。幸い縫うまでの怪我ではなかったが、清人はしばらく脚を引きずるはめになった。

この「ぞっ」とする感覚は、誰に対しても覚えるわけではない。おそらく極近しい人に対してのみ、作用するのだろうと思うものの、それも絶対ではない。また「ぞっ」としてから、すぐに何かが起こる場合もあれば、数日後に起こるときもある。すべてを確かめたわけではないから、よく分からない。

たまたま母と出掛けたデパートで、「ぞっ」としたことがある。すぐに別のデパートへ無理やり母を引っ張って行ったが、その後、先のデパートで何か事件が起きたのかどうかは知らない。和人に話すと、彼は翌日からの新聞を家で調べてみたらしいが、特にそのデパートの記事は出ていなかったという。

言人としては、できるだけ関わりたくなかった。「ぞっ」とするのは仕方ないとしても、それから起こる何か良くない出来事には、なるべく関係を持ちたくなかった。

しかし、そんな過去の経験から見ても、この蟋蟀の記憶はとてもいけないと分かった。変に甘くて変に薬臭い水飴が、喉の奥にへばりついているような、とても嫌な気分である。

ここまで酷《ひど》く「ぞっ」としたのは、はじめてかもしれない。

キッチンの扉口に立ち尽くしたまま、言人の身体は凍りついていた。

「ちょっとぉ、何をぼーっとしてるのよ」

廊下側から顔を出した姉の涼の言葉で、呪縛が解け我に返った。

おそらくほんの二、三秒だったと思うが、言人はもう何十年もこの家に住んだような気分になっていた。家が吐き出す何十年分もの澱《おり》が、身体中に溜っているような感じである。

そう考えると、いったん解けた呪縛がまたかかったように、身体が固まってしまった。金縛りではない。身体の力は抜けて、その場に呆然と突っ立っているだけなのに、なぜか動けない。

返事をせず向こうを向いたままの言人に、姉は「ふん」とだけ発すると、そのままキッチンから出て行った。

再び、扉が閉まった。

「お、か、あ、さん……」

思わず母を呼んでいた。ただし、ほとんど呟き声に近かったから、絶対に聞こえるはずはない。

しかし声を出したお蔭で、一歩だけ脚が前に出た。もちろん前進すると扉から遠離かるため、なんとか方向転換しようとして——

——卵の腐ったような臭いがした。

「うっ……」

思わず息を止める。

——卵が腐っている。

母が朝早く起きて作った弁当が、キッチンのどこかに置いてあるのか。そう考えながらも、自分自身少しも信じていない。

そうじゃない……。これは、この臭いは……。

確か和人が言っていた。

「××は卵が腐ったような臭いがするんや」

——何だったろう、××って……？

××が現れるときは、卵が腐ったような臭いがする。

現れるとき？

和人……

××って、何だった？

教えて……

我慢できずに息を吐いた。と反射的に吸ってしまったが、もう臭わない。警戒するように、首をゆっくりと振りながら辺りの臭いを嗅《か》いだが、もう異臭は漂っていなかった。

気づくと身体も動くようになっている。

なんだったんだろう？

目の前には、三つのガスコンロと広い流しを備えたシステムキッチンが見える。極めて日常的な風景だ。

恐る恐る振り返ると、扉に手を掛けて廊下に出る。少し右手に進むと左手の壁に扉が見える。その向こうには広間があるらしく、両親も姉もいるようだった。

そう言えば家に入ってから、物音を聞いていない。先ほどの姉の声だけだ。それが今は、会社の人と話をしている父の声が聞こえる。引っ越し屋に答えている母の声もする。外からもトラックを誘導する大声や、車の音が響いてくる。

言人は無意識に入っていた肩の力を抜いた。なぜか助かったという安堵感があった。人の声が聞こえているのが嬉しかった。

――と次の瞬間、脚が震え出した。最初は小刻みに、そして次第に大きく、脚がガクガク震え出した。

「お……か……あ、さ、ん――」

泣きそうになりながら母を呼ぼうとしたが、満足に声が出ない。母に守ってもらわなければ何もできない、幼児に逆戻りしたような気分だった。

――卵の腐ったような臭いがした。

臭いがしたと感じると同時に、もわっとその臭いに包まれた気がした。

「うっ……」

――卵が腐っている。

酷い臭いだ。

――卵が腐っている。

――割れたコップからこぼれた牛乳が腐っている。

――圧し潰された蟋蟀の死骸が腐っている。

――血を滲ませながら清人の脚が腐っている。

――車に撥ね飛ばされた菊口の死体が腐っている。

――家の壁が、階段が、天井が、腐っている。

――家が腐っている。

――僕が、僕の身体が腐っている……。

「ぞっ」と全身に鳥肌が立った。

他所行きの服と自分の皮膚とが離れるほど、そこに隙間ができるのを感じるほどに、全身が粟立った。

その開いた服と肌の間に、凍えるように冷たい腐った卵の臭いが、灰色の霧と化して一気に流れ込むのを感じた途端、

「わあぁぁぁぁ――」

言人の絶叫が家中に鳴り響いた。

どう見ても洋館はある一定期間、人が住んでいない様相を呈していた。とりあえず現在の持ち主を探さなければならない。まずは駅前の南町商店街の中にある不動産屋を当たってみることにした。洋館の周りの住人に聞いても良かったのだが、おそらく何も知らないだろうと感じたのと、なんとなくあの家のことを付近の人たちに聞くのが躊躇《ためら》われたからである。

とはいえ、すぐに不動産屋に行けたわけではない。『GEO』を離れることは決まっていたが、まだ担当の特集は終わっておらず、それなりの残務整理もある。また書籍編集部に移るのなら新しい企画を考える必要もあり、『ワールド・ミステリー・ツアー13』という全十三冊のシリーズ書籍のアイディアを練りはじめてもいた。結局、時間的な余裕もそうだが精神的な余裕がなく、常に頭の中にはあの洋館の姿が浮かんでいたにもかかわらず、実際に不動産屋に行けたのは、洋館を発見してから一ヵ月以上も日にちが経ってからだった。

　商店街の中に不動産屋は二軒あった。最初に表側が総硝子張りの武蔵野住宅・賃貸サービスという、店構えの大きい方の店に入った。硝子張りといっても、そこは不動産屋のこと、内側から様々な物件のチラシが硝子に貼りつけてある。人間というのはおかしなもので、今、興味があるのは例の洋館なのに、店に入る前に一通りチラシに目がいってしまう。

　ところが、その店では洋館の存在さえ知らなかった。礼を言って帰ろうとした私に、若い店員は「一戸建ての賃貸なら、その洋館よりも良い物件がございます」とセールスしてきた。「興味があるのは洋館なので」と断わると、洋館のような雰囲気を持つ家を探していると勘違いされ、今度はそれっぽい物件を持ち出してきて説明された。その結果、三十分以上の時間を費《つい》やす羽目になった。

　向こうも商売のため仕方ないが、お蔭で商店街の反対側にあるもう一軒の店に行くのに、妙に構えてしまった。店の前まで行きながら、同じように貼られた物件を見る振りをしつつ、しばらく入るのに逡巡《しゅんじゅん》したくらいだ。

　二軒目の店は武名不動産といい、一軒目よりもかなり小さいながら、古くから開業している雰囲気が漂っている。ここなら、あの洋館について何か知っているかもしれない。うまくすると取り扱い物件のひとつという可能性もある。しかし、いかにも個人営業らしい店構えは、下手をすると一軒目以上に、執拗《しつよう》なセールスを受けかねない。情報は得られそうだが、すごく難儀をしそうな状況である。

だが、いつまでも店の前でぐずぐずしていられない。店の中のおやじも、私の存在に気づいたようだ。あまり長い時間、表に立ってチラシを見ていると、部屋探しの客と間違われてしまう。とりあえず余計なことは考えずに、店の中に入ることにした。

大きな机がひとつと、その前に椅子が三つ並んでいる。あの椅子に腰掛けると、面接に来た学生のような気分だろうなと思って目を上げると、机の向こうのおやじと目が合った。「いらっしゃい」の挨拶も「どんな部屋をお探しで」という言葉もなく、軽く頷《うなず》いただけだったが、おやじの無愛想さは元々のようで、客が嫌な気分になるような類のものでもなく、これなら話がしやすそうだと安心した。

「こんにちは」と挨拶しながら、真ん中の椅子に腰を掛ける。「どうぞ」と勧められたわけではないが、話が話だけに立ったままではやりにくい。

「実は、ある家のことについてお聞きしたいのですが……」

おやじは相変わらず、うんうんと頷いているだけである。

「洋館——、おそらくイギリスの木造建築の建物だと思うんです。町名は分かりませんが、滄浪泉園の近くというか、その近くの竹藪の側といいますか、そのう……住宅地の中のどこかで——」

私は場所の説明に困ってしまった。よく考えると、洋館の側に行くことばかりを気にして、肝心の町名や付近の番地などを確かめていなかったのだ。武蔵野住宅・賃貸サービスでは、ここまで具体的な話をする前に、知らないと言われたわけだが、この店では――。

気づくと、おやじの頷きは止まっていた。机の向こうから腕組みをしながら、じぃーっと私の顔を見ている。

「はっ……」

最初は私の説明が分からなくて、そんな顔をしているのかと思ったが、どうやらそうではないらしい。私の言っている洋館が、どの洋館であるかが分かったからこそ、おやじは固まってしまったのではないか。

その後は、実に呆気なかった。あんたの言うその洋館のことは知っているが、うちの扱いじゃない。詳しいことが知りたかったら、足代町《たるしろちょう》にある楠《くすのき》土地建物商会へ行け、というのである。それだけ言うと、「あんな洋館よりも良い物件がある」というセールスもせず、机の横に畳んであった新聞に目を通しはじめた。

しかし、どう見ても熱心に読んでいるようには見えない。活字を追いながらも目は、宙を泳いでいたのだから。

あの洋館のことを持ち出した途端、おやじの態度が硬化したのは確かだった。特に最初から愛想が良かったわけではないが、洋館の話をする前と後とでは、相手の表情に微妙ながら変化が起きたことは間違いない。

しばらく所在無げに座っていたが、おやじの態度は取りつく島もなかったので、「お世話様でした」と礼を言って店を出た。

今のは何だったのだろう?

かつて、あの洋館の取り扱いを巡って、武名不動産と楠土地建物商会で嫌な出来事でもあったのか。いや、違う。おやじの態度は、腹を立てたという様子ではなかった。触れたくない、関わりたくない、とでもいうような……。

あれは……、あの様子は……、何だろう?

もしかしたら、何かやっかいな重要事項説明を持った物件なのだろうか。宅地建物取引業法では不動産の賃貸または売買に当たって、仲介業者は契約者に対し、その物件の特徴を隠さずに告げなければならない重要事項説明という決まりがある。この場合の特徴とは、電気、水道、ガスの設備面をはじめとする不動産そのものに対する事項は元より、例えば隣に廃棄物処理場があるというような、不動産を取り巻く環境面までもが含まれている。

洋館と言えば聞こえはよいが、要は廃墟のようなものである。家の中には入っていないものの、外から見ただけでも古びていて、余程の物好きでないと住もうとはしないだろう。何らかの重要事項があってもおかしくはない。

そんなことを考えているうちに、足代町まで来ていた。JRの中央線の線路沿いに細長く延びた町で、昼間に来ると場末の酒場という雰囲気が漂っている。そう見えるのは小さな飲み屋、それもスナック系の店が多いことと、おそらく夜になって実際に明りが点るのは、その半数以下ではないかと思わせる寂《さび》れ具合によるのだろう。よく明け方や昼間の酒場の様子を指して、化粧を落とした飲み屋の女の顔に例える文章があるが、それが実感できるような風景だった。町が細長い分、そういう風景がいつまでも続いているように見える。ほとんどスナック系の飲み屋に出入りすることがない私にとっては、物珍しく映る景色だった。

町の雰囲気はまったく違うにもかかわらず、乱歩の「白昼夢」の世界を見るように感じた。このまま歩いて行けば、人だかりのしているドラッグストアがあり、店の前では汗をだらだらと流しながら、男が懸命に人々に向かって話している——そんな場面が今にも現れそうである。

そう思うと、心臓の鼓動がどきどきと高まり、この先に何かとてつもないものが待っているような気分になっていく。他に人がいればいい。しかし、「白昼夢」に出てくる男だけだったらどうしよう。あの男ひとりだけが店の前に立ち、ぶつぶつと独り言を呟いている。お経を唱えるように訳の分からないことを口にしている。私が差し掛かると、その気配を察してこちらを見る。目と目が合う。途端に男は私に詰め寄り、大声で説明しはじめる。店にあるドラッグの標本人形の……。

勝手に空想した想像の風景に対し、過敏に反応している自分がおかしくて、つい笑いそうになった。

ところが、〈ミカ〉と書かれたスナックの看板の前で怪訝《けげん》そうにこちらを見ているママらしい女と目が合い、慌てて堪《こら》えた。それでも何となく気まずく思い、とっさに尋ねた。

「楠土地建物商会は、どちらにありますか」

厚化粧の白い顔から、目だけをギョロリと動かしたママらしき女は、いよいよ不審そうな顔をした。それでも右手を挙げながら、

「この道、真っ直ぐ行って、左手の電器屋の角を曲がったところだよ」

「どうも、すみません」

軽く会釈して行こうとすると、彼女はまだ疑わしそうな表情を浮かべたまま、

「お兄さん、部屋を探してるの」

「ええ」

あながち嘘でもないので、そう答えた。

すると女は眉間に皺《しわ》を寄せながら、

「部屋探しだったら、駅前の商店街に不動産屋があるから、そっちへお行き」

「えっ……」

「あんな悪徳不動産屋なんかで部屋を借りたら、碌《ろく》なことないよ」

そう言うと、さっさと店の中に入ってしまった。

路上にひとり残された私は、「はぁ」と応えたものの女に聞こえたわけもなく、そのまま教えられた道を辿った。

同じ町内の住人から、あそこまで言われるのだから、楠土地建物商会は酷い商売をしているのだろう。それとも、あのママだけが特別に被害を受けたのだろうか。いずれにせよ、これは気が重い。物件そのものに曰くがある感じで、それを扱う不動産屋も一癖ありそうなのだから、普通の家探しならここでやめていただろう。

しかし、あの家は普通の家ではない。木造だったことに当初こそ戸惑いを覚えたが、ハーフ・ティンバーというイングランドの北部地方に見られる軸組様式の建物であることが、建築関係の本を調べて分かった。あんな家が日本に、というよりも自分が住んでいる町に存在しているのは、物凄い僥倖《ぎょうこう》といえる。しかも空家である。そのうえ『迷宮草子』に依頼された連載小説の構想が、あの家を見た瞬間、浮かびそうになったのだ。個人的な趣味からいっても住んでみたいし、ミステリや怪奇小説を創作するのにも、このうえなく魅力的な環境ではないか。少々の弊害で諦められるような家ではない。

半ば自己暗示をかけるように今一度あの洋館のことを想いながら、私は教えられた電器屋の角を曲がった。

そこには、さしてこれまでと変わらぬ風景が存在していた。唯一の違いといえば、道の先が線路に沿って設けられた柵で終わっていることだろうか。先程まで、だらだらとどこまでも続くような道を歩いていた者にとって、十軒ばかりの家が並んだ向こうで行き止まりになっている道を見ると、唐突に世界が終わったような気分になる。楠土地建物商会は、そんなうらぶれた道の中程の右手にあった。

ここに来るまでで充分に印象は悪かったが、店の前に立つとそれが助長されてゆくのが分かる。楠土地建物商会と書かれた看板だけが妙に大きい。しかも古びてまったく手入れがなされていない状態である。そんな、とても客商売をしているとは思えない店構えのうえ、ほとんど表の掃除をしていないのか、異様に埃《ほこり》っぽい。仮にも人が住む物件を扱う商売なのだから、自分の店ぐらい普通は小綺麗にするだろう。これで客が入って来るのか、と首を傾げる。

ともすればめげそうになる気持ちを奮い立たせ、安っぽいアルミサッシの戸に手を掛けた。だが立てつけが悪いうえ、溝に砂が入っていてなかなか開かない。ようやく掌《てのひら》が入るほど開けて、なおもガタガタやっていると、

「ぐっと上に持ち上げて、それから一気に引いて」

その通りにすると、ザッザッザッと音をたて嘘のように開いた。

「コツがいるんだよ」

得意そうな声の主を見ると、二十代後半ぐらいの男が、店内の右横に置かれた応接セットの椅子に腰掛けて、こちらを見ていた。手には週刊の漫画誌を持っている。人を一瞬で判断することなどできないが、その男は明らかに苦労しらずの二代目か三代目といった雰囲気を醸《かも》し出していた。ただ、この男なら案外あの洋館の話をするのも楽かもしれない、とは思った。それに少なくとも、悪徳不動産屋というイメージではない。

「どういう部屋をお探しで。うちには、いろいろな物件がありますよ。あなた勤め人だよね」

丁寧語とタメロが混ざった言葉を喋《しゃべ》りながら立ち上がると、せっかちに仕事机の後ろのキャビネットをガラガラと、盛大な音をたてて男は開けはじめた。

「駅から近くて、日当たりもいい部屋があるよ。駅前に大きな百貨店が二つもあるから買い物も便利だしね。少し電車の音がうるさいけど、その分CDを鳴らしてもいいわけでしょ」

振り返ると軽薄そうな笑みを浮かべて、こちらを見る。

「いや……」

「値段もここらじゃ都内に比べて安いしね。ただ勤め人なら学生じゃないから、ある程度の所に住んだ方がいいわけでしょ」

一方的に喋りながら、男はキャビネットを開けては閉め、開けては閉めを繰り返している。

「ひょっとして転勤ですか。ひとり？　それなら独身用のいいのがあるよ。パチンコ屋に近いんだけど、いやこの店がよく出るんだけど、部屋もいいよ」

ようやく男は目当ての資料を見つけたのか、キャビネットからいくつかの間取り図を取り出し、元の応接椅子に戻ろうとしたので、

「いや、部屋を探してるんじゃないんです。実は、こちらの取り扱いだという、ある家のことで来たんですが」

「家……」

男の動きが止まり、怪訝そうな表情を浮かべた。私が店に入って、はじめて見る男の真面目そうな顔である。

「ええ、この辺りの地図はありますか」

今度は私も落ち着いていたため、最初から地図であの洋館の位置を指し示して説明するつもりだった。

「ああ、あるよ」

男は今までのお喋りが嘘のように口を閉じたまま、店の左手の硝子棚の中を探しはじめた。さすがに商売だけあって、やや古びてはいるものの詳細な地図が掲載された分厚い電話帳のような本が出て来た。

それを受け取り事務机の上に広げた私は、まず自分が住んでいる螺画浜町《らがはまちよう》三丁目を探した。そこから指で道を辿りながら、あの洋館があったと思《おぼ》しき方向へと進めて行った。やはり古い地図らしく、確か住宅が密集していた記憶がある場所でも、ぽっかりと空き地になっている所がいくつかある。記されている家も個人の住宅が多く、アパートめいた建物はまだ数が少ない。

そうやって、つうっと指を滑らせながら頁をめくったときだった。突然、指先が震えた。やがて、それは腕へと伝わり、すぐに背中を悪寒が走った。とっさに手元を見ると、右手の人指し指が止まっているのは、辺りに樹木のマークが広がる土地の中にある一軒の家……。

はっと、その周囲に目を凝らす。間違いない、あの洋館だ。しかし、その家の箇所には何かが薄《う》っすらと見える。何だろう——と思って目を近づけると、おそらく長い年月で薄れたのだろうが、そこには赤鉛筆で確かに×の印がつけられていた。

「……う……い……き……」

向かい側から覗き込んでいた男が、何か呟いた。だが、すぐに「あ、あっ」と意味のない声を発しながら首を振り、それを誤魔化した。

私は顔を上げて相手の顔を見たが、男は目を逸《そ》らしたまま、意味もなく机の上の書類に手を伸ばしている。何と言ったのだろうか。少なくとも、あの洋館のことは知っているわけだ。しかし問い返しても応えそうにない。明らかに予想もしていなかった物件である家を持ち出されて、動揺しているように見える。

仕方なく何も聞こえなかったふりをして、

「この家なんですがね」

あらためて地図を指し示した。

「ああ、それね……」

男はまだ動揺しているのか、手に持った書類を忙《せわ》しなくめくっている。が、なぜか地図を見ようとはしない。

「大家さんは、この近くの方ですか」

そう訊ねると一瞬間があって、

「い、いや、うちが持っている家だ」

「えっ」

今度はこっちが驚く。

「こちらで建てた家ですか」

「そうじゃない。うちの親父が――昔、買った家だよ」

男の口調には、どこか迷いがある気がした。ただ、そう言ったまま妙な間が開いたので、

「元々は、イギリスの方が建てた家なんですか」

そう聞くと、はっと息を飲む気配がして、ゆっくりとこちらに顔を向けた。

「知ってるんですか……」

「……」

「あの家のことを知ってるんですね」

男の態度がどうもおかしい。何か誤解しているようでもある。

「いえ、知りません。先日、はじめて見たばかりです」

「それじゃなぜ、イギリスの家だと……」

明らかに疑心暗鬼に陥っている表情をしている。

「だって、あの家はイングランド北部に見られる、ハーフ・ティンバー様式の家じゃないですか」

「あっ、そうなんですか」

拍子抜けするほど呆気なく、男の顔つきが和らいだ。まるで憑《つ》き物でも落ちたかのように。

「お客さん、見ただけで分かるんですか。凄いですね」

「いえ、たまたま興味があったので、調べただけです」

不動産屋に感心されても困るが、これでまた話しやすくなったかもしれない。

「それで日本の、それもこんな都心を離れた所にあるんで、ひょっとしてイギリス人が建てたのかと――」

「いや……。そうじゃない……」と言いながら、「でも……」と、どうも男は歯切れが悪い。

ここは強く出た方が良いと思い、「何か問題のある家なんですか」と、わざと深刻ぶって訊く。

「いや、実はね……」

男は半ば諦めたような、半ば決心がついたような妙な態度で、地図を出してきたのと同じ棚から、古ぼけたファイルを取り出した。

「イギリス人が建てたと言えば建てたんだけど、あれ、元々は本当にイギリスにあった家で――」

「というと？」

「物好きな人がいてね。どこかの大学の先生だったと思うけど、イギリスに行っている間にあの家を気に入って、そっくりそのまま日本に持ってきたんだよ」

「わざわざイギリスから移築したんですか」

さすがにそんなことは考えもしなかったため、少し声が大きくなった。

「そう。実家が結構な資産家らしいんだけど、まぁ、大学の先生の考えることだからねえ」

男は私の反応に無理もないという表情を浮かべ、引きつったような苦笑いをしながら、分かるだろうと言うような目つきをした。どうやら彼にとって、大学の先生という存在は、かなり変な人種に属するらしい。

「その人は、建築関係の学者か何かですか」

わざわざイギリスから一軒の家を日本へ移築したのである。まず考えられるのは何らかの研究のためだろう。ならば建築学の研究者かと思った。

「さぁ、どうかな」

ところが、また男の態度が曖昧《あいまい》になりはじめた。

「そのファイルに書いてないんですか」

そう尋ねると、まるで私から遠ざけるようにファイルを手元に引き寄せながら、

「い、いや、なにしろ昔のことだから……」

そこで唐突に、

「ところで、お客さんはどちらから？」

「……奈良ですが」

いきなりの問い掛けに、私が怪訝そうな表情をしたにもかかわらず、

「おいくつですか」

さらに関係のない質問を続ける。

別に隠す必要もないので「三十四です」と答えると、男は何か計算でもするように男は何か計算でもするように宙に目を這わせはじめた。

どうも気になる。この男の受け答えがおかしいのは、彼の性格というか不動産屋としての能力の問題も少なからず影響しているのだろう。だが、それ以上にあの家には何かがあるのだ。それとも家をイギリスから移築した、どこかの大学の先生だという、その人物が問題なのか。

しかし、どうやって話を進めよう。明らかに、この男は核心に触れる話を嫌がっている。ましてや、あの家に住みたいなどと言えば、どうなることか。わざわざここまで出向いているのだから、その用向きは、いかにこの男でも気づいているだろう。さて、どう切り出すか。そう迷っていると、

「で、あの家を借りたいんですか」

男が何か重大なことでも決断したような顔つきで、こちらを見た。

「え、ええ……」

予想外の言葉に少し狼狽《うろた》えながら尋ねる。

「賃貸できるんですか」

「そうですねぇ……」

わざとらしく腕組みをした男は、こちらの足元を見て、完全に賃貸料を吹っ掛けようとしているのが見え見えだった。これまで何かの理由で躊躇《ちゅうちょ》していたのが、心の中で貸すと決めた途端、とれるだけ家賃をとってやろうと思ったのだろう。

「一軒家ですからね。ひとりで住むんですか――まぁ、本来なら五、六人の家族用ですがね。あの辺りは建売り住宅を中心とした新興住宅地でしてね。なかなか賃貸住宅はないんですよ。なにしろ……」

私が店に入ったときの饒舌《じょうぜつ》さを、男は取り戻していた。要は、安くは貸せないということを言いたいのだろう。ただ、その内容のない説明を聞いて分かったのは、男がもう何年間もあの家の前にさえ立っていない、それだけだった。おそらく私が話を切り出すまで、あの家の存在さえ忘れていたのだろう。

結局かつての住人が誰で、どんな目的であの家を建てたのか、私にはどうでもよいことである。好奇心はあるが、それを突き止めるのが本来の目的ではない。肝心なのは、あの家に住めるのか、住めるとしたら家賃はいくらなのか、この二点だった。ただ、どうもあの家の成り立ちについて突っ込むことが、家賃交渉の糸口になりそうな感じはある。

本当によく喋るな、と男の口元を見つめながら、どうやって先程の話を蒸し返そうかと考えていたとき、ザッザッザッと入口の戸の開く音がした。

「よおっ」

満面の笑みを浮かべている男の顔を見て後ろを振り返ると、派手な服を着た二十歳ぐらいの女性が立っていた。

「こっちへ座って」

男は私には勧めさえしなかった応接セットの椅子に彼女を導くと、

「ちょっと待ってね」

とだけ私に声をかけ、彼女と楽しそうに喋り出した。

最初は、この店にもちゃんと客が来るのかと驚いたが、聞くともなしに二人の話に耳を傾けていると、どうやら彼女はこの町に来たばかりで、どこかの飲み屋で働いており、その店に男が客として行ったらしい。そのとき彼女が、今は店のママの家に厄介になっていて、まだ住む所が決っていないと言ったため、ならば安くて良い物件を紹介すると男が約束したようだ。

とても客に対する態度とは思えないほど、男はなれなれしく彼女に接し、相変わらず内容のない話をしている。彼女も聞いているのかいないのか、テーブルに置かれた各種の間取図に次々と目を通していく。どうやら二人とも自分の興味対象だけに夢中らしい。

　これ幸いとばかりに私は、男を視界の隅に捉えながら、そうっと左手を事務机の上に放り出されたファイルへと伸ばした。彼女が店に入ってきたとき、男は無造作《むぞうさ》にファイルを机の上に置いたままだった。

　その古ぼけたファイルは、ビニール製の袋状の頁に書類を入れて綴じる加除式で、かなり分厚く膨らんでいた。契約書のようなものが入っていたので目を止めると、甲乙の欄に、楠土地建物商会の名と周防育《すおういく》という個人名があった。この周防という人が、例の大学の先生だろうか。少し内容を読んでみたが、不動産売買に関する条項があるだけで、特に変わったところはない。

　さらにファイルをめくると、鉛筆で乱雑な書き込みのあるレポート用紙が現れた。不動産上の書類というより、個人の覚書のような感じだ。最初の行に目をやると、

「一九八五年四月、イギリスのマンチェスターから人形荘を移築」とある。

　人形荘？　これがあの家の名前なのか。よく見ると横に「ドールハウス」とルビが振られている。

　しかし、なぜ人形荘なのだろう？

　ただ、元々がマンチェスターにあったことは理解できる。浪人時代イギリスを旅し

たとき、マンチェスターにも赴いたが、確かにあの様式の家を何度か目にした記憶がある。だいたいあの軸組様式は、ハーフ・ティンバーの典型的な北方型である。どうやら本当に物好きな大学の先生が、かれこれ十二年前にイギリスから、わざわざあの家を日本に持ってきたらしい。

俄然《がぜん》、興味が出てきた私は、もっと何か情報がないかとファイルをめくっていると、新聞の切り抜きが挟まれていた。日付を見ると——

「おい」

男の声がした。

そちらを見る間もなく男は事務机までやってくると、乱暴に私からファイルを取り上げ、

「勝手に見て困るじゃないか」

横柄な態度で怒りはじめた。

「こういう商売上の書類をね、断りもなく見ていいと思ってるわけ？　顧客のプライバシーに関わることだよ。まったく……」

男は明らかに応接セットの女性を意識しながら、口調は迷惑そうに、しかし顔つきは得意満面で説教をはじめた。

どうやら、これ以上あの家について何か知ることは難しそうだった。とりあえず家

主は突き止めたわけだから、ここはさっさと話を進めた方がよいだろう。

「あなたが、私を放っておいたからでしょう」

喋り続ける男を無視して、そう言った。

「えっ……」

「あなたが彼女の相手をはじめたから、手持ち無沙汰で目の前にあるファイルを眺めていただけですよ。第一、あの女性より私の方が先に来たんじゃないですか。それをいつまで放っておくんですか」

「いや、放っておいたわけじゃ……」

見る間に男は狼狽しはじめた。

「それじゃ、早く話を進めましょう」

私が促すと、男は困ったような表情をして、

「いや、あの家は親父が扱ったもので……。俺はあまり知らないんだ」

「お父さんは？」

「引退してる。今、入院中で……」

男が少し辛そうな顔をしたので、おやっと思った。案外、これで親思いなのかもしれない。

「それなら、あなたが扱ってもよい物件でしょう。あなたがこの店を継がれたとき

に、自動的にあの家の権利も継いだと見做《みな》されるんじゃないですか」

「まあ、そうなんですが……」

弱り切った男に追い打ちをかけるように、

「あたし、今日中に住むとこ決めないと困るんだよ」

非難がましい女性の声が飛んだ。

「ああ」

答えながら、すぐ女の方に行きそうになるのを、

「それで——」

引き留めると、

「あたし、この部屋がいい」

と甘えた声がする。

「連れてってくれるんでしょ。やだ、もうこんな時間……」

「ちょっと待って……」

そう言いながら、男の半身は彼女の方を向いている。

ここで私は一気に捲《まく》し立てた。あの家に人が住まなくなってから大分経つであろうこと、したがって満足に使用できる部屋も少ないだろうこと、今では周辺を住宅に囲まれて出入りも不便であること、一軒家とはいえ、とても一般の家族向きの環境では

ないことなど、次々と悪条件を挙げ立てて、いきなり料金交渉に出た。

　幸い我が儘《まま》な女性の度重なる援護もあり、私は店を出るときには口約束とはいえ、もし住むとなったらかなり格安といえる家賃を承諾させたうえ、自由に見回れるように家の鍵まで手に入れていた。

　私が出て行くとき、男はほっとした表情を浮かべた。私から見れば自分などよりあの女性の方が余程のこと男の手を煩《わずら》わすと思われたが、おそらく彼はそれを苦労とも思わないのだろう。店を出るときに男から貰った名刺の、楠正直《まさなお》という名を見ながら私は苦笑した。

　それにしても、思った以上に時間が掛かってしまった。あの家――これからは人形荘と呼ぼう――を見つけたのは、落葉が舞いはじめた初秋だったのに、もう来週には師走《しわす》の声を聞く時期になってしまった。この分だと東京に来たときと同様、引っ越しは年末の慌ただしい最中になりそうだった。

　その日は三軒も不動産屋を回ったため、いい加減疲れていたが、早く人形荘の中を見たいという気持ちも強かった。それに今日行かなければ、一週間待つことになる。足代町に来た道を戻りながら、私は思案していた。

　夕焼けに照らされた細長い町が、まるで非日常的な世界のように見えている。それは昼間の物悲しくて妖しい幻想風景とはやや異なり、どこか淫靡《いんび》で妖艶な眺めだった。町はこれからの時間、このトワイライト・ゾーンを経て、やがてこの町にとっての現世《うつしよ》へと変貌するのだろう。

ということは、今から人形荘に行っても中を充分に見る間もなく、夜になってしまうわけだ。当然、電気はつかないだろうから懐中電灯がいる。軍手もあった方が良いかもしれない。一度コーポに戻って必要なものを取って来るか。と考えながら歩いていると、自分がドラキュラ城へ向かうヴァン・ヘルシング教授のように思えてきて、思わず苦笑していた。

少年のころ、「吸血鬼ドラキュラ」関係の映画を見ながらいつも思ったのは、ドラキュラを倒そうとする人たちは、なぜわざわざ日の暮れかけた時間帯に城へ出掛けるのか、という疑問である。それも極めて少ない人数で……。自分なら朝日が昇ってから、何十人という大人数で行くだろう。一人が十字架を最低三つずつは持って。

まあ実際に、そんな設定の映画や小説があれば、雰囲気がぶち壊しで怖くもなんともないと、今は考えるまでもなく分かる。だが、当時はそれが不思議でならなかった。にもかかわらず結局、自分も同じように愚かな行動をとろうとしている。それがおかしかったのだ。

もっとも人形荘では、ドラキュラは待ち受けてはいないだろうが……。

それとも何か代わりのものがいるのだろうか――。

そのとき、ふと学生時代に深夜テレビで観た「女ドラキュラ」という映画のあるシーンを思い出した。村人たちが結婚式のパーティを開いているのだが、廃墟となっているはずの山の上の城に、ポツンと明りが点るのを見て震え上がるという場面である。

人形荘も何年もの間、廃墟だったわけだ。今夜もし私が懐中電灯を片手にあの家の中をうろつき、その明りを付近の住人が目撃したら、どうなる？　ヴァン・ヘルシングの気分を味わっていた私自身が、皮肉にもドラキュラとなってしまう。そして、ついに幽霊が出たと怖がられるならまだしも、不審者として警察に通報される可能性もある。むしろ後者の方があり得る。事情を説明すれば問題はないだろうが、充分に予測できる面倒にわざわざ巻き込まれることもない。あの家を夜、探検するという魅力的な誘惑には逆らいがたいが、引っ越し前から揉《も》め事を起こすのも得策ではない。

その日は外食すると、そのまま大人しくコーポに帰った。賃貸契約をしたわけではないが、一応あの家については目処《めど》が立った。この一週間は少し人形荘のことを頭から追い出し、『迷宮草子』から依頼のあった連載小説の内容を考える必要がある。

大まかな構想はあるものの、全体の構成はもちろん、一応の連載回数と各回の物語展開は詰めておかなければならない。本格ミステリではないため、細かい伏線まで完全に決めなくてもよいが、なにせ連載などやったことがない。どうしても不安になる。同人誌とはいえ読者がいるのだから安易には書けない。できるだけ準備しておく方が良いだろう。

そう思って「化物屋敷」のプロットを練ろうとするのだが、あらためてやろうとしてもできるものではない。少なくとも自分がこれまでに書いた作品は、日々の暮らしの中で考えるともなく考えながら徐々に出来上がっていき、あとは書きながら軌道修正していったものばかりである。それに今回の作品は人形荘を舞台にするという案があるため、小説のことを考えると自然とあの家に意識がいってしまう。そうなるとプロット云々よりも、引っ越しや家そのものに興味が集中するのを、自分でも止めることができなかった。

仕方がないので諸々の欲求を紛らわすために、大分以前に古本屋で購入した『英国建築の歴史』という本を引っ張り出してきた。

ところが、著者名が目に留まった瞬間、はっと虚を突かれた。なぜなら、そこには周防章一郎《しょういちろう》という名があったからだ。

周防……章一郎――。この人物は、人形荘の売買契約書にあった署名、周防育と関係があるのだろうか。周防という珍しい名字、問題の家が英国建築で、問題の人物が著したのが『英国建築の歴史』という書籍――。とても偶然とは思えない。章一郎と育との間には、親族関係があるのではないか。

奥付を見ると、初版が一九八三年とある。確かあの店で見たファイルには、一九八五年に人形荘は移築されたとあった。もし移築したのが周防章一郎であったなら、『英国建築の歴史』を出版してから二年後ということになり、時期的にもおかしくない……。

慌てて著者略歴を探した。奥付の前頁に見つけて目を通すと、城南《じようなん》大学建築学科の助教授とある。専門はやはり英国建築、それも木造住宅を中心に研究しているらしい。著書には他に『イギリス　木造の家の暮らし』という、どうやら軽いエッセイのような書名の一冊があり、次いで『ヨーロッパの木造建築』『英国建築に見る軸組様式の系譜』という翻訳書が挙がっている。一九四四年三重県生まれと記されているから、この本を出した当時で三十九歳、現在は五十三歳になっているわけだ。おそらく何事もなければ、今は同大学の教授に就任していることだろう。

つまり本人に連絡を取ろうと思えば、簡単にできるわけだ。だが連絡が取れたとして、何と言えばよいのだろう？　かつてイギリスから武蔵名護池まで、家を移築しませんでしたか、とでも尋ねるか。仮に「そうだ」と先方が答えたとして、それ以上何を聞くのか。あらためて考えると、実は何もない。あの家から勝手にミステリアスな雰囲気を感じとって、自分ひとりで盛り上げているだけともいえる。

確かに楠正直の態度には、腑に落ちないところがある。だが、成り行きで親の跡を継いだような輩《やから》であるから、単に客への対応の不慣れゆえとも思える。第一、自分はあの家に住めさえすれば、それで良いのではないか。ただでさえ忙しいのだから、妙な好奇心を起こして、これ以上余計なものに首をつっこむ必要も余裕もないはずである。

そう自分に言い聞かせると、その夜は人形荘のことも連載のことも頭から閉め出し、ここ一年程、就寝前に気が向けば少しずつ読んでいる『聊斎志異《りようさいしい》』の数話を読んで過ごそうとした。が、集中できない。

しばらくベッドで悶々としたが、やむなく善後策として、ヘンリー・カーター『イギリスの幽霊屋敷』という、これも以前に古本屋で購入した大判の翻訳書を引っ張り出してきて読むことにした。要は人形荘や連載とは関係ないが、まったく接点がないわけではない微妙な内容のため、なんとなく自分でも納得して読めるという意味で、善後策なのである。

この本は書名通りイギリスに実在する幽霊屋敷を中心に紹介したもので、資料的な価値で購入したため拾い読み程度で通読はしていなかった。しかし少し読んだだけでも、いわゆる怪奇スポット巡りといった手合いのものではなく、伝承、歴史、建築といった多方面から幽霊屋敷と呼ばれる物件や奇怪な伝承のある場所をひとつずつ検証しており、その丁寧で真摯《しんし》な仕事振りは実に見事だった。

全体は大きくイングランド、スコットランド、ウェールズの三つに分けられており、その中でまた地域毎に分類されている。嬉しいことに取り上げられている物件の多くは写真つきだった。おそらく日本で同じコンセプトの本を編集することは無理だろう。確かに掲載されている物件は、それこそ百年前、二百年前の建物で、幽霊そのものが彼の国では歴史だという文化的背景は考慮しなければならない。とはいえ物は幽霊屋敷である。しかも物件によっては廃屋などではなく、現在も人が住んでいる。それを写真入りで「イギリスの幽霊屋敷」として紹介しているのだから、なんとも羨《うらや》ましい。もっとも幽霊屋敷という性質上、その家で発生した殺人事件に触れる例が多く見られるのだが、さすがに時代が新しい事件については犯人だけでなく被害者の名前も伏せる配慮が為されており、著者の人柄がよく分かる。

特にどこを読むでもなく、パラパラと頁をめくっていると、ふと一枚の写真が目に留まった。開いた頁には、ハーフ・ティンバー様式の家が写っている。

「やれやれ……」

自分でも思わず苦笑いした。これが共時性というものなのか。もっとも見ている本が本である。似ている家に出会して当然とも言える。そう思って前後の頁をめくると、同じ様式の家が並んでいる。それぞれの見出しに目を通すと、「繰り返される惨劇の家」「魔女の呪い、一族を滅ぼす」「釘を打つ狂信一家」などと書かれている。最初の二つがイングランドのマンチェスターで、残りのひとつがシェフィールドに実在する家らしい。こういう文章を読んでしまうと、もう後戻りはできない。

「繰り返される惨劇の家」は代々、住人が替わる毎に邪悪な魔物を呼び入れるという噂があった。これがどういう意味なのか、カーター自身も調べはついていない。彼の調査で判明しているのは、一九〇四年の十一月、この家の住人だったソーンダーク家の父サミュエル、母サラ、姉リッキー、弟クラインの一家四人が、何者かに惨殺されたことである。サミュエルは売れない怪奇作家で、その数年前に入居していたらしい。おそらく引っ越しに当たっては彼の怪奇趣味が影響したのだろう。実際この家に住みはじめてから、怪奇小説としての完成度は別としても、サミュエルの創作量は一気に増えたという。元々がマイナーな作家で、その評価もほとんどあってないような存在だったが、ここにきて吹っ切れたように創作にのめり込み出したのだ。

ただ、それと比例するように彼の言動がおかしくなっていった。事件当時、真っ先に彼自身が犯人ではないかと疑われたほどである。しかし、一番最初に殺されたのが他ならぬ彼であることが判明し、事件は迷宮入りとなる。妻サラも彼と前後して惨殺されたと見られた。またカーターの調査によると、姉のリッキーは凌辱《りょうじょく》されたうえ、生きたまま解剖されたことが分かった。ただし幼いクラインは瀕死の状態ながらも、生きて発見されている。ところが完全に心神喪失のため、何が起こったのか話すことはできなかった。その後、この家には何家族かが住んだが、空き家だった期間も結構あったらしい。

やがて一九七一年の四月、新しい一家が入居する。家族構成は父、母、姉、弟の四人家族。何事もなく三年が過ぎた一九七四年の十一月、一家が何者かに殺害される事件が起きる。地元の新聞は七十年前に起きたソーンダーク家殺人事件に言及し、「繰り返される惨劇の家」という見出しをつけた。このときも弟だけは助かっているが、精神に異常をきたしており、彼から事件の話を聞くことは不可能だった。稀に見る残虐極まりない犯行だったこともあり、かなり大がかりな捜査が行われたが、事件は迷宮入りとなる。しかも、惨劇は三たび繰り返される。

一九八〇年の八月、今度は日本人の一家が、父親の仕事の関係で引っ越して来る。一家は他に母、姉、弟の四人家族だった。そして翌年の十一月、この日本人家族は過去の二家族と同様、無残な死体となって発見される。このときも弟だけは無事だったが、事件後いち早く日本へ連れて帰られているため、果たして過去の被害者たちのような状態だったのかどうかは分からない。前の事件からまだ七年しか経っていないうえ、被害者が外国人ということもあり、今回も警察はかなりの人員を割いて捜査を行ったが、過去の事件同様、迷宮入りとなってしまう。

カーターがこの家の事件で注目しているのは、まず事件が起こった年月である。最初が一九〇四年の十一月、次が一九七四年の十一月、最後が一九八一年の十一月で、最初と二番目の間には七十年の歳月があり、二番目と最後の間には七年の月日がある。彼によるとこの七という数字が非常に重要になるらしい。なぜなら七は、数秘学で最も神秘的で魔術的な力を秘めていると考えられているからで、何らかの魔術的行為があったひとつの証左ではないかと推測していた。次は家族構成がまったく同じこと、なぜか常に弟だけが助かっている事実に着目しているが、これについては今のところ確固たる解釈はないらしい。

ちなみにソーンダークの怪奇小説のうち、寡作時代の「魔の巣窟」と、この家で執筆したとされる「灯《ひ》がともる」と「壁から壁より」の三篇はそれなりの評価が為されており、イギリスでは何冊かのアンソロジーに収録されている。

「魔女の呪い、一族を滅ぼす」は、ドール・ドール荘という名の家が舞台である。この地方は代々ラドクリフ家が所領しており、その持家のひとつがドール・ドール荘だった。一八三七年の春ごろ、ラドクリフ家はジョディというひとりの召使女を雇い入れ、このドール・ドール荘に住み込みさせた。ところが、この召使女というのが村でも評判の淫売で、手当たり次第に男を誘惑する癖があった。しかも嘘つきのうえ手癖が悪く、仕事もいい加減で召使としてはどうしようもない女だった。また無信心なうえ、何やら妖しい呪術めいた行為にも耽《ふけ》っていたらしい。そんな女だからこそか立ち回りも非常にうまく、ラドクリフ夫婦は解雇する口実がなかなか見つからずに困っていた。だが、とうとうある日、盗みの現場を押さえることができたため、その場で首にして叩き出した。

身から出た錆《さび》なのに、ジョディはこれを逆恨みした。ラドクリフ家に呪いをかけると公言したのだ。やがてその年の冬、ラドクリフ夫婦の幼い息子が池の氷の割れ目に落ちて死んでしまう。悲しみに包まれた一家が新年を迎えてすぐに、今度は娘が高熱に苦しみ息を引き取る。立て続けに最愛の子供を亡くした夫人はすっかり寝込んでしまい、その年の夏前に衰弱死を遂げる。ひとり残ったラドクリフ氏は、家族のあとを追って首を縊《くく》った。

この悲劇的な事件後、ドール・ドール荘の裏庭の茂みの中から、そっくり同じに作られた家の模型が発見される。村人たちは、これこそジョディがラドクリフ家にかけた呪いの証拠だとして、彼女を捕らえて裁判にかけたが、彼女は頑として否定した。そして、「もし私がお前たちのいうような魔女ならば、あの家に入って無事ですむことはないだろう」と、ドール・ドール荘へと入ってしまった。というのも事件後、家は教会によって清められていたからだ。ところが、家の中に入ったジョディは、それっきり行方不明となる。玄関にも裏口にも見張りの者がいたにもかかわらず、彼女が家から出ていったのを見た者はいなかった。

家捜しが行われたが、家の中でも彼女を

発見することはできなかったという。

「釘を打つ狂信一家」には、二つの隣り合った家が出てくる。今から百十年程前、プロテスタント一家だったグリモス家の隣に、カトリック信者のマクドナルド家が引っ越して来たのが悲劇のはじまりだった。グリモス家は地元でも陰で「狂信一家」と呼ばれているほどの、かなり常軌を逸したプロテスタント信仰に生きる一家で、父と兄と妹が住んでいた。最初は特に目立った問題もなかった。余所者《よそもの》でおまけにカトリック信者の隣人など、端《はな》からグリモス家の人々は相手にしなかった。ところがマクドナルド家の長男とグリモス家の娘が、両家の誰もが知らないうちに恋仲となったことから、この隣り合った二家族の関係はおかしくなる。

ある朝、マクドナルド氏が起きて家の周りを散歩していると、垣根に木の十字架が太い釘で打ちつけてあるのを見つけた。すぐにグリモス家の仕業と分かったが、関わり合いになるのが嫌だったので無視した。息子にも、あの家の娘と二度と会ってはならんと言い渡してある。しかし、その日から毎日、マクドナルド家の垣根に木の十字架が打ちつけられるようになる。最初はマクドナルド氏もひとつずつ剝がしていたが、そのうち一度に十も二十も打ちつけられ、とうとう垣根の周りは、ぐるっと釘で打ちつけられた木の十字架に取り囲まれてしまった。

さらにある日、今度は門柱に打ちつけられた。次の日には門に、次の日には中庭の樹木に、次の日には花壇横のベンチに、次の日には玄関に――。

マクドナルド氏も敷地内にまで入って来られては黙っていられず、はっきりとグリモス家に苦情を述べたが、グリモスもその息子も睨みつけるだけで一言も喋《しゃべ》らなかった。

次の日、マクドナルド氏から苦情を受けていた村の世話役が同家を訪れて発見したのは、居間で頭を割られて絶命しているマクドナルド夫婦と、暖炉脇の壁に釘で打ちつけられた息子の死体だった。息子の腕と足には数え切れないほどの釘が打ってあったが、なかでも一際太い三本の釘が、それぞれ陰嚢《いんのう》とペニスに深々と打ち込んであった。すぐにグリモス家が調べられたが、もはや父と息子の姿はなく、屋根裏から両の掌と足首にキリストのように釘を打ち込まれ、床に磔《はりつけ》にされた娘だけが発見された。娘は餓死しており、妊娠四ヵ月だったという。

以来、マクドナルド家に住んだ多くの家族が、釘を打つような音を聞く羽目になる。それは決って夜中の三時ごろから明け方にかけて響いた。その釘を打つような音は、トントン、トントン、と家の周りを回りながら次第に正面の門へと移っていき、やがて門から玄関へと近づいてくる。ほとんどの家族が一ヵ月もしないうちに出て行ったが、一九一七年に入居していたゴールディング氏は、その音が聞こえてから四ヵ月間も住み続けた。だが、ある明け方、バンッと物凄い音が玄関でしたため驚いて目

いう。

音は、トントン、トントントン、トントントントン、と次第に激しさを増し、ついには家中に響き渡るほどの音となったため、さすがにゴールディング氏も逃げ出したという。

結局この夜は『イギリスの幽霊屋敷』に熱中してしまい、翌日は寝不足気味の頭を抱えたまま、『ワールド・ミステリー・ツアー13』の企画書作りに追われた。

本シリーズは、ロンドンやパリというひとつの都市、またはイギリスやイタリアというひとつの国を一冊で取り上げ、その地域の歴史的文化的背景に彩られたミステリー・スポットを紹介するという企画である。例えば「第1巻／ロンドン篇」では、ホームズ、切り裂きジャック、幽霊パブなどのテーマがあって、それに纏《まつ》わる場を取り上げるケースもあれば、ロンドン塔、大英博物館、マダム・タッソーの蠟人形館などの場が最初にあって、その中でテーマを設定するケースもある。そういった章が各巻に十三章あり、全十三巻と合わせて、十三尽くしのシリーズとして企画していた。

当初は「ワールド」ということから、ややヨーロッパ寄りではあるものの世界をほぼ均等に十三の地域に分けていたが、やはり営業的に厳しいと思い、さらにヨーロッパ寄りにしたうえで、「東京篇」や「京都篇」などの国内も含めることにした。しかし、実際のところはシリーズがスタートしてみないと分からないところもあり、大系的な学術書を企画するわけでもないので、ある程度は編集しながら臨機応変に地域を決定していこうという考え方に落ち着いた。それでも一応、現在考えられるシリーズ全体の構成と「第1巻／ロンドン篇」と「第2巻／イタリア篇」の章立てと執筆候補者を決めてしまうまでは、私も妙に落ち着くことができなかったのだが、それも何とかまとめることができた。

とりあえず仕事上の懸案事項を片づけると、その週末は人形荘の探索に費やすことにした。

あいにく土曜日は風が強く、今にも雨が降り出しそうな曇空だった。ただ、翌日の日曜日は確実に雨が降るという予報だったため、土曜のうちに家の中をすべて見て回ろうと、午後すぐにコーポを出た。人形荘の正面の門は当然閉鎖されたままなので、例のもう一つの暗闇坂沿いの小道から、植樹林を抜けて竹林の中を突っ切るルートをとる。歩きながら、これで雨でも降れば家の出入りが大変になるとは思った。だが、その程度の不便さは、洋館に住める嬉しさに比べればどうということもない。

どんよりとした曇空の下、すっかり葉を落とした樹木の間を、ひゅうひゅうと冷たい風に吹かれながら歩を進めていると、荒涼としたスコットランドの荒れ地に迷い込んだような錯覚に囚われる。しばらく進むと、今度は鬱蒼と繁った竹林が目の前に現出し、一転日本の土着的な魔空間に放り込まれたような気分を味わう。この何とも言えぬ奇妙な雰囲気の転換は、知らぬ間に巨大な騙し絵の中に足を踏み入れたようなショックを、いつも私にもたらす。

まるで人形荘に向かうための通過儀礼のような道筋を通っていくと、やがて竹林の切れ間から、あの家の姿がちらちらと見えはじめる。にわかに胸が高鳴るのが自分でも分かる。

発見した当初は、家が建っている特異な環境にばかり目がいっていた。それがこの日、よくよく見て回って驚いたのは、この家が極めて古典的なハーフ・ティンバー様式の建物だということだった。

この様式では、家の骨組みとなる木材を――土台や柱や梁《はり》や桁《けた》などのことだが――組み合わせた間に、様々な材料を詰めて壁を作る。木材の組み合わせ方法にはいくつかパターンがあり、地域によって特色がある。先にこの様式はイングランド北部に見られると記したが、正確には東部と西部、それにウェールズの一部にも見ることができ、それぞれ軸組の型が違う。人形荘は構造を重視する東部や西部の様式と異なり、明らかに装飾に凝った北方型のハーフ・ティンバーであった。

しかも内部に入って驚いたことに、完全なオープン・ホール型である。この型はイギリスのマナーハウスの原型となったもので、一階に設けられる大きなホールに特徴がある。かつてホールは住人の社会的地位を表す大切な空間であったため、家の中心に広く配されていた。ホールの奥には寝室などが置かれ、手前には通路をはさんで炊事場などが設けられた。家が大きくなると寝室と炊事場の上に二階が造られ、ホールの上は吹抜けとなった。もっともこれらの型が確立されたのは十四世紀から十六世紀ごろで、十七世紀以降は廃《すた》れていく。とはいえ百年前、二百年前の家などざらに現存するイギリスでは、まだまだ古い家を見ることは可能だった。

ひょっとするとこの家は、現存するオープン・ホール型のハーフ・ティンバーとしては、かなり貴重な代物なのかもしれない。もしそうだとすれば、よく日本への移築が許可されたものだと思う。もっとも、かつては中央に炉を設けたホールの土間は板張りになっているうえ、それぞれが独立していた右翼と左翼の二階部分を渡り廊下でつなぐなど、純粋なオープン・ホール型ではない改良された部分も見受けられる。これは時代の推移を鑑《かんが》みれば、無理のない変化なのかもしれない。

ただ、そういった大変興味深い家にもかかわらず、残念ながら相当に傷んでもいた。おそらく日本に移築してから、それも空き家になって楠土地建物商会の物件になってから、碌《ろく》に管理をしていないためだろう。

幸い妻子があるわけではないから、一軒家を借りるといっても、使用できる部屋が二つか三つあれば足りる。そもそも、こういった建物に住めるだけで満足なのだから、多少のことは気にならない。

また嬉しいことに部屋の中には、簞笥《たんす》や本棚や丸テーブルなどの英国調の家具が、少なからず放置されたまま埃を被っていた。普通なら前の住人が残した家具など嫌なものだが、どれも落ち着いた木目の色調と装飾を見せ、なかなか趣味の良い品揃えと言えた。綺麗に掃除すればまだ十二分に使えるうえ、どの家具もこの家の内装にぴったりと合っていた。

一通り外観と内装を改めると、部屋の傷み具合と間取り、それに自分の好みを加えながら部屋割りを考えてみた。一応、書斎と寝室は別々に欲しい。要はこの二部屋さえあれば満足なのだが、生活するためにはキッチンとバス、それにトイレが必要になってくる。それらは最初から備えつけられたものを使用するしかないので、勢い書斎と寝室選びに熱が入った。といっても部屋数が多いわけではないため、あまり悩む楽しみもないのだが、その間が至福の時だったことは間違いない。

寝室にしようかと決めかけている右翼の二階に、ぶらぶらと何度目かの足を運んだときだった。

妙な違和感を覚えた。

それまでは興奮のあまり細部を見ているようで、実は大まかにしか目にしていなかったのが、余裕が出てきて何かに気づいたといった感じなのだが……。

部屋のほぼ中央で腕を組んで周囲を見回すが、特におかしなところはない。何度も何度も見回すが、ない。分からない。

「うーん……」

声を出して上を仰いだ瞬間、やっと分かった。この部屋にはなぜか天井があるのだ。

急いで左翼と右翼の二階を結ぶ渡り廊下に顔を出し、ホールの吹抜けを見上げるが、屋根の下板の逆V字がそのまま目に入る。足早に廊下を左翼の二階に向かって上を仰ぐと、やはり逆V字の屋根裏が見える。

オープン・ホール型は通常、室内に建てた柱を使用せず、クラック・トラストと呼ばれる独特の架構形式で屋根を支える。これは急勾配の屋根を支えるために、逆V字形に湾曲させた柱を四足動物の肋骨のように屋根の下に配し、その柱の根元を礎石の上に建て、棟木と母屋を同時に支える形式である。よって日本の木造家屋でいうところの天井裏がなく、ホールの空間に至っては一階から屋根の下板までが吹抜けとなる。これは二階に部屋を設けたときも同様となるはずなのに、右翼の二階部分にだけは、なぜか天井があるのだ……。

私は再び右翼の二階へ戻った。そして今一度、部屋の天井を見つめながら考えた。

ホールの土間の板張りは分かる。炉で火を熾《おこ》す必要がない以上、土間にしておく意味はないからだ。仮に復元した家であっても人間が住むのなら、そこまで不便を強いることもないと判断したのだろう。左翼と右翼の二階を結ぶ渡り廊下は、オープン・ホール型ではかなり異質なものであるが、これも利便性を考え設けられたものと見なせる。実際に二つの部屋を行き来するのに、いちいち一階に降りなければならないのでは大変だ。

しかし、なぜ天井を設ける必要があるのか。それも片方の部屋だけに……。吹抜けの空間を嫌った理由でもあるのか。それとも——、それとも天井の上、つまり屋根裏の空間が必要だったのか。でも、何のために？　もしそうであれば、どこかから屋根裏に上がれるはずだ……。でも、いったいどこから？

部屋の四面と四隅を、私は凝視した。北面の壁には扉があり、開けると一階の廊下奥から通じている階段に出る。ホールの吹抜けに面する西面は大きな壁だが、南西の角には渡り廊下への扉があり、その扉口の横には洋服簞笥が置かれている。東と南の面には、それぞれ迫《せ》り出したような窓が設けられている。北西と南東の角には何もない。そして東面の窓から離れた左側には、空っぽの六段の空間を持つ本棚が置かれていた。

急にドキドキし出した喧《やかま》しいほどの心臓の鼓動を聞きながら、まず手近な洋服簞笥へ向かう。がっしりとした樫材を用いた簞笥は、磨けばさぞ見事な光沢を放つであろう木肌を持っていたが、私の興味は当然別のところにあった。観音開きの扉を開けて内部を改め、下部の引出しもすべて引き抜き、最後は箪笥を動かそうとしたが、さすがにひとりでは無理だった。ぴったりと箪笥がつけられている壁の向こう側、つまりホールの吹抜けの壁の部分も渡り廊下からじっくり観察したが、特におかしなところはない。

部屋に戻った私は、そのまま真っ直ぐ北東の角近くの、東面の壁に向かった。重厚な造りの本棚は、ぴったりと壁には張りつかずに、やや斜めになっている。再び心臓の鼓動が激しくなった。壁と本棚の間に手を差し込むと、手前に本棚を引き寄せる。本が入っていないため重くはなかったが、それでもズッズッと床をこする音が響く。その音に呼応するように、私の息遣いも徐々に荒くなる。

やがて、完全に本棚が塞いでいた壁が見えたとき、私はスウッと背筋が寒くなるのを感じ、はじめてこの家に来たことを少し後悔する気持ちになった。

なぜなら、本棚の向こうの壁には……

『迷宮草子』一九九八年六月号連載より

忌む家　第二回　三津田信三

小さな扉があった……。

「なんだ、これ？」

言人はわざと無理に、そう声に出してみた。

なぜなら何か喋らないと、何か音を出さないと——このまま静かなままで、その小さな扉をじっと見ていると、ギィッと音をたてて、ひとりでに扉が向こう側へ開きそうな気がしたからだ。

それは言人でも頭を下げないと入れない、大人が屈んでやっと出入りできそうな小さな扉だった……。

なぜ、こんな所に扉があるのか。一体、何のためにあるのか。扉の向こうはどうなっているのか。部屋のようなものが存在しているのか。

立て続けに様々な疑問が頭に浮かび、次の瞬間とてつもなく怖くなった。思わず姉の涼を大声で呼ぼうとしたが、それだけは辛うじて踏みとどまった。怖いという感情の一方で、もしかするとこれは大発見で、自分だけの秘密が持てるかもしれないという思いが、ほんの少しだけあったからだ。

その妙な扉は、玄関から見て右側の――姉が右翼と呼ぶ――二階の部屋の隅にある、大きな本棚の裏側で発見した。言人が自分の部屋を改めているときに……。

だいたい妙な家だった。玄関を入ると廊下が真っ直ぐに伸びている。廊下の右手には四つ扉があり、手前からキッチン、バス、トイレ、物置きの順に並んでいた。さらに奥には、右翼の二階へと上がる階段がある。左手にはひとつだけ扉があり、そこを開けると天井まで吹抜けの――姉がホールと呼ぶ――大きな空間が現れる。その奥の壁には今は両親の寝室となった部屋への扉があり、すぐ横には階段が斜めに壁を這っていた。

階段を上がると、ちょうど二階の床ぐらいの高さで、吹抜けのホールの南壁に設けられた渡り廊下に出る。階段を上がった右手には、両親の寝室の上にあたる左翼の二階の部屋があり、渡り廊下の手摺を掴みながら左へ進めば、キッチンの上にあたる右翼の二階の部屋に行ける。

はじめてこの家に足を踏み入れて、「ぞっ」として絶叫したあの日、言人は何事かとホールから駆け出して来た母を振り払い、父をすり抜け、無意識に廊下奥の階段を上ってこの部屋に入っていた。

なぜ自分がこの部屋に駆け込んだのか——分からない。単にあの場所を逃げ出したかっただけなのか。しかし、それなら表へ出そうなものである。キッチンを出て、すぐ左手にある玄関の扉を振り返りもしないで、なぜまだ一度も入ったこともない部屋まで走ったのか。そもそも廊下の奥に二階へ通じる階段があることを、なぜ自分は知っていたのか……。

のちに落ち着いてから言人は、これらの疑問に首をひねり驚くと共に、例えようもない恐怖を覚えた。

しかし言人以上に驚き、とんでもない恐れを抱いたのは家族だった。

「ふざけるんじゃない」

父は怒りながらも、彼の様子を少し窺った。そして大丈夫だと判断してから、引っ越しの作業へと戻って行った。

姉の涼も最初は、弟が悪ふざけをしていると思ったようだ。が、すぐに違うと分かり心配そうにした。だが、最終的には極めて現実的な解釈をした。

つまりその後、言人が駆け込んだ部屋が自然に彼のものになるに及んで、弟が一階らの廊下からでもホールからでも——場合によっては両親が常に居そうなホールを通らずに——出入りできるこの部屋を、我がものにせんと打った芝居だと考えたのだ。もちろん姉は不服を唱えたが、その訴えは母に却下された。

そう問題は母親だった。彼女は、それまでどちらかと言えば大人しかった彼が、あのような言動をいきなりとったことに対し、真剣に癲癇《てんかん》などの発作ではないかと心配したのだ。

よって引っ越しの当日は、まったく家の整理が進まなかった。何度も父に怒られながらも、つい言人の様子を窺いに二階の部屋へと、母が顔を見せたからである。その行為は翌日から二、三週間は続き、単に言人がテレビを見ていて大声で笑っただけでも、心配そうに彼の方を見る仕末だった。

当の言人は、この三者三様の反応に戸惑いながらも、適当に受け流すしかなかった。ある意味、父親の対応が一番正しかったのかもしれない。

確かにあの瞬間、かつてないほど「ぞっ」とした。だが、なぜそうなったのか、言人にもまったく分からない。これまでにも「ぞっ」とした意味は、何か事が起こってからでないと判明しなかったが、あの瞬間の「ぞっ」には、今まで体験したことがないほどの何か——圧倒的な力のようなもの——を感じた。とはいえ、だからといってどうすればよいのか。

両親に言っても信じてもらえないだろう。逆に母親などは余計に心配するに違いない。姉に言っても馬鹿にされるだけだ。

引っ越しの翌日、家の中を見て回る振りをして、すべての部屋、廊下、階段などで立ち止まってみたが、「ぞっ」とすることはなかった。玄関を入ったばかりの廊下やキッチンでさえ、もはや何の気配も感じなかった。こうなると父親のように、とりあえずは何もせずに様子を見るしかないではないか。

言人は知っていた。実は何気ない風をしていても、父親が自分の言動にそれとなく気をつけていることを。今は彼もこの家に対して、同じように観察するしかない。

引っ越しから三日後、ようやく家の中も落ち着き、父と母に関しては日常の生活に戻ったようだった。姉はさっそく昔の友達に連絡をとり、遊ぶ段取りをつけては、それから毎日のように外出しはじめた。自分と同じ中学に入学する子を、何度か家に連れて来たこともある。

言人は引っ越しの翌日に、和人に「ぞっ」としたことを知らせる手紙を書いた以外は、碌《ろく》に部屋の整理をせずに、ひとり静かに家とその周辺の探索を続けていた。

母は相変わらず彼の言動を気にかけていたが、特に部屋に閉《と》じ籠《こも》るわけでもないので、部屋の未整理には眉を顰《ひそ》めるものの何も言わなかった。ただ、彼がやたら家の中や庭、家の周囲を動き回るのには、やや不審そうな眼差しを向けている。

もっとも言人とて、自分が何を探しているのか見当もつかない。最初は自分を「ぞっ」とさせたもの、その正体を探ろうとしたのかもしれない。しかし、二、三日経つうちに、そうして動き回っていないと不安になっている自分に気づいた。

ちょうどそのころ和人から返信が来た。清人にも言人の手紙を見せたらしく、二人ともかなり心配している。

和人の意見としては、これまでの言人の「ぞっ」とした体験を分析しても、事前にその意味を推測することはかなり難しく、よって今回も考えるだけ無駄であること。ただ手紙を読む限り、今回の「ぞっ」にはとても危険な予感がするので、できるだけその家を調べてみること。もしまた「ぞっ」としたり、家に不審な点を見つけた場合は、すぐに連絡すること。以上が、和人らしい簡潔な文章で綴《つづ》られていた。

だが、言人がこの手紙を読んだとき、すでに家もその周囲も徹底的に調べ回ったあとだった。どうやら何かが起こるまで、打つ手はなさそうだった。

その何かは外部からやって来た。

津口十六人《つぐちいざひと》という奇妙な名を持つ青年が東雲家に現れたのは、引っ越しから十日後、春休みも三日を残すばかりの四月のある一日だった。

その日は朝から雨だった。いや、前の晩からといった方がよいか。前夜、言人はベッドの上で南面の窓に寝返りをうち、窓硝子に当たる雨音を聞きながら、明日は部屋の片づけを終えてしまおうかと思っていたのだから——。

雨は激しくなるでもなく小雨になるでもなく、その日の朝も、しとしとと同じ調子で降り続いていた。

朝食を食べると言人は、まず本の整理からはじめようと段ボール箱を開けはじめた。最初は教科書や国語辞典や図鑑など学校関係の本を出しては、東面の窓際に備えた勉強机の上の棚に並べていく。

もっとも小学校四年生の彼にとって、それほど多く勉強の本があるわけではない。ただ、友達の何人かは、自分の部屋の本棚にずらりと参考書を並べていた。彼らが言うには、母親が買ってくるらしい。でも、一応それをおとなしく受け入れていると、自分の好きなものを買ってくれるという。それはそれで羨ましいとは思ったが、部屋の中にあんなに勉強の本があるのは、それこそ「ぞっ」としない。

最初の段ボール箱を空にすると、次の段ボール箱を開ける。『怪人二十面相』『妖怪博士』『少年探偵団』『大金塊』『青銅の魔人』など、江戸川乱歩の少年探偵団シリーズが現れる。さらに次々と箱を開けていくと、『赤いUの秘密』『メニエ騎士像のなぞ』など推理編十冊・冒険編十冊の少年少女海外サスペンスシリーズや、『難破船』『悪魔の発明』『うごく島の秘密』のジュール・ヴェルヌのSFシリーズの他、ディクスン・カー『どくろ城』、ブレット・ハリディ『奇妙な殺人』、横溝正史『金色の魔術師』など様々なジュヴナイル物と、まだ冊数は少ないがルルー、クリスティをはじめとする海外ミステリの文庫本が出てくる。おそらく同年代の子供たちの中でも、「本を持っている」と言っていい冊数はあると思う。

　結局、「お昼ですよ」という母親の声が聞こえるまで、本の整理どころかそれらを床一杯に広げて、あっちの本からこっちの本へと摘み読みをするばかりだった。

　午後も同じようなものだった。違うのは、読む本を『塔上の奇術師』か『魔法博士』か悩んだ末、前者に絞ったことだ。何度目の再読になるか分からないが、この作品の冒頭、時計屋敷の時計塔の上でアクロバットをする奇怪な蝙蝠《こうもり》人間のシーンになると、いつもワクワクした気分になる。同じように『魔法博士』の体内巡りのシーンにも心が躍るが、せっかく自分も西洋館に引っ越して来たのだから、今日はそれを味わおうと思った。

　ちょうど物語の中で、時計塔の大きな針がお兄さんの首を切ろうとしていたとき、母の呼ぶ声とノックが渡り廊下側から聞こえた。

　おやつにしては早すぎるなと思っていると、扉が開いて「降りてらっしゃい」と顔を覗かせた。

「何？　本読んでるところ」

「面白いお客さんがいらしてるわよ」

そう言う母親の顔はニコニコしている。

「誰……？」

「いいから降りてらっしゃい」

言人は諦めて本に栞《しおり》を挟むと、しぶしぶ渡り廊下に出た。

母がいそいそと彼の前を行く。下のホールを見下ろすと、姉の涼が楽しそうに笑いながらひとりの青年と話をしている。その笑い声や話し振りから、姉がかなり猫を被っていることがすぐに分かったが、その理由も一階に降りて青年と相対してみて理解できた。

「こんにちは」

言人に笑顔を向けて来た青年は、小学生の彼が見ても、いわゆる〈いい男〉だったからだ。

「こちらはね、津口十六人さん。これが息子の言人です」

母に紹介されて、「こんにちは」と頭を下げる。

「今ね、お母さんたちと、君と僕が同じような名前だねって話してたんだ」

十六人は自分の名前を漢字で説明しながら、その由来を話してくれた。なんでも元を辿れば武家の血筋の家系で、分かっている限りのもっとも古い先祖から数えて、彼がちょうど十六番目の家長に当たるのだそうだ。

「それじゃ、お父さんは十五人って書くんですか」

言人が素朴な疑問をぶつけると、

「そう思うだろ、父が十五人で祖父が十四人かって。ところが僕だけなんだよ、こんな変な名は。名づけ親は祖父なんだけどね。どうやら思うに、当時すでに惚け気味だった祖父が、有無を言わさずにつけたんじゃないかな」

「ご両親は反対なさらなかったんですか」と姉。

「そう思うよね。当然、親なら反対すると。よく十六人目の子供かって聞かれるんだけど、それが恥ずかしくってね」

実際、恥ずかしそうに照れ笑いする十六人を、憧れの目で見ている姉を視界の隅で捉えた言人は、和人がたまにやるように肩をすくめた。

「津口さんはね、城南大学の学生さんなんですって。お父さんが出た大学と同じなのよ」

「そこでね、言語学っていう言葉の勉強をしてるんだけど、建物にも興味があって。うちの大学は建築学部が有名で、ご主人がそこのご出身とは優秀な証拠ですが、僕も自分の学部はそっちのけで、建築学科の方にばかり出入りしているんですよ」

後半は母に対して喋っていた。

「建物が好きなのに、どうして言葉の勉強をしてるの？」

そう聞く言人に、母は笑いながらも変なことを言うんじゃありませんという目つきをし、姉は十六人には見えない角度で睨んできた。

「いやぁ、建築学科は入るのが難しくてね。それに元々興味があったわけじゃなくて、言葉の勉強をしているうちに、人が喋る言葉と人が住む家というのは関係があるのかなって思うようになって。それでいろんな建物、特に外国の古い家に興味を持ち出したんだよ」

和人なら理解できたのかもしれないが、言人にはよく分からなかった。

日本語を喋りながらも西洋式の家に住む日本人は多いし、英語を話していても日本の家に住む外国人もいるし、そんなことを勉強する意味があるのかと思わず首を傾げた。

もっとも別に悪い人ではないのは分かる。要は前から興味を持っていたこの家に、遂に人が越して来たので、厚かましくも一度内部を見せてもらえないかと、ケーキの箱を抱えて訪問してきたというのだから。

母も普通なら他人に家の中を見せるなど、きっと断っただろう。だが、聞くと父の大学の後輩に当たるうえ、なかなかの好青年ですっかり気に入ってしまったようで、彼の希望を快諾《かいだく》したらしい。

特に必要とも思われなかったが、案内人は姉が買って出た。まぁ、あくまでも他人が家の中をうろつくのだから、誰か一緒にいた方が良いには違いない。ただし今の姉なら、仮に十六人が何かを家から持ち出しても、まったく気づかないほど役には立たないだろうけど……。

どちらにしても言人には関係のないことだと、このときは思っていた。十六人と喋るのは面白かったが、どちらかといえば『塔上の奇術師』の続きを読みたい。まだしばらく談笑が続きそうだったので、ケーキを食べ終えると「本を読んでいる途中だから」と言いわけを口にしながら部屋へと引き上げた。

母は「あら」と言ったが特に続けて何もいわず、姉は当然それには応えず、十六人だけが「また後で」と笑顔を向けてきた。

ホール横の階段を上がり、渡り廊下を自分の部屋に向かいながら下を見ると、十六人が顔を上げて手を振っている。振り返すのも恥ずかしいので、ペコリとお辞儀をして部屋に入った。

部屋に入る瞬間、「人見知りをする云々」という母の声が聞こえたが、自分のことを十六人に言っているのだろうか。だが、そんなことも時計屋敷の物語に頭がいくと、すぐに忘れてしまった。

どれほど時間が経っただろうか。北面の扉にノックの音がした。

「何――」と言いかけながら十六人のことを思い出し、「はい」と返事する。

「入ってもいいかな？」

やはり十六人である。

「どうぞ」

「お邪魔します」

扉を開けながら部屋の中を見回し、言人と目が合うとニッコリとした。どうやら姉は一緒ではないようだ。階段の下で別れたのかもしれない。

「大変だね、引っ越しの整理をするのは」

そう言いながら床の上に散らばる本を目にすると、

「ミステリが好きなんだ。わぁ、懐かしいな」

嬉しそうにそのまま床の上に座り、一冊一冊手に取っては眺めはじめた。

「お兄さんもよく読んだんですか」

十六人のことを何と呼べばよいのか分からなかったので、とりあえず無難な呼び方をした。年齢的には上になるのかもしれないが、少年探偵団に出てくる書生さんのような感じがしていたせいもある。

「うん、よく読んだね。ここにあるような本は、どれも夢中になって読んだな。僕の小学生時代は特に少年探偵団シリーズが人気でね。なかなか自分では買えないから学校の図書室で借りるんだけど、いつも貸出中の本が多くて未読の作品を読むのに苦労したよ」

「へーえ」

「悪知恵の働くヤツがいてね。自分の読んでいない少年探偵団シリーズを、他の本の中に隠すんだよ」

「本を本の中に隠すんですか。でも、どうやって……？」

「言人君ならどうする？」

十六人は悪戯《いたずら》っぽい笑みを浮かべて、でも心底嬉しそうに彼の方を向いている。

「別の本とカバーを交換するとか」

「いや、昔は図書室の本は、すべてカバーを捨てていたからね。今はつけるところが多いみたいだけど、それでもカバーの上から特殊なコーティングをしてしまうから、カバーを剝がすことは無理だろう」

「じゃ、カーテンの陰とか」

「いや、そんなところじゃ、僕たちも探せたと思うんだ。当時、誰かが少年探偵団シリーズを隠しているという噂が流れていたから。僕も友達と図書室の中を何度も探してみたことがあるけど、本棚以外の場所は真っ先にその対象になってしまうから、逆に見つかりやすい。そいつはそれが分かっていたんだ。だから、あえて本棚の中に隠したのさ」

「木を隠すには森の中ですね」

言人が有名なブラウン神父の台詞《せりふ》を言うと、

「よく知ってるね」

十六人は本当に驚いたようだった。もっとも和人に教えてもらったのだが。

「分かった。一冊一冊をバラバラに、全然関係のないジャンルの本棚に入れたんじゃないですか。『悪魔人形』『サーカスの怪人』『怪奇四十面相』と並んでいると目立つけど、『ファーブル昆虫記』や『偉人伝　エジソン』なんかの中に一冊だけ『電人M』があっても誰も分からないから」

うんうんと頷《うなず》きながら聞いていた十六人は、

「君は頭がいいね。でも残念ながら、それは頭だけで考えたトリックになってしまってる。その光景を想像してごらん。もしまったく関係ない本の中に、一冊だけ少年探偵団シリーズが入っていたらどうだろう？　逆に目立ってしまうと思わない？」

言われてみればそうである。背についたあのマークだけでも、見つかる目印になってしまう。

「惜しいところまでいってるんだけどね」

考え込んでしまった言人に声をかけると、

「全然関係のないジャンルの棚に隠したのは、実は正解なんだ。要は隠し方の問題でね。そいつは図書室で一番貸出回数の少ないジャンルが何かを調べると、まず本を取り出した。それから、その本棚の奥に少年探偵団シリーズの本を、表紙をこちら向きにして並べ、その前に人気のない本を並べ戻していったんだよ。つまり少年探偵団シリーズの本を一冊隠すのに、人気のない本の背を四、五冊使ったわけさ」

「でも、それならどれか一冊でも抜かれると、その奥に何かあることが分かってしまいますよ」

「そう、そこがこのトリックの最大の欠点なんだけど、だからこそ、そいつはもっとも人気のないジャンルばかりの裏に隠したんだよ。つまり滅多《めった》にそれらの本を抜く生徒がいないことが、このトリックの拠り所だったんだ。特に少年探偵団シリーズの愛読者なら、尚更そうだと思ったわけだ」

いつしか言人も同じ床の上に座って、十六人の話を聞いていた。ホールで会ったときは特に何も思わなかったが、今は彼の話が面白くてしようがない。

今でもミステリには詳しそうだったので、ディクスン・カーと横溝正史のことを聞いてみた。それぞれ『どくろ城』と『金色の魔術師』の解説で、『夜歩く』や『絞首台の謎』、『八つ墓村』や『悪魔が来りて笛を吹く』など、いかにも面白そうな題名の本の紹介がなされていたからである。

言人の質問に十六人は丁寧に応えてくれたばかりでなく、カーも正史も面白そうな本を貸してくれるという。ジュヴナイルも出回っているが、すでに文庫で大人向きの本を読んでいるのであれば、少々難しくても原作に近いものを読んだ方がよいという意見だった。

その日は、あっという間に夕方になった。途中、何度か姉が覗きに来たが、二人がいつまでもミステリの話をしているのに退屈して、そのうち来なくなった。本当なら強引に十六人を自分の部屋にでも連れて行きたいのだろうが、まだそこまでする度胸はないようで、それが言人にはおかしかった。

母はしきりに夕食を一緒にどうぞと誘ったが、さすがにはじめての家で厚かましいと思ったのか、近いうちにまた来ることを約して、津口十六人は帰って行った。

玄関口で佇む言人を残して、母と姉は門まで送って行ったが、母が何か熱心に話し、十六人が何度もうんうんと頷いている光景を見て、なぜか言人は「ぞっ」とする前の予感のようなものを感じた。

ところが、何も起こらない……。

振り返った十六人に軽く手を振ると、言人は部屋に戻った。最早『塔上の奇術師』の続きを読む気は失せていた。気持ちは早くも、人狼伝説と密室殺人が絡まった『夜歩く』や部屋が人間を殺すという『赤後家の殺人』、落武者の呪いのように村人が次々と殺されてゆく『八つ墓村』や手毬唄の歌詞通りに連続殺人が起こる『悪魔の手毬唄』といった本に向かっていた。

なんて面白そうな本ばかりなんだろう。題名だけで、もうゾクゾクしてくる。

十六人は、正史の作品は実はカーの影響を受けたものが多いと言っていた。でも読む前から言人は、この二人の作家に何か近しいものを感じていた。

いつも新しい本を読むときに覚える、あの何とも言えないワクワクした感情が早くも湧いてきそうになった。

と、そのときふと――

それにしても、さっき感じたものは何だったんだろう？

この家に来てから十日が経っていたが、初日に感じたあの嫌な感覚以来、今日までまったく何もなかったのに――。

玄関に立ったのが、いけなかったのだろうか。和人が言う、これが新たな兆候なのだろうか。でも、「ぞっ」としたわけではない。

そんなことを考えていると、先程までの楽しかった会話やカーや正史の本に対する期待が、急速に萎《しぼ》んでいく。

「よーし、片づけるぞ」

このままでは暗い気持ちになってしまうと思い、殊更に大きな声を出すと、言人は床に散らばった本をシリーズ毎に集めはじめた。

本を入れる場所は決まっていた。この部屋に飛び込むと同時に目についた、東面の出窓の左横にある本棚だ。六段あるうえ横幅も奥行きもかなりあり、杏羅から持ってきた本をすべて入れても、まだまだスペースがあまる。

ただ本棚の位置が、どうも言人には気に入らなかった。東面の窓際に置いた机のすぐ側に欲しかったのだが、このままでは間が開き過ぎる。本を入れる前に動かした方が良さそうだ。それとも父に頼まなければ、ひとりでは無理だろうか。そう思いながら、本棚を少しずつ右に移動させたときだった。

その小さな扉を見つけたのは……。

人形荘への引っ越しは、十二月も下旬になってからようやく行った。

家の内部を見たあとで、二度ほど楠土地建物商会へ出向いて賃貸契約を結んだ。楠正直は、先日うっかりと承諾してしまった賃貸料をなんとかつり上げようとしたが、当然そんなものは頑として受けつけなかった。

すると今度は敷金や礼金を吹っ掛けようとしてきたので、あの家の立地条件や内部の管理状態をひとつひとつ細かく挙げていったら、ようやく諦めた。女の尻ばかり追い回して、商売で一番大切な物件を疎《おろそ》かにするような輩《やから》の勝手を通すつもりは、私には毛頭ない。

しかし、楠正直と喧嘩するつもりもなかった。喧嘩別れして人形荘に住めなくなったら元も子もなくなる。もっとも他に物好きな借り手もいないはずだから、安くても私に貸した方が良いことくらい、彼も計算できるだろう。よって、その心配は小さかった。

それよりも私が気に掛けていたのは、あの小さな扉のことだった。彼は、あの扉の存在を知っているのだろうか……。あの扉の鍵を持っているのだろうか……。そう、あの秘密めいた小さな扉には、鍵が掛かっていたのだ——。

単刀直入に聞けないため、それとなく探ってみたが、どうもよく分からない。最後に彼から渡されたのは玄関と、おそらく一階ホール奥の部屋の鍵と思われる二本のみだったので、

「他に鍵はないのですか」

さり気なく尋ねると、

「それだけですよ」

何とも怪訝そうな顔つきをする。

「でも、家の中にはまだ部屋がありましたけど」

「いや、残っているのは、それだけなんです。他の部屋に元々鍵がついていたのかどうかさえ、よく分かりませんので」

結局、自分があの家に入ったことがないと認めたようなものである。ただし、そこから彼の目は宙に泳ぐと、

「最後にあの家に入ったのは、親父なんです。それも何年も前に……。そのとき親父が……」

急にオドオドとした目つきとなり、最後に何か嫌なものでも見たかのように眉間に皺がよって、

「——親父が持って帰ってきたのが、その二本の鍵です」

賃貸料の交渉のときとは打って変わり、急に大人しくなった楠正直に礼を言うと、私は表に出た。相変わらずガタつく戸を閉めるときに中を見たが、彼はまだ嫌悪感に満ちた表情を浮かべたまま、応接セットに座っていた。

角の電器屋を曲がろうとしたとき、以前に道を聞いた飲み屋のママさんらしき女の人が、店から出て来た。

「あら」

軽く会釈《えしやく》をすると、
人懐っこく微笑んだが、楠土地建物商会の路地へ目を向けると、途端に難しい顔になった。

「………」

何か言いかけそうになりながら、結局そのまま歩いて行ってしまった。

私が遠ざかる女性の背中を眺め、しばらく所在もなくその場に佇んだあと、ふと楠土地建物商会の方を振り返ると——ジッとこちらを凝視している楠正直がいた。

なぜか、サッと両腕に鳥肌が立つ。先程の女性を追い掛けるように、その場を慌て

て離れた。

その年は、人形荘で年越しをすると決めた。引っ越し後の家の整理や『迷宮草子』の連載小説の執筆、それに年始早々に新企画『ワールド・ミステリー・ツアー13』の承認が降りた場合に必要となる、より具体的な内容構成と執筆者選択、そして執筆依頼準備などのため、今年の年末は杏羅への帰省は諦めることにしたからだ。

編集部の何人かにこの話をすると、皆に「大変ですね」と同情された。

「何が……？」

後輩のひとりである玉川夜須代《たまがわやすよ》に聞くと、

「だって、そんな幽霊屋敷のような一軒家で、ひとりで年越しをするなんて、物凄く寂しいじゃないですか」

なるほど、世間の認識というのはそういうものなのか。

私は、あんな雰囲気のある環境に建つ家で、ひとり静かに読書をしたり、小説を書いたり、新企画の構成を考えたりする……と想像しただけでニンマリと顔がほころび、待ち遠しい気持ちになって仕方がなくなる。

そう言うと、玉川は私の顔をしげしげと見てから、

「まぁ、三津田さんですからね――」

そう悟ったように言った。可愛くないヤツだ。

年内、大した仕事は残っていなかったため、いつもより早めに休暇をとって、家の整理に精を出した。

引っ越し前に清掃会社に依頼して、内部の掃除は一通り済ましていた。すべての部屋を使わないとはいえ、埃だらけで放っておくのも気持ち悪い。かといって自分で掃除していたのでは二、三日はかかると思ったからだが、頼んで正解だった。

例の小さな扉の前の本棚は、事前に動かしておいた。よって清掃会社の人の目には最初から、あの扉は存在するものとして映ったはずだ。少し違和感を持ったかもしれないが、「もし鍵の掛かっている所があったら、そこは掃除をしなくてもよい」と説明してあったので、おそらく大して気にとめなかっただろう。

荷物を運び込む前の日、私はもう一度人形荘へ行くと、左翼の二階を書斎に、右翼の二階を寝室にすることに決めた。その他、右翼一階のキッチンとバスとトイレは当然使用するとして、ホールは当分そのままの状態で放置しておくことにした。ここを使おうとすれば、ソファやテーブルなどの応接セットを入れる必要があるからだ。ホールの奥の部屋は閉め切りとした。本来なら客用寝室にするところだが、うちに泊まりに来る友達なら私の寝室に雑魚寝《ざこね》で充分である。いくら一軒家に住むとはいえ、応接セットや客用ベッドなど新しい家具を購入する気はない。

引っ越しは、その日の朝からはじめて昼過ぎには終わった。人形荘への正式な道がないため少し時間は掛かったが、もし門の前にまともな道があったら午前中で終了していただろう。

気楽なひとり暮らしのため、本来なら軽トラックでもレンタルして、自分で引っ越し荷物の出し入れをやってもよかったのだが、いかんせん私はペーパードライバーだった。浪人時代——もう十六年も前になるか——は、自家用車こそ持っていなかったが車の運転はしていた。

だが、イギリスへ旅行した際、国際免許を取ってロンドンからウィンザー、オックスフォード、ストラトフォード・アポン・エイヴォン、バーミンガム、チェスター、リヴァプール、マンチェスター、リーズ、ヨーク、ニューキャッスル、エディンバラとレンタカーで北上し、最終的にはネス湖のあるインヴァネスまで行く計画を立てて実行したのだが、リーズの手前で事故を起こしてしまった。

恥ずかしながら、スピードの出し過ぎでカーブを曲がり切れずにガードレールに接触し、車がスピンして反対側の側壁に激突したのである。車が大破した割には幸い大した怪我もなく——また保険に入っていたから車の損害金もさほどかからず——そのまま旅行を続けることはできたのだが、二度と車を運転する気にはならなかった。交通事故に限らず、どんな事故でも遭うのは嫌なものだが、それが外国だと尚更辛いものがある。この体験以来、私は車嫌いになってしまった。

元々、車に大して興味があったわけではない。だから事故以降まったく車に乗らなくなっても特に差し障りはなかった。ただ今回のような場合、やはり不便に感じる。仕方がないので業者に頼んだが、

「住宅地の中なのに、こんな不便な所ははじめてだ」

そう引っ越し屋のおやじさんには、ぼやかれてしまった。

もちろん門の前の道が使用できないか試してみたが、高い生け垣と板塀が左右に延びていて、仮にそこの家の庭を通らせてもらったとしても、荷物の運び込みは無理そうだった。それでも生け垣と塀の間の小道の先に、私は両隣の家に断わって、ポストを設置することにした。新聞配達や郵便屋に、まさかあのルートを通ってもらうわけにもいかない。

人形荘から見て右手の生け垣の阿辺《あべ》家と、左手の板塀の吽部《うんべ》家へ挨拶に行くと、両方とも奥さんらしい人が対応してくれたが、興味津々の態度も共通していた。あからさまには聞いてこなかったが、出入りの不便さに同情する振りをしながら、何か変わったことはないかと遠回しに探りを入れてくる。逆にこちらから、あの家の以前の持主のことを聞くと、自分たちがここに家を建てたときから既に空き家だった、と二人から言われた。両方の家ともこの先、親しい近所づき合いをするとは思わなかったが、一応引っ越し蕎麦《そば》代わりの安い菓子折を渡し、丁寧に礼を述べて辞した。

もっとも阿辺家の奥さんと話しているとき、向こうが探りを入れてくる以上に、こちらは向こうの家のことが気になっていた。例の〈目〉を見た生け垣の家が、阿辺家だったからだ。とはいえ具体的にそんな話ができるわけもなく、せめて何か変わった言動が奥さんに見られないかと思ったが、そんな気配は露ほどもない。ただ、同家を辞して呼部家へ向かったとき、二階のカーテンが少し動いたように見えたのは、気の迷いだったのだろうか。

その日の午後は、部屋の整理に費やした。大して荷物がないとはいえ、書斎、寝室、キッチン、バス、トイレと五箇所を生活できるように整えるのには結構時間が掛かる。また、近所に気兼ねせずにすむ一軒家のため、思い出したように夜中までガサゴソとやってしまった。

そのため、はじめて人形荘で迎える夜に感慨めいたものはなく、あとはただ疲れて寝るだけだった。

翌日は実家から送ってもらった本の整理である。東京に転勤する際、資料本になる書籍以外はほとんど奈良に置いてきたのだが、今回の引っ越しでようやくすべての蔵書を一箇所に集めることができる。実はこれが、一軒家に引っ越した目的のひとつでもあった。

本の整理は楽しい反面、重労働でもあり、また気をつけないと大変な時間をとられてしまう。実家にあった数千冊と東京で増えた数百冊という個人蔵書としては極めてささやかなものだが、これらをただ本棚に入れるだけでなく、著者と出版社と判型を考えながら並べるのは結構難しい。しかもよく使う資料本などは取りやすい場所に並べたいし、江戸川乱歩やディクスン・カーやスティーヴン・キング、泡坂妻夫や連城三紀彦などは、やはり別格扱いしたい気持ちが出てくる。そうなると本を並べる順番や入れる場所が決まるまで、かなりの試行錯誤をすることになる。

おまけに整理をしているときに、昔買った懐かしい本が何冊も出てくるため、そのたびに手を休めてはパラパラと見入ってしまう。これでは作業がはかどるはずもなく、丸二日の間、私は本に埋もれた書斎で、それらの整理だけに時間を費やしていた。まぁその間が、至福の時であったことは確かなのだが……。

ようやくすべての整理を終えたのが、引っ越して三日目の夜だった。仕分けして最後に残った本の山の二つを本棚に収めると、先程までパラパラと読んでいた書籍の中から今夜ベッドで読む本として、植草甚一の『雨降りだからミステリーでも勉強しよう』を選び書斎を出る。著者が取り上げている洋書で、その後に邦訳が出たものもあり、現在読むとまた違った味わいがある。

渡り廊下を歩いているうちに、何とも言えぬ充足感を覚えた。初日はただ寝るだけで、二日目はまだ間借りした家に寝泊まりしている気分があった。それが今は、もっと堂々としている自分を感じる。その感覚は寝室に入るに至り、自分がこの家の住人になった実感へと移り変わった。

「…………」

家が息をついたような気がした。

――いや、そんな感じを覚えた。

なぜ、そんな気分になったのかは分からないが、寝室に入った瞬間、人形荘が呼吸をはじめたように思えた。

後ろ手に閉めた扉を背にして、まるで家の気配を窺うようにじっと佇む。しかし静まり返った屋内の静けさがいっそう強調されるばかりで、何の物音も聞こえない。ただ、石油ストーブで暖まった書斎から冷えきった寝室に入ったことにより、顔や手などの露出した肌に、まるで纏《まと》いつくような冷え冷えとした冷気が感じられ……？

窓が開いているのか。それにしても寒すぎはしないか。

――なぜかたった今、通ってきたばかりの渡り廊下を、こちらへ向かって歩いて来る何かの気配を背中に感じた。

それまで身体を包んでいた高揚感は最早なく、一気に恐怖感が全身を覆い尽くす。瞬時に、M・R・ジェイムズの「笛吹かば現われん」で、魔笛によって召喚された白い妖怪が、海辺をゆっくりと考古学者の方へ走ってくるイメージが浮かび……ゾッとした。

　しかし、魔笛の化物が考古学者に追いつけそうで、なかなか追いつけないゆっくりとした歩みなのに対して、渡り廊下の何かは、タッ、タッ、タッ、タッ、タッという調子で、確実にこちらに近づいて来る感覚がある。

　私は、渡り廊下の気配を全身で感じ取ろうとでもしたのか、いつの間にか背中をぴったりと扉に押しつけていた。ゾッと寒気が背筋に走ったあとは、ドク、ドク、ドクと心臓の鼓動が耳につきはじめる。

　ドク、ドク、ドクという鼓動に呼応するように、タッ、タッ、タッと気配が近づいて来る――。

　ドク、タッ――

　ドク、タッ――

　ドク、タッ。

　その感覚が次第に狭くなっていく……ような気がするのは、気のせいだろうか。いや、気のせいと言えば、扉の向こうの気配そのものが気のせいではないか！

　ドク、タッ、タッ――

　ドク、タッ、タッ、タッ――

　ドッ、タッ、タッ、タッ、タッ！

そんなに渡り廊下が長いはずはない……？

と思った次の瞬間、

バン！

扉が響くと同時に背中に振動を感じた私は、「わっ」と声を上げて目を覚ました。

気がつくとベッドに服のまま寝ており、寝汗をぐっしょりとかいている。

夢……か？

時計を見ると午前二時十四分。やっぱり夢か。どうやら疲れてそのまま寝てしまったらしい。さすがに家の中とはいえ丸三日も動き回ったので、身体が疲労していたのだろう。

午前二時十四分……。

そう言えば高校時代に、夜中に二時十四分を指す時計の針やデジタル表示を見てはいけないという怪談があった。

二時十四分の恐怖——。

見ると、どうなるのだったか。見ると……何かがやって来る？　確かそんな話だったと思う。

そうだ。クラスのAがBの家に泊まって、夜中の二時から時計を見はじめた話を聞いた覚えがある。だけど十四分が近づくにつれ、徐々に部屋の中が異様な雰囲気になってきて、そのうち庭の方から砂利道を踏む微《かす》かな音が聞こえ出して、やがて足音らしきものが段々と部屋に向かって来るような気配を感じるに及んで、ついに長針が十三分を指した時点で時計に毛布を掛け、自分たちも蒲団《ふとん》を被ってしまった。そんな話だったはずだ。

これを聞いてからしばらくは、夜中に時計を見るのを少し意識したものだ。しかし、まさか今見た夢が、あの二時十四分の恐怖だったとは思えない。

——それにしても怖い夢だった。とても生々しく背中に衝撃の感覚が残っている。こんなに怖い夢を見たのは、いつ以来だろう。

私は枕元のスタンドを点すと、半ば恐る恐る渡り廊下の扉へと目を向けた。しばらく見つめていたが、やがて胴震いのような悪寒が全身を駆けると、慌てて北側の扉から階段を降りて風呂場へ向かった。途中、例の小さな扉を視界に捉え、また悪寒が走りそうになったので、慌てて目を逸らす。

熱いシャワーを浴びてパジャマに着替えると、ようやく落ち着いた。その後、正月用に買っておいたワインを軽く飲む。お蔭で何とか熟睡することができた。

翌日は昼近くまで寝た。引っ越しの疲れもあっただろうが、ぬくぬくとしたベッドの中が一番安全に思えて、なかなか起きられなかったからである。

どうにかベッドから出ると、まず渡り廊下の扉を開けてみた。当然、何も変わったところはない。廊下に濡れた足跡がついていたり、扉の前に緑色をした泥の塊が落ちていたり、扉に猫の死骸が打ちつけられていたりしたわけでもない。ただ渡り廊下が真っ直ぐに延びているだけだった。

私は洗面を済ませると、卵とソーセージとパンで朝昼兼用の食事をとり、その日は夕方まで連載小説の構想をぼんやりと練《ね》って過ごした。洗面や食事という日常的な行動をしているうちに、不思議なほど自然と昨夜の恐怖感は薄れていった。小説の構想は「ぼんやりと練る」ものではないかもしれないが、今回の場合はそんなやり方が良いような気がした。

一応、仮のタイトルは「化物屋敷」だったが、いざ内容を考える段になると、ちょっと違うなという気になる。このタイトルから受ける印象では、どうしてもド派手な演出のあるホラー・ストーリーを想像してしまう。また読者もそれを期待するのではないか。個人的にはそういった話も好きだが、今回はもっとシンプルなものが書きたい。ジャンルから言えば幽霊屋敷物になるが、できればポルターガイストが巻き起こる超常現象物や、登場人物たちが虐殺されていくスプラッター物より、もっと正統派の英国怪奇小説のような作品が書きたい。リチャード・マシスン『地獄の家』やスティーヴン・キング『シャイニング』よりも、ヘンリー・ジェイムズ『ねじの回転』やシャーリー・ジャクスン『山荘綺談』、ロバート・マラスコ『家』やスーザン・ヒル

『黒衣の女』といったところだろうか。特に『山荘綺談』はもっとも好きな作品で、映画化された「たたり」も良い雰囲気を醸し出していたが、原作の持つあの鬼気迫る狂った感覚には及ばない。

　もっとも、それを言えば短篇の方が良い。これは幽霊屋敷物云々という以前に、すべての怪奇幻想小説は短篇に限るということだ。ミステリと違い怪奇幻想系の小説は、基本的に雰囲気が大切である。プロットで読ませる長篇にしろ、雰囲気の積み重ねは疎かにできない。そういう意味では、ホラー小説の大家であるスティーヴン・キングの作品はディテールの積み重ねがしっかりとしており、怪異や恐怖を現出させるまでの書き込みが大変効果的であるが、怪奇と幻想を楽しむような作りにはなっていない。エンターテイメントとして傑出してはいるが、長大な分だけ様々な要素が入っており、純粋な形で恐怖を楽しむことができなくなっている。キングは新しい怪奇幻想文学を――彼ひとりだけの試みではないが――創造したとも言える。

　しかし、この連載小説では、H・R・ウエイクフィールドの「赤い館」のようなオーソドックスな幽霊屋敷物を書きたいと思う。これはきちんとプロットを立てるよりも、やはり茫漠とした心情で、ただぼんやりと考えるともなく考える以外に手がないような気がする。

　舞台は人形荘、この家である。実際に自分が小説を書くまで、舞台設定はすべて架空の方が面白いと考えていた。が、今はそんなことはまず不可能だと分かっている。最初にそれを認識したのは、乱歩の怪奇幻想短篇をこよなく愛読したあとで『探偵小説四十年』をはじめとする小説以外の文章を読み、いかに乱歩の描く異世界が彼の現実の生活体験に裏打ちされていたかを知ったときだった。あの幻影の城主にして、この現実――。感受性豊かな思春期にどっぷりと乱歩魔界に身を委ねていただけに、そのショックはかなり大きかった。やがて小説の真似ごとをはじめると、いくらでも現実を非現実へと変移させる方法があると分かってくるのだが……。当時は、お化け屋敷の舞台裏を見せられたような、何とも味気ない失望感を覚えたものである。

今回のように家が中心となる作品では、とりあえず最初に舞台の間取りが分かっていると安心する。作家によっては、そんなものがなくても書ける人はいるのだろうが、私の場合はたとえ実際の細かい描写をしなくても、自分で間取りが分かっていないとどうも落ち着かない。

次は怪異そのものである。幽霊屋敷物なのだから、何らかの怪奇現象を起こす必要がある。ただし、どういった連中が家にやって来るのか、それにもよる。最初から幽霊屋敷だと分かっていて調査に来た学者グループなのか、何も知らずに引っ越して来た家族なのか、それとも肝試しに来た若者たちか。だいたい来た人物の目的によって、家に滞在する期間も違ってくる。肝試しの若者たちなら一夜、調査研究の学者たちなら数週間から数ヵ月、引っ越して来た家族なら一年以上と、それによって怪異の種類や演出にも大きな差が出てくる。また、怪異そのものの正体を何にするかという問題がある。小説の性格上、一から十まで説明する必要はないが、ある程度は考えておかなければならない。第一それがないとどんな現象を起こせば良いのか、つまりどんな怪異が相応しいのかが分からない。

「これはミステリを書くよりも難しいかもしれないな」

そんな独り言を呟《つぶや》きながらも、まだまだ構想がまとまらない連載小説に一応「忌む家」という新しいタイトルをつけてみた。やはり何を考えるにしても、タイトルがないとどうも具合が悪い。あとから考えてみると、おそらくH・P・ラヴクラフトの「忌まれた家」が潜在意識にあったのだろう。

この日はタイトルと書く内容の系統だけを決めて良しとした。これ以降はある程度、自然に固まっていくのを待たなければならない。

その夜、祖父江耕介から電話があった。

「幽霊屋敷の住み心地はどんなもんや」

ほとんどの知り合いには、年賀状を引っ越しの挨拶に代えるつもりだったが、彼や飛鳥信一郎など数人には知らせていた。

「幻影の城主とまではいかないが、なかなかいいもんやぞ」

「そうか。で、幽霊は出たか」

「——出るわけないやろ」

こちらが一瞬でも躊躇《ちゅうちょ》したのを、いち早く気づいたようで、

「何かあったんか」

急に真剣な口調になった。

「いや、引っ越しで疲れただけや」

すぐに返答する。昨夜の夢——出来事——が人から聞いた怖い体験談であれば、おそらく躊躇《ため》らいなく耕介に話していたと思う。それが自分自身に起こったことのため、逆に話しにくかった。

「ほんまか。実は怖い夢でも見て、ビビったんとちゃうやろな」

耕介はからかうような調子で、わざと関西弁でそう言いつつ、

「まあいい。冗談抜きで何かあったら話してくれよ」

私の口調から何か感じ取ったのだろう。心配しながらも、あえて深くは突っ込んでこないあたり、友人とは有り難いものである。

しばらく、お互いの近況や最近読んだ本の話などをしていたが、

「そうそう、例の小説やけどな」

「…………」

「ほら、ペンネームは使用していたけど、お前の名前で応募された『百物語という名の物語』という作品、あれ下読みの段階で落としたから」

「そんな話してええんか」

「内容が内容だけにな、お前には聞く権利があるような気がする。もっとも落とした理由は純粋に小説としての評価やから問題はない」

「どんな内容や」

「――いや、つまらん話や」

今度はこちらが相手の躊躇に気づいた。いくらつまらない内容でもそれが小説であれば、これまで耕介とは嫌というほど話をしてきた。だから、この作品に限ってだけ「つまらん話」の一言で片づけるのはおかしい。何か話したくない事情が、それも私には話したくない理由があるのだ。

「ほら、いかにも素人が今のホラーブームに便乗して書いた、そんな作品ってあるやろ。そういったもんと大差ない」

とってつけたような耕介の物言いが私には、皮肉にも自分の考えを裏づけてくれたように思えた。

「ただな、なぜお前の名前を使ったんか、少し分かったような気もする」

あまりにも愛想がないと思ったのか、急いで耕介はつけ足した。

「なんでや」

「いや、実は題名からも予想できるように、小説のテーマは百物語なんやが、ユニークなのは、小説中に実際九十九の怖い話が入っていることにある」

「へー、それは面白いやないか」

「ただ、その九十九の話が問題でな。それらはお前自身が取材した話という体裁になっていてな」

「………」

「それですぐ思いついたのが、お前のホームページ〈百の部屋〉や。あそこには、実際にお前が取材した怪談が掲載されてるよな。前から俺もちょくちょくアクセスはしていたんやが、今回あらためて覗いてみると、まったく同じ話がある。全部確かめたわけやないけど、かなりの数の話を、あの〈百の部屋〉から取っているんは間違いない」

「だから、俺の名前を使ったと……」

何年前になるだろうか。友人をはじめ仕事関係で知り合った人から、怖い話を聞き集めていたことがある。基本的には本人の体験談が望ましいが、テレビや書籍で得た話でない限り、人から聞いた話でもよいことにして収集した。それがちょうど九十九話溜《た》まったときにインターネットをやりはじめたので、〈百の部屋〉というホームページを作成して、それらの話の中からネット上で流しても差し障りのない内容のものを選んで掲載した。

同好の士はいるものらしく、「こんな怖い話もあるぞ」「友達が体験した話です」と、結構な数の怖い話が送られてくるようになった。〈百の部屋〉とはいっても、実際には百話なかったわけだから、私は送られてきた怖い話を送付者の了解を得て、ひとつずつ取り入れるようにした。そのお蔭で、ある時期から〈百の部屋〉は常に九十九の怖い話が掲載されるようになったのである。

耕介の考えによると、津口十六人はこの〈百の部屋〉を利用したのではないかということ。

「この作品とお前との接点は、今のところそこにしかない。いや、そこにしかないというよりも、ある意味では半分はお前の作品ともいえるわけやな。これを書いたヤツは、お前と合作したつもりになっているんかもしれんな」

分かったような、分からない話だったが、気味悪いことにかわりはない。

「で、その九十九の怪談が、本筋とどう絡むんや」

「いや、それはさっき言うた通り、大してオモロないから――」

今度は何の躊躇もなく、むしろ言葉を用意していたように素早く応えると、

「それより、センセイの小説の方はどうや」

自分から例の小説の話題に触れながら、これ以上話すことの危険性でも感じたのか話を逸らした。私もあえて逆らわずに「忌む家」の構想を語り、その夜の電話は終わった。

年末は静かに過ぎていった。ただ、しばしば夜中や明け方にハッと目を覚ますことがあった。それまで自分が何かしていたような——おそらく夢の中でだろうが——気はするのだが、まったく覚えていない。どうも妙な気分だったが、別に不眠になったわけでもないため気にしないようにした。

ひとり者の友人たちは、さすがに残らず故郷に帰った。年内に一度泊まりに来ると言っていた祖父江耕介も忙しかったようで、三十一日の午前中まで徹夜仕事をしたあとに「これから帰省する」と電話があった。

私は寂寥感《せきりょうかん》を楽しみながら、積ん読になっていた本を読み、裏の竹藪や近所を散策し、「忌む家」の執筆に取り掛かり、夜中にホラービデオを観賞し、引っ越し通知を兼ねた年賀状を書き、そして大晦日の夜、あの小さな扉の前に立った——。

なぜ大晦日の夜まで待ったのか、自分でも分からない。特別なことをして年を越したいと思ったわけではない。おそらく世間がおめでたい新年を迎えようとしているときに、自分は何か不吉な——あの扉は不吉な匂いがするのだろうか——ものに関わってやろうと天の邪鬼的な気持ちが働いたのだろう。しかし結局、世間が新しい年への希望の扉を開いたのに対し、私は謎めいた扉を開けることができなかった。

扉は内開きだった。そのため蝶番《ちょうつがい》を外すことはできない。といって斧《おの》でぶち破るような手荒というか頭の悪い手段は取りたくない。したがって鍵をこじ開けようとしたのだが、やはり素人には無理だったようで、さんざん扉の前で時間をかけて得たものは、右手の指の怠《だる》さだけである。気がつくと、とっくに年は明けており、こんな変わった年越しをした人間が他にもいるのかと考え、ひとりでニヤついてしまった。玉川夜須代にでも見られたら、「異常です。変です。絶対におかしいです」と呆れられたに違いない。

その彼女から二日に電話があった。今年は帰省しないかもしれないと言ってあったので、もしやと思って電話をかけてきたらしい。一通り年末年始の私の生活を聞き出すと――扉のことは言わなかったが――「不健康です」と罵《ののし》られ、初詣に駆り出された。私はなにより人混みが大嫌いなのだが、行き先が明治神宮《めいじじんぐう》だと聞いて少し心が動き、たまには遠出も良いかと出掛けた。結果は当然、人、人、人の物凄い状態の中に放り込まれ、おまけに彼女が着物なぞを着てきたため速く歩くことができず、ほとほと疲れた。神宮の参道を歩きながら、残りの休みはどこであろうと絶対に出掛けないぞ、と心の中で誓っていた。

誓いを忠実に守ったお蔭で、なんとか正月休み中に「忌む家」の第一回を書き上げることができた。あまり満足に構想を立てられないまま書きはじめるのには不安もあったが、もう十年近くも使っているＭａｃの前に座り、古いながらも愛用しているソフトのマックライトⅡを立ち上げて最初の一行を打ち込むと、あとはそんなに苦労することなく物語を紡ぐことができた。小説を書いているとたまに、これから自分が記す物語が既にすべて頭の中に細部まで出来上がっているような感覚に囚われることがあるが、このときの状態が正にそうだった。脱稿した原稿は一度目を通しただけで、天山天海に送った。

人形荘を訪れることになるのは、四人家族とした。正直、最初の一行を書きはじめるまで迷いはあったが、「木の家じゃないか……」という私自身がこの家を見たとき頭に浮かんだ言葉を、登場人物の少年の台詞として記した途端、物語が流れはじめた。途中、彼が「ぞっ」としたのは、あとから考えると『シャイニング』に登場するダニー少年のシャインの真似を無意識にしてしまったのだろう。我ながら貧困な発想に苦笑する。しかし、第一回は曰《いわ》くありげな家の描写だけに留めておこうと思っていたのが、言人の絶叫という思いもよらぬ終わり方をしたことには、ちょっと戸惑いもあった。あの場面を書く直前まで考えてもいなかったからだが……。でも、出来上がったものには満足していた。

仕事始め早々、『ワールド・ミステリー・ツアー13』の企画が承認され、俄然《がぜん》忙しくなった。ただ承認されたといっても、とりあえずは半分である。これまで扱っていないミステリーという新しい分野を手掛けるのに会社も慎重になっており、最初から全十三冊は認めてくれなかったのだ。一応最初の六冊を出し、その売れ行きを見てから残りの七冊を検討することになった。実はこれでは、いろいろと考えていた仕掛けができなくなるのだが、まぁ半分でも承認してもらったのは事実なので、気を取り直して仕事に掛かることにした。

営業からは四月に二冊刊行して欲しいと言われた。だが、これから依頼して四月は難しいので六月に延ばしてもらい、二冊同時という希望のみ承諾した。ただ刊行が二ヵ月延びたとはいえ、一冊に十三の異なる章が入る本を二冊同時に編集しなければならない。それに最初の二冊を作っている間にも、三冊目、四冊目と先の内容を考える必要もある。三冊目以降の続刊は隔月刊行となる。のんびりしてはいられない。

私は「第1巻／ロンドン篇」と「第2巻／イタリア篇」の執筆候補者を正式に固めると、必要な書類一式を作成し執筆依頼に入った。両方とも『GEO』の特集をある程度は元ネタにできるため助かったが、それでも全二十六章を企画編集するのは大変である。

「ロンドン篇」は自分の興味範囲内でもあり、特に考えなくても幽霊屋敷探訪なら友成純一氏、切り裂きジャックなら仁賀克雄氏、鉄道ミステリなら小池滋氏、ホームズ物なら小林司と東山あかね両氏という風にテーマと筆者が出てくる。しかし「イタリア篇」の場合は、そういうわけにはいかない。目玉原稿だけは『GEO』の「イタリア・ショッキング・ツアー」に掲載した、目玉原稿ならぬ目玉親父こと水木しげる御大のイタリア紀行を元にできるため助かったが、他はほとんど一から考える必要がある。お蔭で忙しい思いもしたが、自分が知らないミステリアスなイタリアを発見する喜びも味わえた。編集者自身の専門に根差した企画でない限り、多かれ少なかれこの苦労はついて回るものだが、このシリーズはその苦労が喜びに変わるためやりがいがある。

年明けから春までは、怒濤《どとう》のように過ぎ去った。連載小説の続きが締め切りまでに書けるか心配だったが、こちらの方は不思議と順調に進んだ。最初のうちは、会社に遅くまで残ったときに書こうとして、うまくいかずに焦った。それが週末に家で書きはじめると嘘のようにはかどり、いくらでも書けそうな気になった。そのうちに「忌む家」の第一回が掲載された『迷宮草子』の四月号が送られてきた。

嬉しいことに久し振りに作家特集が組まれており、しかもそれが東城雅弥《とうじようまさや》だった。東城は私の偏愛する怪奇幻想作家のひとりで、旅人が山中で遭遇した一夜の恐怖を描いた一ツ家伝説の怪談「蜉蝣庵《かげろうあん》」、朱雀《しゆざく》神社の二人巫女《みこ》伝説に材をとった幻想談「夢寐《むび》の残照」、変格探偵小説の怪作『九つ岩石塔殺人事件』など、マイナーな作品ながら傑作がある。

天山天海は、私の東城好きを察知していたらしく、同封の手紙では軽く特集内容に触れながら、「貴兄に気に入っていただければ幸い」である旨が記されていた。また「忌む家」についても、「今後の展開を大いに期待しています」と書き、天海以外の同人も注目していることを知らせてくれた。

こういう言い方をしては失礼だが、たとえ同人誌でも自分の書いた作品が活字になるのは嬉しいものである。そのうえ期せずして東城雅弥の特集号に「忌む家」の第一回が載ったのだから、もう有頂天である。これが励みとなったのか、私は益々連載小説の執筆にのめり込むようになった。

「顔色が悪いですよ」

しばらくすると折にふれ、そう玉川夜須代に言われ出した。

ところが、私自身あまり疲れたという感覚がない。基本的には仕事も創作も好きなことをしているため、どんなに忙しくてもストレスが溜らないからだろうと思っていた。

もっともこの忙しさに拍車がかかった。『ワールド・ミステリー・ツアー13』では一巻ごとに折込のミステリーマップを入れるのだが、これを考える必要があったのと、毎巻の十三章目の筆者名を編集部として、私自身が取り上げる地域に関連のある本や映画の紹介をすることに決めたからである。週末は完全にこれらの作業で潰れた。が、なぜか「忌む家」の執筆だけは滞《とどこお》ることなく進み、その高揚感がまた仕事に取り組む気力を湧かせるという相乗効果を生み出した。

十三章は、「ロンドン篇」ではイギリスの怪奇幻想短篇小説十三篇の紹介をし、「イタリア篇」ではダリオ・アルジェントのホラー映画十三本を取り上げ、その特徴を十三に分類し紹介するつもりだった。

アルジェントは昔から好きでビデオも集めており、書きたいこともいろいろある。作品数もテレビ作品まで入れて数えると、「歓びの毒牙《きば》」「わたしは目撃者」「4匹の蠅」「サイコ・ファイル」「サスペリア2」「サスペリア」「インフェルノ」「シャドー」「フェノミナ」「オペラ座 血の喝采」「マスターズ・オブ・ホラー 悪夢の狂宴」「トラウマ 鮮血の叫び」「スタンダール・シンドローム」と、ちょうど十三になる。

しかし、イギリスの怪奇幻想短篇小説を十三篇選ぶという作業は、簡単なようでいて結構やりはじめると難しい。この章を執筆するのが有名な作家なら、その人が偏愛する作品を取り上げてもらえればすむが、編集部選では作品のメジャーさや全体のバランスを考える必要がある。かといって、平凡な十三篇を選ぶのも面白くない。この選出作業で泥沼に陥りそうになった。

ちなみに、そのときに候補とした作品は以下の通りである。

フレデリック・マリヤット（1792–1848）「人狼」

ジョン・ポリドリ（1795–1821）「吸血鬼」

メアリー・シェリー（1797–1851）「変身」「よみがえった男」

チャールズ・ディケンズ（1812–1870）「信号手」

Ｊ・Ｓ・レ・ファニュ（1814–1873）「緑茶」「妖精にさらわれた子供」

ウィルキー・コリンズ（1824–1889）「夢の中の女」

ロード・ハリファックス（1839–1934）「ボルドー行きの乗合馬車」

ブラム・ストーカー（1847–1912）「牝猫」「判事の家」

ロバート・スティーヴンソン（1850–1894）「ねじけジャネット」

オスカー・ワイルド（1854–1900）「カンタヴィルの幽霊」

コナン・ドイル（1859–1930）「パラサイト」「大空の恐怖」「革の漏斗《じょうご》」

ジェローム・Ｋ・ジェローム（1859–1927）「ダンシング・パートナー」

Ｍ・Ｒ・ジェイムズ（1862–1936）「笛吹かば現われん」「ポインター氏の日録」「秦皮《とねりこ》の木」「マグナス伯爵」「十三号室」「銅版画」

イーディス・ウォートン（1862–1937）「魅入られて」「万霊節」

アーサー・マッケン（1863-1947）「パンの大神」「セレモニー」
W・W・ジェイコブズ（1863-1943）「猿の手」
エイミアス・ノースコット（1864-1923）「ブリケット窪地」
ラドヤード・キップリング（1865-1936）「彼等」「幻の人力車」
M・P・シール（1865-1947）「音のする家」
メイ・シンクレア（1865-1946）「希望荘」「胸の火は消えず」
H・G・ウェルズ（1866-1946）「赤い部屋」「卵形の水晶球」
E・F・ベンスン（1867-1940）「顔」「アムワース夫人」
アルジャーノン・ブラックウッド（1869-1953）「いにしえの魔術」「邪悪なる祈り」「柳」「秘書奇譚」「移植」
サキ（1870-1916）「開いた窓」
W・デ・ラ・メア（1873-1956）「なぞ」
J・D・ベレスフォード（1873-1947）「人間嫌い」「のど斬り農場」
W・H・ホジスン（1877-1918）「夜の声」
リチャード・ミドルトン（1882-1911）「ブライトン街道で」「幽霊船」
ヒュー・ウォルポール（1884-1941）「銀の仮面」「ラント夫人」
W・F・ハーヴィー（1885-1937）「旅行時計」「炎天」

マージョリ・ボーエン（1886-1952）「色絵の皿」

シンシア・アスキス（1886-1960）「鎮魂曲」「シルビアはだれ？」

H・R・ウエイクフィールド（1888-1964）「赤い館」「防人《さきもり》」「ダンカスターの十七番ホール」

アルフレッド・マクルランド・バレイジ（1889-1956）「スミー」「落葉を掃く人」「違う駅」「見た男」

マーガレット・アーウィン（1889-1967）「真夜中の黒ミサ」

ジョン・メトカーフ（1891-1965）「死者の饗宴」

L・P・ハートリー（1895-1972）「ポドロ島」「W・S」

デニス・ホイットリー（1897-1977）「蛇」

エリザベス・ボウエン（1899-1973）「猫は跳ぶ」「魔性の夫《つま》」

ロバート・エイクマン（1914-1981）「列車」「奥の部屋」「鳴りひびく鐘の町」


すべてとはいかないが、主な作品を読み直すだけでも大事である。もっともこの大変さが心地よさでもあるのだが……。

しかし、これらの作品に目を通していたときのこと。ある陰鬱な曇空が広がった日曜日の昼下がり――二階の書斎でハーヴィーの「旅行時計」を読んでいて、今さらながらゾッとしたときには、さすがに少し怖くなった。

思えばこの時期、仕事も読書も創作も、おまけに住む家まで、自分を取り巻くすべての環境がミステリアスな彩りに包まれていた。まさにトワイライト・ゾーンの直中《ただなか》にいるような状況である。だが、黄昏《たそがれ》の空間のさらなる向こうには、暗闇の世界がぽっかりと口を開けている。まだ日の光が残る時間帯にいる限りは、なんとか意識を保っていられるかもしれない。それが、ひとたび闇の中へと足を踏み入れれば……。いや、闇は自分から向かって行かなくとも、向こうから来るものなのだ。弱まりゆく日の光を求めて闇雲に駆け巡っても、黄昏はやがては暗黒になり、「誰そ彼れ」という問い掛けが「あれは何ぞ」という恐れへと変貌する。

そう、闇は常に外からやって来る――。

そんな闇の手が私に伸びてきたのは、世間がそろそろ五月の連休に思いを馳せ、浮かれはじめる四月の半ば過ぎだった。

六月の下旬に二冊同時刊行するためには、五月の下旬には印刷所にレイアウト組みしたデータを入れなければならない。そのときの進行状況では、ゴールデン・ウィークのうち数日は休日出勤して編集作業に当たる必要があったため、連休の計画など私にとっては無縁だった。祖父江耕介が一泊しに来るというので、その日取りさえ確保すれば、あとは仕事をするつもりだった。

その日も夜遅くまで仕事をし、まだ残っていた『ＧＥＯ』の編集者と軽く飲みに行き、武蔵名護池の駅に着いたのが午前一時半くらいだろうか。

一日中、陰鬱な天気だったため、駅から家路を辿りつつ空を見上げると、墨汁を吸った綿のような雲がもくもくと空一面を覆っている。シャッターの下りた商店街を途中で抜け、住宅地の中を通って十分程歩くと、国分寺崖線を縦に切り裂くような坂道に出る。坂の上からは坂下の町並みがよく見える。

商店街や住宅地では目についた人も、さすがにここまで来ると誰もいない。日によっては一人ぐらい歩いているときもあるが、坂の途中で横道に逸れ、もう一つの暗闇坂へと入る者はまずいない。もちろん、そのまま樹木の奥に消えて行く人間は私だけである。どんなに飲んでいても、もう一つの暗闇坂に入ると酔いは醒める。ましてまったく明りのない植樹林の中をペンライトで進み、やがて前方に竹林が現れるに及んでは、飲んでいないときでも顔から血の気が退くような気がする。この道だけは何度通っても慣れることがない。

少し風が出てきたようだ。サワサワッ、サワサワッと竹たちの囁《ささや》きが聞こえる。夜中など時折コーンと竹が鳴ることがあり、ドキリとさせられるが、なぜそんな音がするのかは分からない。あえて音のした方へ行ってみようとも思わない。取り止めもなく、母が昔から竹が好きだったことを思い出す。

竹林を抜けると、黒々とした人形荘の影が佇む。常夜灯を点していないため、空が曇っていると文字通りの闇である。ただ時間帯によっては、その闇の向こうから微かに阿辺家と吽部家の明りが、垣根と板塀越しに漏れていたりする。が、なまじ中途半端な光は闇を際立たせてしまうだけで、何の助けにもならない。

その夜はさすがに両家とも寝静まったらしく、辺りには深い闇が降りている。鬼門の方角から庭に入り、玄関へと回る。歩きながら、つい右翼の二階の上へと目がいく。そこには、この家の中でまだ私の目が触れていない唯一の空間がある。屋根裏部屋に籠る空気そのものが、息を潜めてじっとしているような気さえする。いや、そこに潜んでいるのは、果たして淀んだ空気だけなのだろうか……。

夜気に冷えたのかブルッと身震いをすると、私は玄関へは行かずに郵便受へと向かった。

阿辺家と吽部家に断わって設置した郵便受も、実際に使用するとかなり不便だった。特に朝、新聞を取りに行くのが億劫《おっくう》で仕方ない。誰に見られる心配もないためパジャマ姿でも平気なのは有り難かったが、雨の日などはやはり辛い。しかし、朝刊を夜まで放っておくわけにもいかず、やはり朝に行くことになる。自然と夜は寄らなくなる。そうすると、その日のうちに届いた郵便を見るのが翌朝になってしまう。朝はやはり時間がなく、ゆっくりと手紙や葉書を読んでいる暇がない。つまり目を通すのによっては支障を来す場合もあった。そこで帰宅時に、なるべく面倒臭がらずに郵便受まで行くようにしていたのだが……。

その日、配達されていた封書というのが問題だった。

差し出し人は天山天海である。簡単な挨拶のあと、実は読者から「貴兄宛てにファンレターが届い」たと記されていた。普通、出版社に作家宛ての手紙が届いた場合、その多くは中身をチェックしてから本人に転送する。しかし、『迷宮草子』は同人誌であるうえ、自分（天山）宛てに入っていた手紙もしっかりとした文章と内容で書かれていたため、「ファンレターは未開封のまま転送」しても問題はないと判断し、「ここにお送り申し上げ」るというのである。それで万一、何か不快な内容が記されている場合は、必ず「その旨を連絡していただきたい」という内容だった。

封書の中に、もう一つ入っている封書を取り出してみた。『迷宮草子』の発行元である天山の寺の住所がワープロ文字で記され、「『迷宮草子』発行所気付　三津田信三様」となっている。裏を返すと、津口十六人……とあった。

津口十六人――、この名前は例の小説の作者名ではないか……。一体これはどういうことなのだろう。封書はかなり嵩張《かさば》っており、少なくとも便箋四、五枚は入っていそうだ。

手に持った封筒の中で、得体の知れない何十匹もの虫が、気色悪くも蠢《うごめ》いているような感覚が指に伝わってきた。思わず投げ捨てそうになったが、辛うじて我慢した。その気味悪さ以上に、津口十六人という人物が一体なぜ、私にどんな用件で手紙を送ってきたのかと、好奇心の方が勝ったからだ。

しかし、それでも指が封書に触れる面積を少なくしようと、親指と中指だけで封書の両側を挟み、足早に家に入る。

すぐ寝室に向かうと、ベッド脇の丸テーブルに封書を置き、気を静めるためにとりあえず風呂でも入ろうと思ったが、とてものんびりとお湯に浸かっていられる気分ではない。胸がドキドキして嫌な不安感に締めつけられる。この不安感から一刻でも早く逃れるためにも、覚悟を決めて封書を開けた。

案の定、中からは便箋五枚が出てきたが、天山の確信は当然としても、私の不安もある意味では杞憂《きゆう》に終わった。いや、私の不安は恐怖に変わったといってよい。なぜなら、その便箋はまったくの白紙だったのだから……。

丁寧に三つに折り畳まれた便箋を開いて、まず目を見張り、それからその下の四枚を次々にめくってみたが、まったく何も書かれていない。その事実が分かるにつれ身震いが起こった。そして最初の一枚へと戻り、セロハンテープで留められた一本の古びた鍵を見つめる……。

白紙の五枚の便箋にまったく意味がなかったとしたら、津口十六人と名乗る人物が私に送ってきたのは、この一本の鍵だけということになる。何も書かれていなかったが、それが、あの小さな扉を開く鍵だという確信があった。

時刻は午前二時になろうとしていた。

私はベッドに腰掛け、便箋に貼りつけられた鍵をじっと見つめる。次いで顔を上げると、部屋の隅の小さな扉に目をやる。

明日も会社はあるが、定時に出社する必要はない。休日に家で仕事をすることも珍しくないため、少々の融通はきく。いや、そんなことはどうでもよい。目の前に鍵があるのに、このまま寝られるわけがないではないか――。

便箋が破れるのを恐れるように、ゆっくりとセロハンテープを外すと鍵を取る。しばらく掌で転がしてみる。昔の鍵らしく、大きさの割には重さがある。よくよく眺めたが、特に文字や模様は見当たらない。だが、あの扉の鍵に違いない。それ以外には考えられないのだ。この確信は一体どこからくるのか……。

ベッドから立ち上がると小机まで行き、引出しからキャンプ用のライトを取り出し、部屋の明りを消すと、しばらく目が暗闇に慣れるまで待った。外は相変わらず曇っていて、カーテンを開けていても、月明りも星明りも差し込まない。やがて物の輪郭がぼんやりと分かるようになると、足音をたてるのを恐れるようにゆっくり扉へ向かう。これから見知らぬ家に、家宅侵入するような妙な気分だ。

扉の前に立つと、鍵を鍵穴に差し込む。そして左に回す——動かない。次に右に回す——動かない。左右にガチャガチャと回す——やっぱり動かない。そんなはずはない。この扉の鍵でなかったら、一体これはどこへ通じる鍵だというのだ。頭が混乱しそうになったとき、ふと津口十六人という人物は、なぜ私にこの鍵を送ったのだろうか、という疑問が過《よぎ》った——。

カチッと音がした。

気がつくと、鍵は半回転していた。どうやら錆びていただけらしい。そのまま鍵を取っ手代わりにして扉を押す。キイィッと蝶番が軋《きし》み、もわっと黴臭《かびくさ》い空気が流れてくる。扉は四十五度開いたところで止まった。ライトを点灯して覗くと、すぐ右手に狭く傾斜の急な階段が見える。頭を過った疑問は最早意識の片隅に追いやられていた。今は全神経が目の前の階段へと、その上にぽっかりと口を開けた暗闇へと向けられている。

厚く埃の積もった階段の一段目に足を掛ける。ギシッと狭い空間に音が響く。さらに一段、もう一段と上る。ギシッ、ギシッ、ギシッという音が、直接脳に響いてくる気がする。足元から舞った埃が、無数の小さな虫のごとくライトの明りの中で躍る。閉所恐怖症のような息苦しさと、キリキリと脳を締めつけるような頭痛で、私は今に

それ

ていた

も発狂しそうな状態だった――。

――と、頭が屋根裏に出た。

何か黒いモノがいくつも蹲《うずくま》っているのが目に入り、ヒィッと息を飲んだ。危うく階段を踏み外しそうになる。なんとか堪えて闇雲にライトを向けると、それは家具などのガラクタ類だった。屋根裏とはいえ、当然その内部は空だと思っていたので、ガラクタが何か異様なモノに見えたのだ。

完全に上がり切ると、階段に近い端から調べてみた。おそらく前の住人――周防章一郎一家だろうか――の持物だろう。楠土地建物商会の楠正直の父親がこの家を買い取って中を改めた際、この部屋だけ見逃してしまったのかもしれない。

ざっと見た限りでは、特に注意を引くようなものはなかった。詳しくは休日の昼間にでも、時間をかけて調べる必要があるだろうけど、と思っているときだった。それを見つけたのは……。

ちょうど階段口とは対角線上の隅に、ライトを向けたときである。円形の光がそれを捉えた。床の上に無造作に放置されているそれを見たとき、最初は何か分からなかった。だが、その正体に気づいた瞬間、なぜか私はゾクッとした。身体の奥底から得体の知れぬものが、ゆっくりと込み上げてくる。そして、さらにあることに思い至りハッとした。

「ま、まさか、だから人形荘なのか……？」

そう呟いた私の、目の前の床の上には……

『迷宮草子』一九九八年八月号連載より

忌む家　第三回　三津田信三

引っ越した家とそっくりな家の模型が、目の前にあった。

いや、模型というよりも——

「ドールハウスだ」

言人は思わず声を出していた。

つい先程まで、本棚の裏で発見した小さな扉を前に、彼は恐怖心と好奇心の板挟みとなり、しばらく佇んでいた。

何度も母親や姉の涼を呼びそうになっては、なんとか思い止《とど》まる。その繰り返しだった。呼んでしまえば、この扉はもう秘密ではなくなってしまう。

正直なところ怖い気持ちもあるが、こんな秘密めいた扉を発見するなど——しかも自分の部屋で——滅多にできる体験ではない。それを少しくらい怖いからといって、あっさりと家族に喋ってしまうのは、救いようのない阿呆である。きっと和人なら、そう言うだろう。

怖ければ扉は元通り本棚で塞いで、明日の昼間の明るいうちに開ければよい、と考えた。しかし一方で、こんな扉があることを知りながら一晩だけとはいえ、この部屋で眠ることなどできそうにない、とも思った。

また、いくら本棚で塞いでも、それがジリッ、ジリッ、ジリッと夜中に動いて、扉がギイィと嫌な音をたてて開き、中から何かが出てくるんじゃないか……という妄想に捕らわれることは目に見えている。せめて、ここに和人や清人がいてくれたら、すぐにでも扉を開けるのだが——。

さんざん悩んだ言人を決心させたのは、雨音だった。津口が帰ったときには小降りだった雨が、急に激しく降り出した。それまで扉のことで頭が一杯だった彼の耳にも届いたほどである。

一日中、雨は降り続いていた。そのため外は、どんよりとして薄暗かった。今さらに陽が落ち、もっと濃い闇が降りようとしている。確実に日は長くなっていたが、暮れはじめると瞬《またた》く間に夜が訪れてしまう。

このままでは、すぐ真っ暗になる。

扉を開けるチャンスは今しかないと気づいた。愚図愚図すればするほど外は闇に包まれる。でも、まだ間に合う。そう、まだ大丈夫だ。きっと……。

かつて見たドラキュラ映画で、なぜか夕暮れ刻にドラキュラ城へと吸血鬼退治に向かった人々が、結局、ドラキュラの目覚めに遭遇してしまうシーンが、チラチラと頭を過って仕方ない。

それでも扉を開けるなら早い方がよいという気持ちが、言人を動かした。机の引出しから、滅多に物をねだったことのない彼が、珍しく母に買ってくれとせがんだペンライトを取り出す。彼にとって少年探偵団のシンボルと言えば、これだった。

扉の前に戻るとライトを点灯する。本棚の陰になっているため、扉の辺りは部屋の中でも闇の濃さが違う。小さな円形の光の中に、びっしりと細かい埃がこびり着いた扉の表面が浮かぶ。ゆっくり光を這わせ、小さな鍵穴を見つける。しかし、取っ手はどこにもない。

このときはじめて、鍵が掛かっているかもしれないと思った。もしそうなら入れない。いや、入らなくてもいい。複雑な気持ちのまま、扉に手をかけた——と、キィィーと耳につく軋みをたてて、扉が内側に開いた。

恐る恐る中を覗くと、学校の掃除用具入れ程度の狭い空間があり、すぐ右手に上へと延びる階段があった。

もわっと黴臭《かびくさ》い空気を顔に受け、くしゃみが出そうになる。ゴクリと唾を飲み込む。及び腰で半身だけだった身体を完全に入れると、階段に面と向かう。ほとんど梯子のような、かなり急な段が目の前にある。ペンライトを落とさないように右手でしっかり握ると、ゆっくり上りはじめた。

一段一段上るごとに、ギィ、ギィィと音がする。本当は進みたくないのに、と思う。階段を辿るだけならまだしも、この段の先へと——屋根裏なのだろうか——上がるのは、とてもできそうにない。ただ足を止めてしまうと、もう一歩も動けなくなりそうで、ひたすら機械的に上り続ける。

あの小さな扉が閉まったらどうしよう。

そう思った瞬間、とても怖くなった。急いで振り返ろうとしたが、狭くて急な段上では首が回せない。階段から落ちないようにバランスをとりながら、かろうじて首を振る。この閉ざされた空間に、部屋の明りが差し込んでいることを確認し、少しだけ安心した。

再び階段を辿りはじめる。言人の感覚ではもう随分上ったように思うのだが、まだまだ段は続いている。このまま屋根まで出てしまうのだろうか、と考えたときだった。常に先へ先へと伸ばしていた右手が空を切った。

えっと驚くと同時に、暗闇の空間へと頭を出していた。両手が触れているのは床だった。

四方にペンライトを走らせる。左手はすぐ壁になっていたが、それ以外の三方には古い家具や段ボール箱のようなものが見える。

やっぱり屋根裏だ。

這い上がるようにして床の上に立つ。

目の前の大きな箪笥《たんす》らしきものの向こう側に回ると、ぼんやりと微かに射し込む外の光を認めた。どうやら外観では分からなかったが、外面の装飾的な模様の中に硝子がはめ込まれていて、それが明り取りの役目を果たしているらしい。ただ最早それも弱々しく、急速に日暮れが近づいていた。

屋根裏は前の住人が残していったガラクタが、あちらこちらに積み上げられ、言人にとっては少し迷路のような状態になっている。自分よりも背の高いガラクタの向こうを覗くとき、そこに何かがいるんじゃないかという恐怖感を、どうしても拭《ぬぐ》うことができない。

それでも気丈にも言人は、隅々までペンライトの明かりを這わせつつ迷路の探索を続けた。

部屋にいるときよりも、ザァーという雨音が耳につく。雨音に混じって床の上を歩く自分の足音がする。それ以外に音はしないはずだ。しないはずなのに、今にも何かの音が聞こえてきそうな気がする。ギィイィッと洋服簞笥の開く音が……、ザッザッザザッと床の上をこちらに近づいて来る足音が……。

言人ぐらいの子供にとって、ガラクタは宝の山である。とはいえこの場所で、恐怖心が探求心へと変わることはなかった。

ペンライトの光に浮かび上がった籐椅子の角を右に曲がれば、部屋の一番南端へ辿り着く。あそこを覗いたら戻ろう。そう言人は思った。

結局は単なる屋根裏だ。扉があんな風に本棚の後ろにあったから、妙に秘密めいて見えたけれど、ただの物置じゃないか。

そんな風にがっかりして、部屋の隅に立った言人の目の前にあったのが、ドールハウスだった。

何も知らなければ、家の模型だと思ったところだ。でも以前に和人が、ミニチュアの家ばかりが載っている外国の写真集『ドールハウス』を見せてくれたことがある。目の前の床の上に置かれているのは、単なる家の模型というよりも、どうもそのドールハウスのようである。

本棚の裏で発見した小さな扉を開け、恐る恐る屋根裏へと上ったことなどもう忘れたように、言人はドールハウスが無造作に置かれた床にしゃがみ込むと、しげしげと観察しはじめた。

屋根も壁面も厚く埃を被っていたが、かなり精巧に作られているのは分かる。それは家を製作する技術面だけでなく、その材料面にまで配慮が及んでいることからも、ただの子供の玩具ではないと実感できる。

言人はこの年ごろの子供が皆好きなように、プラモデルが好きだった。清人が戦車や戦闘機などミリタリー物を作るのに比べ、彼はサンダーバード2号やウルトラホーク1号などテレビの特撮物を多く作っていたが、そんな中でなぜか突然、姫路城《ひめじじょう》や陽《よう》明門《めいもん》などという渋い作品を作ることがあった。

もっぱらジオラマ作りが専門の和人は、「お前のその趣味だけは理解できない」と真剣に首を捻《ひね》っていたが、言人自身も同じだった。

最終的には姫路城も陽明門も、彼が作った怪獣に破壊されるのだが、最初からそれが目的で作ったわけでは決してない。母などは単純だから、「この子は建築の才能があるのかもしれない」と嬉しそうにしている。だが、そんなものがまったくないのは本人が一番よく知っている。ただ、やはり建造物に対する何か漠然とした興味はあるのだろう。

これまでに見たこともないドールハウス――しかも今、自分が住んでいる家そっくりの建物――を目の前にして、言人は興奮を抑え切れなかった。

とりあえずここでは暗くてよく見えないため、自分の部屋へ持って下りることにした。かなり大きいため両手で抱え上げると、結構な重さがあり少しよろめく。狭い階段を苦労して下り、床の上に散らばった本を脇に積み上げ、ドールハウスを置く場所を空ける。

ほっと溜息が出たが、気づくと手も服も埃だらけだった。掃除用に汲んでおいたバケツの水で手を洗うと、まだ汚れの少ない雑巾で服を叩いたが、あまり綺麗にならない。でも少々の埃なら掃除の汚れだと母も思うだろう。

それよりもドールハウスだ。まず手で取れる埃を除くと、次に和人から貰ったジオラマ作りで使用するというハケで、屋根や壁面などに付着した小さな埃を落としていった。

一通り汚れを拭い去った家を見て、言人は凄く綺麗だと思って身体を乗り出す反面、何か忌まわしいものが目の前に現れたような気にもなり、無意識に眉を顰《ひそ》めてもいた。

細部を見れば見るほど、その造形の素晴らしさに息を飲む思いがしたが、家全体に禍々《まがまが》しさが感じられるような気がするのは、なぜだろう？　どこかに嫌悪感を覚えながらも、それでもこの家に惹かれてしまう。

「ドールハウスというのは、中身があるんだよな」

嫌な感じを打ち消すように、わざと声を出しながら、言人は家のあちこちを弄《いじ》りはじめた。

最初は屋根を外そうとしたが持ち上がらず、床を抜こうとしたが外れない。それなら真ん中から割れるのかと思ったが、どこにもそんな切れ目がない。

「おかしいな」

そう呟きながら窓に指を掛けると、開いた。

「あっ」

小さく叫んで慌てて中を覗くと、ちゃんと部屋がある。

「やっぱりドールハウスだ」

つい先程まで感じていた不安など消し飛んだ言人は、ペンライトで内部を照らしてみた。たまたま指が開けたのが、二階の右翼の南面の窓だった。つまり現在、言人が背中を向けているこの部屋の窓である。

この偶然もあって、興味津々で中を覗いて見た。窓際にはベッドがある。東西の壁には家具や本棚も置かれている。北面には一階へ通じているに違いない扉もある。右斜めから覗き込むと、かろうじて渡り廊下への扉も認められる。

もっとはっきり見ようと、隣の窓にも手をかけるが開かない。試しに他の窓や玄関の扉を試すが、やはり開かなかった。おそらく時間が経ち過ぎていて、開閉部分が動きにくくなっているのだ。どうやらこの窓が開いたのは、運が良かっただけらしい。

そう思って、あらためて南面の窓の中を覗いたとき、床の上に座っている子供の姿が見えた……。

えっと思った瞬間、背中がゾクリとした。

誰かに見られている……。誰かがこちらをじっと見ている……。

パッと振り返った。

一瞬、窓の外に巨大な目玉が見えた――。

ほんのつい今まで、巨大な目玉が窓から自分の後ろ姿を、密かに覗いていた感じがする……。

顔から血の気がサァッと退くのが分かった。

慌ててドールハウスの窓を閉めると引っ越し荷物へ駆け寄り、前に祖母から貰った風呂敷を引っ張り出し、それをドールハウスの上に掛け、ベッドの下に放り込むように押し込んだ。

ヤバイよ、ヤバイよ。

何度も何度も心の中で呪文のように繰り返しながら、言人は半泣きになっていた。

そのとき以来、彼の眠れぬ夜が続いた。

数日後、学校がはじまった。嬉々として出掛けて行く姉に比べて元気のない言人を見て、母がまた心配しはじめたので、無理になんでもない風を装った。が、あのドールハウスのことが頭から離れない。

何度も燃やしてしまおうと思いながら、なかなか実行できなかった。燃やすなどという行為以前に、あの家をベッドの下から引っ張り出すことさえ、彼には無理だったのだから……。

にもかかわらず、そのドールハウスの上で毎晩、彼は眠らなければならなかった。ベッドに横になりながら、ひょっとするとあの家の中の、この部屋の、このベッドの上にも、自分と同じような子供が横になっているのではないか……そう想像するだけで震えた。

ドールハウスの存在も怖かったが、それ以上に恐ろしいのは、あの窓を開けてもう一度中を覗いてみたいという、ともすれば湧き起こる自分自身の気持ちだった。二度と見てはいけないと思いながらも、やっぱり覗いてみたいと、どこかで思っている自分が怖かった。

和人には、しばらくしてから手紙を書いた。とてもすぐには書く気がしなかったうえ、取り掛かろうとすると決まって気分が悪くなったからだ。

手紙を投函《とうかん》してから二日後の夜、和人から電話があった。

「大丈夫か？」

和人の第一声である。

「あぁ、なんとかな」

電話はホールの隅に置かれている。ホールにはソファとテレビがあり、東雲家の居間になっていた。当然、両親も姉もいることが多い。その夜、母と姉はテレビを見ており、いつもより早く帰った父は晩酌《ばんしゃく》の最中だった。姉と父は問題なかったが、母は明らかに電話の内容を気にしている。

和人は如才《じょさい》がないから、母に対しては明るく対応したはずだ。しかし女親の直感なのか、母の意識がこの電話に向けられているのは間違いない。

「今、みんな側におるんやろ。俺の方が一方的に喋るから、お前は適当に相槌《あいづち》を打ってろ」

さすがに和人はよく分かっている。

「ドールハウスどうした？」

「そのままや」

「その後、変わったことはあったか」

「いや、ない」

一呼吸の間があって、

「ほんまにドールハウスの中に、子供の姿を見たんか」

「うん」

「その子供、ひょっとしてお前自身とちゃうかったか」

和人の言葉に、ゾワッと鳥肌が立った。

「お前は自分自身を見たんや。そして、お前が自分の後ろ姿を見ているのと同時に、そのお前自身の後ろ姿も、自分に見られとったんや」

彼の言葉がすぐに理解できたわけではないが、言人の頭に浮かんだのは、祖母の家で見た入れ子細工の箱だった。

ちょうど掌に乗るぐらいの綺麗な木箱を開けると、その中から一回り小さい同じような木箱が出てきて、その木箱を開けるとさらに一回り小さい同じような木箱が出てきて……というように、いくつもいくつも木箱が出てきて、しかもどんどんどんどん木箱が小さくなっていく。夢中になって木箱を開けながらも、いつしか途方もなく怖い思いに駆られていたという記憶がある。

そんな言人の回想も知らずに、珍しく和人は興奮した声で話し続けている。

「ドッペルゲンガーって知ってるか。誰かから、昨日どこどこを歩いていたでしょうって言われる。でも自分は行った覚えはないんや。自分の知らんところで、もうひとりの自分が存在する——これがドッペルゲンガーやけど、ひょっとしてお前が見たのも、それに近いものかもしれんな」

「それって、本人にも見えるんか」

「ああ、本人が見たという場合も多い。外から戻ってきて部屋に入ったら、誰か自分の机の前に座っとる。『誰や』と声をかけて、振り向いたヤツの顔を見たら、自分やったという話がある。またトイレの戸を開けたら、誰かがしゃがんどる。振り向いたそいつは自分自身やったというのもある」

「でもそれは、ただの怪談やろ」

否定的な言葉を吐きながらも言人の顔は、どんどんと蒼白になっていく。ちらちらと様子を窺《うかが》っている母親が、今にも席を立ってきそうな気配がある。だが、それに気づく余裕すら彼にはなくなっている。

「いや、この話は昔から、それも世界中にあるんや。ゲーテや芥川龍之介も、自分のドッペルゲンガーを見たらしい」

「それって、見るとどうなるんや」

「……………」

和人の饒舌《じょうぜつ》がピタッと止まった。しまった、とでもいうような沈黙があった。

「どうなるんや」

本当は聞きたくないという気持ちとは裏腹に、言人は執拗に尋ねる。全然できなかったテストを返されたくないと思いながらも、早く点数を見て楽になりたいという気分にも、それは似ていたかもしれない。

「なぁ、和人……」

言人の呼びかけに、「うっ」と詰まったような声がした。

「どうなるんや」

という言葉の後に、「ふうっ」という溜息が聞こえた後で、

「死ぬんや……」

「………」

「自分のな、ドッペルゲンガーを見た者は、それからしばらくして死ぬんや」

「そうなんか……」

「でもな、言人」

和人の声が再び勢いづいて大きくなった。

「お前の見たものが、ドッペルゲンガーとは限らんぞ。第一そんな変なドッペルゲンガーの話は、これまで聞いたことがない。せやから早まった判断はするな」

「じゃ、どうすればいい……」

異様に長い沈黙があった。おそらく電話だからこそ、そう感じたのかもしれない。が、いつも言動のはっきりしている和人からは考えられないほど、その沈黙は長かったうえ、その返答も彼らしくなかった。

「分からん」

弱々しい声が受話器から聞こえた。

「分からんよ……」

それは言人がはじめて聞く、和人の泣き声だった。

「気をつけろ、言人……。今はこんなことしか言えんけど、気をつけろよ」

必死に言い続ける和人に、「分かった」とだけ答えて電話は終わった。

これまで言人は自分の「ぞっ」とする出来事については、少なからず和人に相談してきた。いつも彼が解決してくれたわけではないが、気持ちのうえで随分と楽になったのは確かだ。

その和人があそこまで狼狽《ろうばい》してしまうと、言人自身も目の前が真っ暗になる。「医者に見放される」という言葉があるが、あれはこういう気持ちをいうのかもしれないと思う。

母親が何か話しかけてきそうだったので、急いで部屋に戻る。

しかし自分の部屋にいると、視線はどうしてもベッドの下に吸い寄せられる。言人は部屋の中央で立ち尽くし、ベッドの下をじっと見ながら、和人が話さなかった言葉に思いを馳せた。

和人なら、もう少し先まで考えたはずだ。言人が見たものが、ドッペルゲンガーだとは限らないことを——、それ以上に悪いものであるかもしれない可能性を……。

その夜、和人は友達のために何もしてやれない絶望と悔しさから泣いたのだろう。そして言人は、自分に降り掛かろうとしている得体の知れない何かに恐怖し、泣いたのだった。

その週末の日曜日、津口十六人が遊びにきた。母が自分のことを心配して呼んだのだと、すぐ分かった。姉がこの前のように津口に纏《まと》いつかなかったのも、津口が居間には腰を落ち着けずに彼の部屋に来たのも、その証拠といえる。

もっとも津口の訪問は、言人にも有り難かった。風呂敷を被せてベッドの下に押し込んだとはいえ、ドールハウスに何か変化が起こるかもしれない。そのため家にいるときは部屋から出たくなかったのだが、ひとりでいるのも嫌だったからだ。

津口は、いくつか遊び道具を持ってきていた。中国象棋《しょうぎ》、べえ独楽《ごま》、探偵ゲームと、どれも言人がはじめて見るものばかりである。

「大人になっても、子供のころに遊んだものを捨てられなくてね」

紙袋から取り出しながら津口は照れ臭そうにしていたが、言人が興味を持ったのが分かると嬉しそうな表情になった。

最初は探偵ゲームや中国象棋を選んだが、二人では盛り上がらなかったり――というて姉を呼ぼうとは思わなかったが――言人にはまだ少し難し過ぎたりで、結局はべえ独楽をやることにした。

独楽なら学校の授業で、凧揚《たこあ》げと同じ時期にやったことがある。べえ独楽に紐を巻くコツを覚えるのに最初は少し手間取った。だが、たちまち独楽以上に魅力を覚え、言人は夢中になった。

大きめの丸いクッキーの缶の蓋《ふた》を床の上に置き、その中で二人の独楽を闘わせる。小さいながらも、ずっしりとした重さの独楽が掌に心地よい。丁寧に糸を巻くと、勢いよく放つ。ブンッと独楽が闘技場に入り、回転する。すぐに相手の独楽が入ってきて、激しくぶつかりあう。

これら一連の動きに魅せられて、言人はいつしか楽しげな笑い声を上げていた。ドールハウスを発見して以来、はじめて小学生らしく遊びに熱中していた。

津口が自分の独楽を過《あやま》って、ベッドの下に跳ばすまでは……。

世間は連休に入ったが、私は相変わらず仕事をしていた。世の中は不景気だと言われながら、それでも新聞によると少なくない数の人々が、この休み中も海外へ旅行するらしい。

私は実際に出掛けこそしないが、この数ヵ月というもの、ロンドンのホワイトチャペル周辺の切り裂きジャックの犯行現場や、幽霊が出没するという怪奇パブを巡ったかと思えば、フィレンツェの内臓をさらけ出した美少女の蠟人形や、シチリアのカタコンベの死者たちと出会うといった紙上のミステリー・ツアーに、どっぷりと首まで浸かっていた。

連休中に泊まりに来る予定だった祖父江耕介は、珍しく取材の仕事が入ったとかで、慌ただしく東北へと旅立った。なんでも某雑誌で、夏に三回連載で行う「日本お化け巡り」の仕事だという。仕事があるのは良いことだが、最近その守備範囲――ミステリ小説からミステリー現象まで――が広がる一方の彼を、私は電話口で皮肉った。が、こちらの冗談口に乗ることなく、「泊まりに行けなくて残念だ」といった彼の口調は、私を不安にさせるほど真面目なものだった。あまつさえ、「取材から戻ったら一度必ず遊びに行く」とまで言われると、まるで自分が不治の病で伏せっているような嫌な気がした。

屋根裏で発見したドールハウスは一通り埃を払い、書斎の丸テーブルの上に置いてある。これを最初に見たときのショックは、とても言葉で表現できない。

まったく人形荘と同じ様式に作られたドールハウス……。意味ありげに屋根裏にあったドールハウス……。この家が人形荘と名づけられたのは、この小さな家のためだったのか──。

では一体、誰が、何のために、この小さな家を作ったのだろう?

発見した当夜、結局は空が白みはじめるまで、私はドールハウスを弄《いじ》くり回していた。しかし、細部を観察すればするほど、この家とそっくり同じに作られていることが、あらためて分かるだけだった。玄関の扉も二階の窓も、どこも開けられなかったが、おそらく内部まで完全に作られているに違いない。なぜか確信があった。どうにかして中を見たいと思ったが、どこからも覗くことができない。何度かドライバーを扉や窓にあてがい、金槌で叩こうとした。だが、見事な細工を見ていると、どうしてもそんな気になれない。

祖父江耕介が泊まりに来た夜にでも、二人でじっくり吟味すればよいと自分を納得させた。それで書斎の装飾品の一部にしていたのだが、やっぱりどことなく気味が悪い。思案した挙句、上から白い布を被せることにした。

気になりつつも、まだドールハウスは意識の片隅に追いやることができたが、津口十六人はそういうわけにもいかなかった。一体この人物は何者なのか——。連絡をとろうにも、『百物語という名の物語』に記されていた住所は私の実家のものである。

例の鍵を受け取った次の日、念のため天山天海に電話して、送られてきた封書に発信元の住所がなかったかを尋ねてみた。しばらく待たされてから電話口で天山が答えた住所は、やはり実家のものだった。私が受け取った手紙に住所が書かれていなかったことを彼は不審がったが、適当にごまかし礼を言って電話を切った。一瞬、実家に電話してみようかと考えたが、したところで何か分かるとはとても思えない。第一、電話に出た両親に何と言えばよいのか——。徒《いたずら》に心配させるだけである。

実体がありそうで何者か分からないという、この津口十六人に対して覚えるモヤモヤとした感情は、知らず知らずのうちに過大なストレスとなって、私に悪影響を及ぼしていたのかもしれない。

連休が明けて通常勤務に戻ったとき、玉川夜須代が何かにつけて「大丈夫ですか」と言ったのは、仕事疲れが顔に出た程度ではない何かを、彼女が私から感じたためではないか。

津口十六人を「忌む家」の二回目に登場人物として出したのは、このときの精神状態の為せる業だったのだろう。つまり特に深い意味はなかったのだ。いや、深い意味がないと言えば、本棚の裏の小さな扉も、隠されていた屋根裏も、ドールハウスさえ、私は現在執筆中の「忌む家」に組み込んでいた。いくらこの人形荘を小説の舞台にするとはいえ、何の意図もなく、ただただ自分の周りで起こった出来事を小説に取り入れることが良いわけはない。

元々「忌む家」は、英国調の正統派幽霊屋敷談として執筆するはずの小説だったのだ。ところが、ドールハウスを――。その前に屋根裏を――。違う、あの扉だ――。いや家だ――。この人形荘そのものだ――を舞台にしてから、どんどんどんどん当初の構想から離れつつある。

離れると言えば、それは最初の一行を書いたときからだったかもしれない。しばしば創作という行為は作者の意図を離れて、思いもよらぬ展開を見せる場合がある。今回もあまり深く考えずに、良しとしていた感はある。が、ここまで違う話が展開すると、書いている本人が怖くなる。それでも小説の連載は既にはじまっている。そのうえ創作そのものが、特に行き詰まっているわけではない。自分の構想から掛け離れていくとはいえ、私はもっと「忌む家」が書きたいのだ。

先日、「忌む家」の第二回が掲載された『迷宮草子』六月号が送付されてきたが、幸い天山天海からは何も言ってこない。同人誌なので、もっとこうしてくれという注文がくるかと思っていたが、今のところそのまま掲載してもらっている。

もっとも小説の方も、特別な展開があったわけではない。ある一家がある家に引っ越して来る。家族の中で一人、少年だけは何か尋常ならざるものを感じている。といって何も起こらない。ただ、やたら勘の良い少年だけは、その家が普通でないことを感じる。でも、彼でさえ本当のところは分からない。

こうやって筋を追えば、英国の古典的な怪奇小説に見られる重厚な雰囲気はないものの、ある意味ゴースト・ストーリーとして典型的な轍《てつ》を踏んでいると言えるだろう。きっと天山天海は、そのうち幽霊屋敷小説らしい怪異が起こるに違いないと思っているのだ。

しかし、私はそうは思わない。作者だから当たり前だという、そんな常識的な問題ではない。私にも分からないのだ。正直なところ、この小説がどういう展開を見せるのか、まったく予想できない。そんな馬鹿なと自分でも思うが、どうしようもない。当然のことだが、自動書記状態で執筆しているわけではない。自分なりにプロットを練り、展開を考え、書き進めているつもりだ。なのに実際に書きはじめると、自分の思惑とは違う方向へと物語が向きはじめる。考えていた筋書きから徐々に離れていく。最初はほんの少しのズレだったのが、今では大きく大きくズレてしまっている。先述したように確かに小説を書いていると、作者が意図しなかった方向へ物語が流れていくことはままある。だから今回も、私はそれほど気にしなかった。だが連載を進めるにしたがって、段々と妙な気分になってきた。書き進めば進むほど、何やら入ってはいけない領域に自分が踏み込んでいるような、嫌な感じを覚えはじめた。一行書くごとに……、一段落書くごとに……、一回分書くごとに……、徐々にではあるが黴《かび》や灰汁《あく》のようなものが、少しずつ身体に溜まっているような気分になるのだ。そして、ようやく最近その黴か灰汁のようなものが、実は取りも直さず恐怖という感情なのではないか、ということに気づきはじめた。

怪奇小説を書いている作者自らが恐怖を感じる小説。

それは、むしろ望ましい状況である。作品にもよるが、作者が何らかの意味で怖いと思わない小説など、乱暴な言い方をすれば、やはり怪奇小説としては失敗作だろう。あの『宝島』や『ジキル博士とハイド氏』の作者であるスティーヴンソンに「ねじけジャネット」という短篇があるが、これなど脱稿後に妻に読み聞かせていて、妻はもちろんスティーヴンソン自身も怖くなったというエピソードがある。最終的には読者一人一人の感覚の問題とはいえ、怪奇小説の何たるかをよく語っている逸話ではないか。

だが今、私が感じる恐怖は、残念ながら作品そのものに対してではない。物語にも、ある箇所の描写にも、文章と文章の間にも覚えるわけではない。

私が恐怖を覚えるのは——、恐怖を覚えるのは——、覚えるのは——、一体全体、何に対してだろう……？

そうだ、何に対して自分が恐怖しているのか分からないのだ。だから怖いのだ。この怖いという感情が一体どこから来るのか、知らず知らずのうちにどうやって堆積《たいせき》したのか、まったく分からないからこそ怯《おび》えるのだ。

でも、書きたい。「忌む家」の続きを書きたい。こんな思いをしてでも物語を紡ぎたい欲求と同時に、この物語の先を知りたい願いにも似た気持ちがある。今、自分の身体の中には、作者としての私、読者としての私、そして何かに恐怖する私——三人の私がいる。しかも三人目が覚える恐怖より、一人目の書きたいという欲求、二人目の読みたいという欲望の方が、遥かに強いのだ。

その週末、天山天海に送る「忌む家」の第三回の原稿を封筒に詰めながら、私は自分の手が震えているのに気づき、愕然とした。封をするセロハンテープが曲るのも気にせず、何か忌まわしいモノを封印するように慌てて発送準備をすると、投函がてら散歩に出掛けた。思えば人形荘に引っ越して来てから、ほとんど散歩をしていない。以前のそれが、この家のような建物を見つけるための手段であったことを思えば、領けないことでもないのだが……。

ちょっと気分転換した方が良いだろう。このまま「忌む家」の第四回の執筆に入るよりも、少し時間をおいた方が良さそうだ。

そう考えて家を出たところで、ふと暗闇坂へ行ってみようかと思った。記憶を辿ると、なんと昨年の秋以来、まったく寄りついていないことになる。一時はあんなに気に入っていた場所だというのに――。しかし、久し振りに暗闇坂のことを思い出し、これから歩くことを考えると、何か嬉しい気分になってくる。

暗闇坂に行くのなら、いつもの道は反対方向になる。別に時間があるから良いのだが、そのときの私は一刻も早くあの坂の途中――昼と夜が背中合わせとなっている逢魔が時の境――に自らを立たせたかった。そのまま門に向かって阿辺家と吽部家の間の小道を進む。生け垣と板塀の間の郵便受に着いたところで、両家とその前の道の様子を窺う。幸い誰もいないようなので、身を屈めると素早く郵便受と生け垣の間から道に出た。

実はこれまでにも、何度かこのルートを利用したことがある。やはりいつもの道だけでは不便このうえないからだ。あるとき何とかしてここを通れないかと試してみて、かろうじて郵便受と生け垣の間が通れることを発見した。いや、正直に書こう。半ば無理やり通ったのである。その証拠に当初より生け垣はかなり破損している。ただ表側から見る限り、ほとんど目立たないため、阿辺家の人も気づいていない。唯一の不便さは、近くに人がいると通れないことである。

葉っぱが服についていないか確認して、歩き出そうとしたところでハッと周囲を見回した。人の視線を感じたのだ。今、阿辺家の二階の窓に誰かいなかっただろうか。私が顔を上げると同時に、スゥッと影が引っ込んだような気が……。

買い物帰りの主婦らしき女性が、不審そうにこちらを見ながら通り過ぎる。阿辺家の二階を見上げながら佇んでいる姿が、人目を引いてしまったようだ。わざとゆっくりとした足取りで家の前を離れる。先程の主婦は一度チラッと振り返っただけで、そのままスタスタと歩き去った。もう一度その主婦が振り返るかと、後ろ姿を目の端でとらえながら、ぶらぶらと角まで歩く。角に行き着く前に、主婦は住宅と住宅の間にある路地を曲って姿を消した。

ほっとして意味もなく後ろを振り返ると、阿辺家の表側の垣根越しに、玄関の扉がそっと閉まるのが目に入った――。だが、道に人の姿はない。

背中を向けている間に、家の人が外から帰って来たのだろうか。いや、それは有り得ない。家の前からこの角まで、そう大した距離ではないのに対し、家から反対方向には真っ直ぐに道が延びているだけで枝道はない。たとえ私が背中を向けた瞬間、道の向こう端の角を曲ったとしても、次に私が振り返るまでに家に辿り着くことは、仮に全速力で駆けたとしても不可能だろう。つまり阿辺家の扉は、内側から開けられたということになる。でも、何のために……。

いつしか私は半身だけ角の向こうに隠れるようにして、阿辺家の方を窺っていた。これでは先程以上に、不審人物に見られてしまう。そこを足早に離れると、慌てて暗闇坂へと向かう。

まだ梅雨には早かったが、その日はどんよりと曇った、いかにも気が滅入りそうな空が広がっていた。元々怪奇的な雰囲気が好きなため、いつもならこういった天候を喜ぶのだが、さすがに今はそういう気分になれない。これから暗闇坂に向かうくせに、この気持ちは矛盾しているだろうか……。しかし、暗闇坂は確固たる日常があってこその闇である。日の光に照らされた現《うつつ》がなければ、夜の夢はありえない。たとえ夜の夢が真《まこと》であっても、現は存在していなければならない。

このとき私は、ほとんど半睡半醒のような、ぼうっとした状態で歩いていたのかもしれない。ハッと我に返って顔を上げると、視線の先には暗闇坂があった。

折しも雲の切れ目から、さぁっと光背のような日の光が降り注ぐ。太陽の温かみを肌で感じながら、ゆっくりゆっくりと暗闇坂に近づいていく。一歩、一歩、近づいていくにしたがい、ぽっかりと開いた暗闇坂の口が、徐々に徐々に大きくなっていく。もう一歩、もう一歩、と進む。「あーん、あーん」という声が聞こえてきそうな気がする。唐突に、鯨に飲み込まれたピノキオの物語が脳裏を過り、イタリアのボマルツォの森にある巨大な口を開けた人喰鬼の頭部を思い描く。

もう一歩で境目を越える、というとき、

「失礼ですが、三津田先生では……」

振り返る瞬間、私の足は既に最後の一歩を踏み出していた。そのため日陰に入って真っ暗になった目が、すぐに日の光を浴びて、一瞬立ちくらみのような眩暈《めまい》にも似た幻惑にとらわれた。

少しクラッとして倒れそうになるのを堪え、まだ寝起きでよく目が見えない状態のように、瞬《まばた》きを繰り返す。カメラを連写するように、パッパッパッとひとつのポートレイトが固定されてゆく。それは明るい背景の中に佇む、肩まで垂らした髪とワンピースらしい服の人影――。まるでネガフィルムを見るかのように、人物と背景が反転している。

一瞬の明暗が作り出した幻影に酔ったようになっていると、その態度が不審者を咎《とが》めているように見えたのか、

「私、信濃目《しなのめ》稜子《りょうこ》と申します。先生の愛読者なんです」

聞き慣れないというか、明らかにおかしな言葉が耳に入り、再び私は我に返った。

それでも相手の言葉の魔力に囚われたのか、まだ喋れないでいると、

「あの――、『迷宮草子』に『忌む家』を書かれている三津田先生ですよね……」

そう言いながら人影は右手を上げて、こちらを指し示した。

相手の指先を辿って視線を落とすと、私の右手に握られている『迷宮草子』が目に留まった。そういえば家を出るときに、封筒と一緒に持ってきたのだ。これを見て声を掛けてきたということは――。

「すみません。お邪魔だったでしょうか」

これまでとは打って変わって、意気消沈したような声が聞こえた。

「い、いえ、どうぞこちらへ」

まるで自分の部屋にいるかのように、とっさに私は暗闇坂へ手招いていた。

「いや、そこはちょっと眩《まぶ》し過ぎますので……」

さすがに自分でも言動がおかしいと思い、すぐ断わったのだが、皮肉にも日の光は再び雲に閉ざされはじめていた。

ただ幸いにも、人影は特に不審がる様子もなく素直にこちらへ歩を進めると、私のすぐ側で立ち止まって、

「わぁ、凄いですね」

プラネタリウムの天球を見るように頭《こうべ》を巡らすと、感嘆の声を上げた。

「僕の好きな場所のひとつなんです」

と説明しながらも、私の目は暗闇坂の細部を見ることなく、相手の顔だけを見つめていた。

眉の上で切り揃えた前髪と、肩まで垂らしたストレートヘアという極めて女性らしい髪型の中に収まった顔は、意外にもボーイッシュで、そのアンバランスさにドキリとさせられる。アンバランスさと言えば、愛らしい童顔の首に捲かれたスカーフは大人びているのに、着ている服は清楚《せいそ》なワンピースでどこか子供っぽく、このぎこちなさが妙な色気を醸し出している。見た目は二十歳そこそこだが、落ち着いた雰囲気からいって、二十代半ばから後半かもしれない。

暗闇に慣れた目は、その暗闇を利用して、相手を無遠慮にジロジロと見る。と、目と目が合った。丸くて闇の中でもキラキラしていそうな、猫の目を思わせる魅力的な瞳と見つめ合う格好になった。何か声を掛けなければと思いながらも、顔の皮は突っ張ったままで、喉も渇き切って食道に物が詰まっているような感じである。

すると稜子——と記すのは厚かましいか——がニコッと微笑みながら、

「暗闇坂ですね」

「えっ」

どうして知っているのだ、この人は……？

驚く私の顔を見ておもしろがりながら、また同時に詫びてもいるような表情豊かな

笑みを浮かべて、

「実は、天山さんからお聞きしたんです」

「あっ、天海さんとお知り合いなんですか」

それなら分かる。天山天海とは何度も手紙のやり取りをしているので、その中で暗闇坂のことを書いた覚えがある。

「いえ、お会いしたことはないんです。お手紙とお電話で、先生のことをお尋ねしただけですので」

「その先生というのは、やめてもらえませんか」

突然現れた稜子という人物に対する興味以上に、先程から気になっていたのが、この呼び方だった。ところがそう言うと、意外そうな顔をした。本当にいぶかしんでいるような様子である。

「でも、小説を書いて、それを発表していらっしゃるじゃありませんか。そういう方は、やはり先生と――」

「いや、先生と呼ばれるようになるには、何作も評価される作品を書いて、売れるようにならなければ……。『迷宮草子』は非常に素晴らしい雑誌だと思いますが、やはり同人誌ですし、天山さんからご依頼はあったとはいえ、どちらかと言えば書かせてもらっているようなものです。第一、小説を書く人間を誰彼なく先生と呼ぶのは、どうかと思います。政治家も同じですよね」

普段は仕事で「先生」を連発しているくせに、いざ自分がそう呼ばれると落ち着かない。

「そうですか――」

まだ納得いかないようだったので、

「とにかく先生だけは勘弁して下さい」

意図的に真顔になると、ようやく「はい」と頷いてくれた。

「ところで天山さんに、僕のことをお聞きになったということですが……」

そう、もうひとつ引っ掛かる言葉があったのだ。

「はい、私は『迷宮草子』に連載されている『忌む家』の愛読者なんです。それでどうしても一度、三津田センセ……三津田さんにお会いしたくて、天山さんに連絡先を教えていただこうとお手紙を差し上げたら、不用意に教えられないと返事がありまして、それで……」

「ちょっと待って下さい。愛読者って、まだ連載は二回目です。大したお話も展開していませんし、その何と言ったらよいか……」

少なくとも七、八歳は年下であろう稜子を前にして、私は年甲斐もなくいささか泡を食っていた。

「そんなことはありません。私は『忌む家』はきっと面白い小説になると思います。それに『葉隠の夜語り』も『霧の館』も読ませていただきました。だから、私は三津田セ……さんの愛読者なんです」

みっともなくもオロオロしてしまった当の「先生」を前にして、稜子の口調は何の衒《てら》いもなくはっきりとしている。

「それで、わざわざ会いにいらっしゃった？」

物好きにも——という言葉を飲み込んで尋ねた。

「はい、ただお手紙では教えていただけなかったので、天山さんにお電話をしたんです。そうしてお話をしているうちに、洋館に引っ越されたことや暗闇坂のことをお聞きしたんです。武蔵名護池にお住まいだ、ということまでは教えて下さいましたので、あとは実際に来て探すだけだと思って——」

「ということは、今までにも何回か来られたんですか」

稜子はニッコリと笑うと、

「いいえ、ここでは洋館もかなり珍しいと思いましたので、大凡《おおよそ》の場所を調べ見当をつけて、散歩するようなつもりで歩いていたんです。そうしたら偶然にもお会いすることができました。こういうのを、僥倖《ぎょうこう》って言うんでしょうね」

大げさでなく、しばしば人生というものはまったく予期せぬ出来事を、いきなり目の前に突きつけるものである。三十年以上生きてくれば誰でも実感していることだと思っていたが、このときの私はそんな程度ではすまない衝撃を受けていた。

どんなつまらない不出来の小説であっても、必ず少数の——場合によっては、たった一人の——ファンはいるものだと、職業柄分かっていた。しかし得てして、そういう人物はどこか変わっていることが多いのも事実である。スティーヴン・キングの『ミザリー』に出てくるアニーのようなものだ。

なのに目の前の人物は、そんな雰囲気がまったくないどころか、むしろ逆にかなり魅力的と言える。そのうえ大変聡明な印象さえ受ける。その人が私のファンだと、私の数少ない作品をすべて読んでいると、私に会うためにわざわざ——おそらく洋館を探すために楠土地建物商会にも行ったのではないか——訪ねて来たというのだから、平常心でいられるわけがない。

ひとりで感慨に耽っていると、

「でも、一回目でお会いできて、本当に良かったです」

こちらを真っ直ぐに見つめながら、またニッコリと微笑んだ。

このときの私は、これからはじめてのデートをしようとしている、少年のような心持ちだったかもしれない。ただ少なくとも、すっかり舞い上がってしまった気持ちを静める必要があることだけは、少年よりも年を重ねてきているだけに分かっていた。

幸い暗闇坂のすぐ近くには滄浪泉園がある。私は稜子を園に誘うことにした。紅葉して落葉しはじめる園の樹木の、初秋から晩秋にかけての風情は格別であったが、若々しく青々とした樹木の噎《む》せ返るような新緑から初夏に至る今ごろの濃緑も、また目に心地良かった。曇空の下では一層その濃さが増して見え、緑の魔さえも感じられる。

「どちらから、いらしたんですか」

当たり障りのない話——どうやら石神井《しゃくじい》に住んでいるらしい——から、出身地や仕事など、まるでお見合いの相手に尋ねるような会話がしばらく続いた。

「信濃目というのは珍しい名字ですが、やはり信州のご出身なんですか」

「父方の先祖はそうらしいです。でも、祖父の代からは東京に住んでいるので、もう今では信州の親戚も、よく分からないようになっております」

一応こちらの話には返答してくれるが、相手が望んでいるのは本当に私の作品の話らしく、こういった話題にはあまり乗ってこない。

稜子が本当に私の愛読者だと分かったのは、「霧の館」を第一話とする連作の続きは書かないのかと尋ねられたときだった。作者の私でさえ、無責任にも忘れていた構想である。それでも期待に応えたくて、全八話の構成を述べながら、実は学生時代に同人誌に発表した「崖の館」「霧の館」「首の館」という三部作がその元であることまで話していた。

学生時代といえば、これほど熱っぽく創作の話を他人にするのは、本当に久し振りだった。しかも稜子は、いわゆる聞き上手で大変話しやすい。といって、こちらが一方的に喋るのではなく、向こうからも的を射た言葉が飛び出してくるため、話していて刺激を受ける喜びもある。

話は、なぜ本格ミステリから怪奇幻想小説へ読書も創作も好みが変わっていったのか、という内容から自然と「忌む家」のことになった。双方にとって、もっとも興味のある話題だろう。よって当然の流れだったかもしれないが、ここでも稜子は私がハッとするようなことを言って驚かせた。

「言人君には、三津田さんの自伝的要素が入っているような気がするんですが、違うでしょうか」

この問いなど、何の根拠もないわけだ。それは私が一番よく分かっている。稜子の勘の鋭さを感じ、とても驚いた。

「ええ、少しは入っているかもしれません。それに最初そんな気はなかったんですが、書いているうちに、言人ら三人を主人公にした杏羅時代の話を考えてみようか、と思うようにもなって」

「つまり東雲家が、杏羅の家から人形荘へ引っ越しをする前に、言人が既に何かの事件に出会っていたという設定ですね」

「そうなると、彼らの年齢が少し低いような気もします。だから、もう一度杏羅に戻らせるという手も考えているんですが……。それに東京へ来る前に大きな事件に関わっていたとなると、『忌む家』の中で言及がまったくないのは、あの作品が完成すれば不自然になりますからね。まぁ、今からそこまで考えなくてもいいんでしょうが」

「いえ、シリーズを書こうとしたら、やはり最初から細部まで考えておくことは大切だと思います。でも一読者として、彼ら三人が活躍する作品は読みたいです。もっとも、また杏羅へ戻ることになったら、姉の涼は不機嫌になるんじゃありませんか」

悪戯《いたずら》っぽく笑った顔に対して、こちらは皮肉っぽく笑いながら、

「そういう心配以前に、まず『忌む家』を完結させなければ――。これを書き上げないことには、何もはじまりません」

「こんなことを私が言うのは、変といいますか失礼ですが、それは大丈夫だと思います。あの作品は、きっと完成しますよ」

真摯《しんし》な瞳でこちらを向いて言われると、物凄く力づけられたような気分になる。それに私自身も、あの作品に対して完結できないのでは、という不安はない。いや、不安はむしろ別のところにあるような……。

「言人君の『ぞっとする』霊感のようなものは、三津田さんも実際に感じられるので

すか」

「それはありません。むしろまったくないくらいです」

「ご自身では、そういうことは信じていらっしゃらない？」

その口調がどこか真剣だったので、見かけによらず結構その手の話を信じているのかもしれない。

「あまり信じるとか信じないとか、そういうことには興味がないんです。要は、そういった話を楽しむのが好きなんですね。ですから百物語のような怪談会は好きですが、わざわざ心霊スポットまで出掛ける気はありません」

「実際の体験はしたくない、ということですか」

「どちらかといえば、そうですね。少なくとも自分から、そういった可能性のある場所に出向く気はないです」

意外な返答だったのか、「ふーん」とでもいうように小さく首を縦に振っている仕草が、また子供っぽく可愛かった。

「でも、洋館にひとりで住んで、怖くないですか」

どうやら稜子がこだわっていたのは、そのことらしい。

「自分が実際に霊体験をしたり、怖い目に遭うのは嫌ですが、一方でそういう雰囲気は好きなんです。つまり雰囲気のある場所イコールお化けの出る場所かと言えば、違いますよね。僕はその雰囲気が楽しめれば、それでいいわけです」

「はぁ」

どこか困ったような表情を稜子はしている。

やはり、こういった気持ちを理解してもらうのは難しそうである。玉川夜須代なら「無理です」ときっぱり言うだろう。

それにしても稜子に、こういう小説を書いている人は「変な人」だったと思われるのは、なんとしても避けたい。せっかく良い雰囲気だったのに……。

次の瞬間、焦りからか思わずこう口走っていた。

「良かったら、家に来ませんか」

口に出してから、しまったと思った。まだ初対面である。慌てて、

「い、いや、女性の方をいきなり独り住まいの男の家に招くのも、ど、どうかと思うんですが……。今、住んでいる家が決して妙な所ではないことは、来ていただければ分かってもらえるかと――」

喋りながら、なぜそんなことを稜子に分かってもらう必要があるのか、まったくわけが分からないと自分でも顔が赤くなった。

ところが、意外にも稜子は嬉しそうな様子で顔を輝かせ、

「お伺いしてもよろしいんですか」

よ、良かった……。

いい歳をして心臓がドキドキしている。仮にここで知人に会ったら、稜子と並んで歩くニヤついた私の顔を見て、きっと呆れたに違いない。

ちょうど園も一周を終えるところだったので、そのまま出て家に向かおうとしてハタと困った。家に連れて行くにしても、どちらの道から行くべきか。もう一つの暗闇坂のルートは、どう考えても尋常ではない。といって生け垣を潜るルートも当然いただけない。どちらを選んでも、決して良い印象を与えることはないだろう。

迷っているうちに、園の門が近づいてきた。

どうすればいいのか。どちらのルートも異常だが、どちらかに決めるしかない。石畳の道をゆっくりと歩きながら冷静に考える。その結果、ワンピース姿の稜子に生け垣を潜らせるのは無理と判断し、もう一つの暗闇坂のルートをとることにした。

「実は他にも、僕が勝手に暗闇坂と呼んでいる所があるんです」

そう言いながら人形荘を見つけた経緯を簡単に説明すると共に、家への特殊な行き方についても、それとなく予防線を張っておく。

稜子は、人形荘発見の話を興味深そうに聞いていたが、

「そういった洋館を見つけようという情熱は、どこから来たんでしょうか」

と訊かれて、また少し困ってしまった。

「それが、先程の雰囲気ということなんでしょうね。少し大げさに言えば、『忌む家』を書くためでもあったんです。つまり、そういう雰囲気の建物を見たり、場所に立ったりして、創作意欲を湧き立たせるわけです。それが今回は、住むことまで出来てしまった」

「いつも小説を書くとき、そういったことをなさるわけですか」

「基本的には、架空の舞台を設定することが多いです。ただし架空とはいっても、まったく自分の想像だけで構築するのは難しい。そこには、どうしてもそれまで見聞した知識が入ってきます。また、舞台設定が先にくる場合もあります」

「雰囲気のある城や洋館が実際に存在していて、それに影響されてお話を創作するということですか」

「そうです。非常に魅力的な舞台があって、建物でも町でも自然の風景でも何でも良いのですが、それに触発されて小説を書くことがあります。特に閉鎖性の強いある種の本格ミステリの場合など、最初に何らかのトリックの創意があり、そこからトリックを効果的に使用できる人物や舞台を設定していく方法と、最初に何らかの人物や舞台の設定があって、その中にトリック的なものを当てはめる方法と、大きく二種類の取り組み方があります。これは作者によっても、また作品によっても様々で、どちらが良いとは一概に言えません」

「でも、小説を書くために引っ越しまでなさるなんて、なかなか出来ることではないと思います」

　危ないヤツと思われているのかと、稜子の方をチラッと見たが、半ば感心し半ば呆れているような表情だった。

「もちろん創作のためだけじゃありません。むしろ、それは付随的なもので……。結局、そういう家に住んでみたいんでしょうね。それに創作云々という格好の良い理由を裏返せば、そういう雰囲気に自分を置きでもしない限り、才能のない者は小説など書けないということですよ」

「そんな、そこまで……」

　少し熱くなりかけた私を宥《なだ》めるように、やんわりと稜子は否定しかけたが、

「小栗虫太郎の『黒死館殺人事件』はご存じですか」

　畳み掛けるように尋ねると、

「はい、前に読んだことがあります」

「あの小説は、重厚かつ絢爛《けんらん》たる城館の一室で、羊皮紙《ようひし》に鵞《が》ペンで執筆したかのような印象を受ける作品ですが、実際はションベン長屋と呼ばれた環境の中で書かれたのです。要は才能と情熱です」

「…………」

「雰囲気云々というのは、そのどちらも——特に才能でしょうか——がない輩の言い訳みたいなものでしょう」

しばらく沈黙が続いた。私の方は青臭いことを言ってしまったという、恥ずかしさからくる沈黙だった。だが、稜子の方は呆れてしまったからに違いない。と思っていると、

「お話は良く分かりました。三津田さんのおっしゃる雰囲気というものが、どういうものなのか、本当のところは理解していないのかもしれません。けど、その意味というか必要性のようなものは、少し分かったような気がします」

「す、すみません。何か文学青年のようなことを喋りまして」

とりあえず変には思っていないようで安心した。

「いいえ、大変面白かったです。でも、三津田さんの場合、それとは別に、洋館という舞台設定に拘《こだわ》りがあるのではないでしょうか。確か『霧の館』もイギリスの洋館が舞台だったですよね」

「ええ、ハーフ・ティンバーです。『忌む家』と同じ……」

指摘されるまで気づかなかったのは、ちょっとショックだった。それを誤魔化すために、

「本格ミステリではよく館が出てきますが、それにしても同じ様式の家を使用すると

は、僕の発想も貧困ですね」

わざと自虐的な返答をした。すると稜子は意味深長な口調で、

「いえ、発想が貧困という問題ではなく……」

「えっ」

「そういう問題ではなく……」

「はぁ」

「言うなれば……」

「…………」

「憑《つ》かれている……」

「憑かれる？」

「そう、家に憑かれている……」

そう言って稜子がこちらを見たとき、二人はもう一つの暗闇坂に着いていた。

家に憑かれているとはどういうことなのか、突っ込んで聞いてみたい気持ちとは裏腹に、私はもう一つの暗闇坂から人形荘までの道行の大変さを説明しながら、先に立って歩いていた。

それ以上は稜子も話を続けずに、黙って私のあとからついてくる。益々広がりはじめた陰鬱な曇空を頭上に見据えながら、黙々と植樹林の中を二人は進む。今、この風

景だけを誰かが見れば、さながら私の姿は犠牲者を自分の館へ連れ込もうとしている青髭のように映るかもしれない。

やがて竹林が見えてきた。何度この道を通っても、樹林から竹林へと景色が様変わりする瞬間には、まるで演劇の舞台に仕掛けられた大道具の風景画が、忽然と変わるような意外性がある。

「足元に気をつけて下さい」

そう注意しながら、稜子を竹林へと導く。急に日が暮れたように辺りが陰る。樹林の間では聞こえていたあらゆる音が、一瞬にして消えたような錯覚を覚える。

「静かな怖さ……、とでも言うのでしょうか」

いみじくもぽつりと稜子が呟き、なぜか私は身震いした。ひょっとすると稜子は、私が「怖い雰囲気を楽しむ」といった状況を、今、実感しているのかもしれない。

竹林の合間に洋館が見えてくる。しばらく進むと、ちらちらしていた洋館の部分が、次第に形をとりはじめる。後ろの足音が、心持ち速まったような気がする。その気配に急かされるように、私の足取りも速まる。

洋館の裏へと出る。そのまま正面玄関へと回り込みつつ振り返ると、慎重に吟味するように洋館に目を向けながら、ゆっくりと歩いてくる稜子の姿があった。

「どうですか」

玄関前の庭に立ったところで、いささか自慢するような口調で尋ねた。

「………」

稜子は口を開きかけたまま、それでも無言で家を見上げていたので、やっぱり気味が悪いのだろうかと思っていると、

「素晴らしい家ですね」

お世辞《せじ》ではなく意外にも感情の籠《こも》った言葉に、我が子を誉められた親のように相好《そうごう》を崩してしまう。

「ひとり暮らしなので、内部は殺風景なんですが……」

言い訳をしながら玄関へと招く。

少し迷ったが、とりあえず本当に殺風景な居間へと通した。こんなことなら簡単な応接セットでも買っておけば良かった、と後悔するがどうしようもない。

ただ稜子は特に気にした風もなく、興味深げに南面の壁に設けられた渡り廊下を見上げている。

「面白いでしょう。本来この様式には、ああいった通路はないんです。おそらく時代が下ったどこかで、当時の住人が利便性を考えて作ったんでしょうね。私は廊下の右側を書斎に、左側を寝室に使っているんです」

喋りながら側壁の階段へ促し、そのまま書斎へと案内する。部屋に入るとまず書棚

が目に入るため、また二人とも饒舌になって一通り書物の話をした。それも最近の小説ではなく、お互い子供のころに読んだ本の話が主になった。話していて驚いたのは、稜子が男の子が読むような本をよく知っていることだった。聞いてみると、やはり弟がいたという。

話が一段落ついたところで、

「お口に合うか分かりませんが……」

そう言って、稜子が手作りのマドレーヌを取り出した。しかも、自分でブレンドした珈琲《コーヒー》豆まで挽《ひ》いてきている。

美味しい珈琲は好きだし、それに美味しいお菓子がつけば言うことはない。普段は面倒臭がって放ったままになっている珈琲メーカーで、二人分の珈琲を淹《い》れると、マドレーヌと一緒に頂いた。

珈琲は苦みがあって濃く、酸味のあるものが好みでない私に、とてもぴったりの味だった。マドレーヌも手作りとは思えないほどの出来で、みっともないがガツガツと食べてしまった。

ふと顔を上げると、そんな私を嬉しそうに目を細めた稜子が、しげしげと見詰めていた。それに気づいた途端、まるで愛の告白でも受けたようにドギマギしてしまった。おそらく顔も赤らんでいるのではないか。まったく我ながら見ていられない状態

である。すると私の動揺をさらに煽《あお》るように、

「まだ珈琲豆はありますから、置いておきますね。好きなときに飲んで下さい」

結構な量が入っていそうな袋を稜子が差し出した。

「あ、ありがとう」

さりげなく受け取る手が、震えなかったのが不思議なくらいである。

このとき私の頭の中は、稜子ともっと一緒にいられるためには、どうしたら良いのだろう——という難問がグルグルと渦を巻いて、繰り返し繰り返し回っていた。

窓の外は、もう暮れようとしている。これが海外の映画なら、おそらく男は「夕食を食べていきませんか。私の手料理でよろしければ……」という台詞をはくのだろうが、そんなことは間違っても言えない。気障《きざ》すぎて言えないのではなく、人に食べてもらうほどの料理など作れないからだ。といって外食に誘って様になるような店は、この武蔵名護池には一軒もない。いや、ないと思う。普段そんな必要がないから知らないのだ。

仕方がないのでイギリスに旅行したときの写真を見せ、時間稼ぎをする。だが、頭の中は別のことを考えているわけだから、自ずと説明にも力が入らない。なのに稜子は「いつ行ったんですか」「どこへ行ったんですか」「○○や××へは行きましたか」「これは何ですか」と、本当に楽しそうにしている。

とは言え限界がある。あらかた写真を見せて、面白おかしく旅行記を話してしまえば、もう引っ張ることはできない。

どうしよう……？

これは小説のプロットを考える以上に難しい。そう思っていると、稜子がバッグに手を伸ばした！　これは帰ろうとする素振《そぶ》りだろうか。焦った私はとっさに、

「続きを読みますか」

「えっ」

心持ち腰を浮かしかけた状態で、稜子の動きが止まる。

「えーっと、いえ『忌む家』の続きを、第三回を読みますか」

ぽかんとしていた稜子の顔に、見る見る笑みが浮かんだ。

「いいんですか。だってまだ『迷宮草子』には未発表なのに……」

遠慮しながらも、誰よりも先に原稿が読める喜びに、相手が満ち溢れていることが素直に伝わってくる。

この瞬間、何万人も愛読者がいる作家よりも、私の方が遥かに幸せだという思いが身体一杯に広がった。今後、自分の作品を読むのが稜子だけでもよい、それで十分満足できる、自分はこの人のためだけに小説を書くのだ、という妄想じみた考えに、一瞬にして憑かれた。要は、それほど私も嬉しかったのである。

稜子だけのために、「忌む家」の第三回の原稿をプリントアウトしようと、Ｍａｃを立ち上げる。創作のファイルを開いている間、稜子は興味津々の眼差しで画面を見ている。その中には、作品のタイトルをつけたファイルが並んでいた。長篇作品の場合はファイルを開けると、章毎に分けたアイコンが出てくる。「忌む家」のファイルだと、「第一回」「第二回」「第三回」と三つのアイコンがある。短篇の場合は、ほとんどアイコンがひとつになる。それが短篇でも連作や同一テーマ作となると、複数のアイコンが現れる。

例えばあるファイルを開けると、「娯楽としての殺人」「相似形の殺人」「鏡の中の殺人」という三つのアイコンが出てくるのだが、これらは個々に独立した短篇作品ながら共通のテーマがある。

一作目は、親友に対して自分が殺意を抱くような動機が少しもないことから、そいつを自分が殺しても誰も疑わないに違いない、ということを証明するためだけに親友を殺害する話。二作目は、ＡとＢは幼いころから一緒に育つのだが、常にＢはＡの真似をする、しかも真似をしたＢの方がＡよりも何事もうまくこなしてしまうため、長年に亘《わた》ってＡはＢへの殺意が蓄積していき、ついにＢが自分の真似をする習性を利用して、Ｂを殺そうとする話。三作目は、鏡に映った姿が本当に自分自身なんだろうかと疑った男が、なんとかして鏡の中の自分を裏切ろうとする話。そして、これら三作に共通するテーマが、ファイル名になっている「親友殺し」となるわけだ。

その他、「迷宮草子」や「九十九参り」というファイルには連作が入っているし、小説ではないが「百物語」と題するファイルには、実際に人から聞き書きした怖い話が入っている。インターネットのホームページ〈百の部屋〉の元になっているファイルである。

さすがに内容までは見せなかったが、プリントアウトまでの時間、ひとつひとつのファイルを説明しながら、様々な構想を——そうあくまでも構想である——を語り聞かせた。かつて横溝正史が、「どんなに素晴らしいアイディアがあっても、私はそれが小説にならない限り評価することはできない」という意味のことを何かに記していたが、このときの私は、この大作家の言葉も脳味噌の奥底へと押し込め思い出しもしなかった。稜子さえ喜んでくれるなら、ありったけの構想を、いやそれ以上に誇張した妄想を、いつまでもいつまでも喋り続けていたことだろう。

普段はスピードの遅いプリンターに苛立つことが多かったが、このときばかりは高速機種ではなく、未だにレトロなプリンターを使っていることに、心底から良かったと喜んだ。しかし、いくら遅いプリンターでも、やがて最後の一枚を吐き出す。

私は打ち出された原稿を揃えると、「どうぞ」と差し出した。

「では、拝読させていただきます」

それを稜子は改まった口調で、丁寧に両手で受け取った。

作者である本人がいては読みにくかろうし、目の前で自作を読まれるのは私も恥ずかしい。

「慌てなくて結構ですから、ごゆっくり」

そう声をかけて寝室へと移動する。

何か本でも読もうとしたが、今まさに自分の作品が読まれているかと思うと落ち着かない。読書に集中できないまま、気がつけば結局ボーッとしていた。

二十分近くもそうしていただろうか。うたた寝から目覚めたようにハッとして、いささか慌て気味に書斎へと戻った。「忌む家」の一回分といえば大した分量ではない。どんなにゆっくり読んでも、もう読み終わっているはずである。

一応ノックしてから扉を開け、

「どうでした……」

と尋ねながら、その場に固まった。

先程まで稜子が掛けていた椅子の上には、原稿がキチンと置かれており、当人は部屋の奥の本棚の前に佇んでいた。

本棚と稜子の間には、一本足の小さな丸テーブルがあった。テーブルの足元には、何か生き物が蹲《うずくま》ってでもいるような格好で、白い布が落ちている。

そして、その丸テーブルの上には……

稜子が見つめる、その視線の先には……

『迷宮草子』一九九八年十月号連載より

忌む家　第四回　三津田信三

ドールハウスが再び、その姿を現した。

ベッドの下に津口十六人のべえ独楽が飛び込んだとき、まずいと言人はとっさに思ったのだが、その通りになってしまった。

津口は屈みながら、ベッドの下に頭を入れたところで、

「なんだい、この風呂敷が被せてあるのは……」

言人が黙っていると、

「何か見られると、まずいものかい？」

彼は少し笑いながら、顔だけを向ける。

「いえ、別に……」

言人の口調に何かを感じたのか、今度は身体ごと向き直ると、

「ひょっとして厄介《やっかい》なものかな?」

言人の心を読み取ろうとでもいうように、じっと目を覗き込んでいる。

「……………」

答えられないまま、いつしか言人は頷いていた。

「じゃ、ちょっと拝見するよ」

その動作を承諾の印と受け取ったのか、津口は再びベッドの下に頭を突っ込むと、問題のものを引っ張り出した。そして風呂敷を取り除いて、

「これは……」

と言ったきり絶句した。

しばらく完全に静止し、身動きひとつしない。が、ハッと呪縛《じゅばく》が解けたように我に返ると、

「素晴らしい――」

歓喜の表情を浮かべたまま、今度は床に這いつくばって繁々《しげしげ》と観察しはじめた。

「どこにあったんだい?」

そう尋ねながらも言人を見ることなく、目の前の小さな家に夢中になっている。

「この部屋の屋根裏……です」

「屋根裏……」

少し頭を浮かせて考える口調になったが、すぐ元の姿勢に戻ると、

「他には何もなかったのかな。例えば、この家について書かれた書類のようなものとか図面や間取り図とか」

「いえ、それだけです……。けど――」

言人は、あの「ぞっ」とした件を話そうかと迷った。ドールハウスを見つけられたのなら、この家に来てからのことも、ドールハウスに対する恐れも、すべて打ち明けた方が良いのではないか。

「ふーん、そう」

ところが、自分で質問をしておきながら、津口は気のない返事をするだけで、

「非常に精巧にできている」

「材質も悪くない」

「これは、まさにこの家そのものだ」

言人に話し掛けるというよりは、完全に独り言めいた呟きを発しながら、様々な方向から家を舐《な》めるように見つめている。

「作られてから、それなりの年月が経っているのかもしれない」

しかも家の向きを手で変えることはせず、自分が家の周りを回りつつ、時には膝を

突いたまま見下ろし、時には顔を床に擦りつけながら眺めたりと、はじめてプラモデルを作って完成させた子供のような熱中振りである。

「ディテールが半端じゃないな」

やがて、言人が試したように玄関の扉や窓が開かないか、手を掛けはじめた。まず渡り廊下側の窓が開き中を覗けたようで、

「おっ、ドールハウスじゃないか」

とても驚いた表情をしたが、すぐに満面の笑みへと変わった。

「ひょっとして中には……」

言人のときは、自分の部屋の窓がひとつしか開かなかった。なのに津口は次々と開けていき、そのたびに賛嘆の声を上げている。

「うーん、凄い！　凄いぞ、これは！」

最早、同じ部屋に言人がいることも忘れてしまったようである。

結局その日、それから二人は碌に話もしないまま夕方を迎え、津口十六人は帰って行った。ただしその前に、母親と熱心に話し込む彼の姿があった。

やがて父親が帰ってきた。居間に家族が揃《そろ》ったところで、二人が何を話していたかが分かった。

「来週から週末に、津口さんには言人の家庭教師として来てもらうことにしました。

だから、ちゃんと勉強を見てもらいなさいね」

どうやら父親の了解も取ったらしい。晩酌中の父は何も言わない。

「ほんと！」

言人よりも、まず姉の涼が反応した。

「この子の家庭教師として、津口さんはいらっしゃるのよ」

母は言外の意味を汲み取りなさいと、姉に言いたかったのだろう。要は家庭教師というのは名目で、本当は引っ越して来てから様子のおかしい言人のために、遊び相手としてお願いしたのだと。

姉は一瞬にして母の気持ちを理解したようだったが、おそらく本人は津口が毎週来るというだけで、何も言うことがないほど満足に違いない。

しかし、当の言人は複雑な心境だった。昨日までなら——いや、津口がドールハウスを見つける前までなら——大喜びしたかもしれない。だが、今はどうしても素直に喜べない。それに気になることもある。

母の口ぶりでは、こちらから津口に家庭教師の件を頼んだように受け取れるが、今日の帰りがけの津口の様子から見るに、おそらく彼の方が希望したのではないか。もちろん直接的なことは言わなかったかもしれない。でも、母が言人を気にしているのは誰が見ても明白だろう。それとなく仄《ほの》めかせば、あとは母の方からお願いしてくると予想くらいつけられる。

そんな津口の言動に、言人は何かを感じた。ただし、その何かの正体までは分からない。少なくとも良いものではないことは確かだ。強いて近い言葉で表現すれば、悪意――と呼ぶべきだろうか。

知らないうちに考え込む表情になっていたのか、母親が心配そうにこちらを見ている。言人は「お風呂に入るよ」と言って、その場を離れた。自分の部屋以外の静かな場所で、もう少し考えたかったからだ。母になんでもないことを示したかったせいもある。

もっともこの一言で、余計に母親の心配が増したことなど、彼は知るよしもなかった。なぜなら「お風呂に入りなさい」と言わない限り、彼が自ら入浴するなど滅多になかったからだ。

一方、湯船に浸かった言人の頭の中には、そんな母の心配そうな顔はなく、ただただ半ば惚《ほう》けたような笑いを浮かべた津口の顔だけがあった。しかも、その笑いが徐々に邪悪な微笑へと変貌を遂げるにしたがって、その顔がどんどんどんどん大きく大きく膨らんでいくのだ。

湯船の中にいるのに、妙に身体が冷えていくような気がする。

忌まわしい頭の中の映像を洗い流さんとばかりに、言人は何度も湯を顔に浴びせかけながら、「何も悪いことなんかない」と声に出してみた。前に和人から、言葉というのは実は力を持っていて声を発することにより、大げさにいえば自分の運命も変えていくことができる、という話を聞いた覚えがあった。そう、別におかしなことなど何もない。仮に津口十六人から家庭教師の件を持ち出したのだとしても、理由はいろいろ考えられる。元々この家に興味があったのだから、これを機会に定期的に出入りできる家庭教師のバイトを望んだのかもしれない。ひょっとすると言人のことも気に入って、歳の離れた弟のように思っているのかもしれない。また、母親が引っ越し以来様子のおかしい息子を心配しているのが分かって、力になろうとしたのかもしれない。要は、これら諸々《もろもろ》の要素が合わさって、津口の家庭教師という話が持ち上がったのだろう。

しかし……。しかし、である。これまで何度もそういう機会はあったではないか。よりによって、なぜ今日だったのか。なぜドールハウスを見つけた日だったのか。これは単なる偶然なのだろうか。

どうしても気になるのは、あの小さな家を見つけたあとの津口の言動だった。学科が違うとはいえ建築に興味があって、わざわざこの家を見に来たぐらいだから、ある程度の興奮は分かる。最初は言人もそうだったのだから。だが、その後すぐに言人は、あの家に何か忌まわしいものを感じた。単に気に入らないとかではなく、明らかに良くないものが纏わりついている感じを受けた。なのに一方の津口は最後まで嬉々とした表情で、あの家に接し続けた。

これは自分と同じように感じなかったから、それで嫌だとかいう問題ではない。いわば、目の前で猫が車に轢《ひ》き殺されるのを見て、一気に食欲をなくした言人の横で、平然と津口がハンバーガーを食べ続けているのを目撃したようなもの、と例えれば良いだろうか。

そう思った瞬間あることに思い至り、暖かいお湯の中にいながら身体が震えた。

この家に足を踏み入れて、最初に「ぞっ」とした場所はキッチンだった。玄関を入った辺りで嫌な感じを受け、それから逃れるために手近な扉を開けたら、キッチンだったわけだ。そこで「ぞっ」とした。

あのとき、なぜ「ぞっ」としたのかは分からなかった。だが、よく考えてみると「ぞっ」としたキッチンの上は、現在の言人の部屋である。更に上は、隠されていた屋根裏部屋になる。そしてキッチンに立っていた場所から垂直に上へ上へと線を伸ばすと、ちょうどドールハウスが置かれていた場所に当たるのではないだろうか。

あの日のあのとき、まさに言人はドールハウスの真下で「ぞっ」としたことになるのではないか。とすると、これは単なる偶然などでは決してない。やはりあの小さな家には、何かただならぬものが潜んでいるのだ。

やはり和人が言っていたが、古来より人を呪うときには、その怨を直接相手に送ることはせずに、その相手の代用ともいうべき人の姿を象《かたど》った人形《ひとがた》――形代《かたしろ》とも呼ばれるらしいが――を作って、それに念を込めるのだという。有名な丑《うし》の刻参《こくまい》りの藁人形《わらにんぎょう》などは、いわゆるそれの代表だろう。人を呪う場合に人の姿を似せるのなら、では家を呪う場合は、家の姿を模すのではないだろうか。あのドールハウスは、いわば呪いの藁人形なのではないか。

その夜、言人は風呂から上がると、和人に宛てて長い手紙を書いた。本当はすぐにも電話したかったのだが、両親の、特に母親がいる居間からは、とてもそんな電話はできない。翌朝、生まれてはじめて速達を出した。

その週末から夏休みに入るまで、津口十六人はほぼ週末ごとに東雲家を訪れた。最初のうちは母親への気遣いもあってか、ほとんどの時間を言人に費やしていた。しかし、訪問回数が増えるにしたがって、姉と遊ぶことや母親のお茶の相手をすることも多くなった。夕食を一緒にする機会も増え、何度かは食後に父親の晩酌の相手までしていた。

おそらく某《なにがし》かのバイト料は受け取っているのだろう。だが最早、言人の家庭教師というよりは、家族ぐるみのつき合いをしている親戚のお兄さん、とでもいう存在になっていた。

でも、そうやって言人と接する時間が減れば減るほど、逆に自分の部屋に津口がいる間、彼がドールハウスに費やす時間が益々増えていたのである。

和人からは速達が着いたその日の夜に、電話があった。例によって和人が一方的に喋り、それに言人が応答するという方法で会話をした結果、できるだけこの家について調べてみると彼は約束してくれた。和人については絶対的な信頼をおいていたが、今回ばかりは正直なところ心許なさの方が勝っていた。何と言っても自分も和人も、まだ小学生なのだから――。

やがて夏休みがやってきた。言人は、すぐに和人と清人を呼ぼうとした。しかし、間の悪いことに和人の祖母が入院してしまった。それもどうやら危ないらしい。母親同士で話し合った結果、この夏の和人と清人の東京行は見合わせることにしたと、母から言われた。彼らの間ではせめて清人だけでもと、それぞれの両親に頼むことにしたが、これも肝心の清人が夏風邪を――普段から丈夫なはずなのに――珍しくひいてしまい、あっさりお流れとなった。

「冬休みもあるし、秋の連休もあるから辛抱しなさい」

母親は見るからに元気のなくなった息子を慰めたが、それじゃ遅いんだ――と言人は心の中で叫んでいた。何が遅いのか本人にも皆目分からなかったが、和人と清人には二度と会えないような気がして仕方なかった。

おそらく引っ越しから梅雨ごろまでの母親なら、和人や清人の両親に無理を言っても、二人を東京に招いたかもしれない。だが、今はすっかり津口十六人に頼りきって、まったく言人のことは心配していない。お盆前に家族で信州に旅行する予定もあるため、息子が寂しい思いをするはずないと安心しきっている。

それに反して言人の不安は、いや増すばかりだった。休みになって家にいることが多くなったため、週一だった津口の訪問回数が二回になり三回になりと増えていったことも、その不安に拍車を掛けた。いや、むしろ津口十六人の存在そのものが、いつしか言人にとって「ぞっ」とするものに成り代わってしまったのだ。

あれは、夏休みに入って二週目の月曜日だったか——。

いつものように津口が来て言人の部屋に入ると、早速ドールハウスに熱中し出した。そのころになると言人も、そんな津口を放っておいて、自分ひとりで遊ぶようになっていた。

何もわざわざ津口と同じ部屋にいる必要はないのだが、自分だけ外へ出て遊ぶわけにもいかない。それに、なぜか津口とあの家だけを部屋の中においておくことが、どうしてもできなかった。母親は津口に息子の面倒を見てもらっている気だったが、実際は言人が津口の面倒を見ている——監視している——ようなものだった。

その日も津口はボソボソと独り言を呟きながら、ドールハウスの周りを回っていた。最近はほとんど這うような格好で、ジリッ、ジリッと少しずつ家の周りを回っている。

「すうますんいーるぅとく――」

独り言の多くは何かの呪文のように聞こえたが、ほとんど日本語とは思えない言語でまったく意味が分からず、

「昼は恐れを秘めて鎮もる世界、夜となれば星くず光り」

「何者ぞ、こなたへ来たるは?」

「牧神の歌声四方に響きて、浜辺には笛の音」

「油を塗って行け!」

「生のただなかに死はつねにあり」

などと、たまに意味のありそうな文章も混じるものの、何を言っているのか分からないということでは大差なかった。

そのとき言人は机に向かって、ディクスン・カーの『爬虫類館の殺人』を読んでいた。津口が変になる前に、約束通りカーと横溝正史は何冊か借りていたからだ。

爬虫類館の館長が蛇と共に、扉や窓の隙間という隙間が内側から目張りされた完全密室で死んでいるという事件で、言人は読みながら非常に興奮していた。これまでにも密室殺人のミステリは何冊か読んでいたが、これほど完全な密室が出てきたことは

ない。室内から室外へ通じるすべての隙間を内側から目張りして、さて犯人は一体どのようにして、その部屋から出ることができたのだろうか。

何か久し振りにわくわくした気持ちになっていた。いつもなら努めて無視しようとしてできない津口の言動も、そのときはまったく意識せずにすんだ。それほど読書に熱中していた。

ふと気づくと、部屋の中が妙に静かだった。どうして静かなんだろうと思ってすぐ、津口が床の上を這い回る音と独り言が聞こえていないのだと分かった。

えっと思って耳をすませる。何の物音もしない。次の瞬間、ぞぞっと背筋に寒気が走った。

一瞬にして背中が強張《こわば》る。後ろが怖かった。その後ろに背中を向けているのが怖かった。といって後ろを見るのは、もっと怖かった。

それでも、ゆっくりと振り返ると――

四つん這いになった津口十六人が、ドールハウスに覆い被さるような格好のまま顔だけを上げ、こちらをじっと見ていた。そして振り返った言人と目が合うと、にちゃりと笑った。

津口は東雲家の誰に対しても笑いかけたが、それはにっこりとした笑みである。しかし、そのとき彼の顔に浮かんでいた笑いは、にっこりでも、にやりでもなく、まさに、に、ちゃ、りとした笑いだった。

蛇に睨まれた蛙という言葉があるが、言人がそうだった。結局、津口が目を逸らすまで、ただただ彼の目を見つめ続けていた。当然その後は読書どころではなく、母親が「おやつですよ」と呼びにくるまで、机に座ったままガタガタと小刻みに震えていたのである。

以来、津口はしばしば言人を、じっと見つめるようになった。いや、言人が気がついていなかっただけで、これまでにも彼はそうやって見ていたのかもしれない。それでも明らかにその回数と時間は、日に日に多くなっていった。しかも目と目が合えば、必ずにちゃりと笑った……。

こうして七月は過ぎていき、八月に入って間もない日のこと。

その日、父親はいつも通り会社へ、姉の涼は友達とプールへ行くと言って朝から家を出て、母親は言人に昼食を食べさすと、午後一番で来た津口十六人と入れ換わるようにして買い物に出掛けた。

母親が玄関先で津口と喋っている気配を察すると、言人はベッドの下からドールハウスを抱え出して部屋の中央の床の上に置き、読みかけの本を持って渡り廊下の階段からホールへと下りた。

家族は誰もいないのだから、なにも津口と二人で部屋に籠る必要はない。彼はドールハウスさえ与えておけば満足なのだから、心行くまで眺めればいい。このころには、もう彼と小さな家がどうなろうと関係ない、とまで思うようになっていた。一方、自分は妙な雰囲気や気配に怯えることなく、このホールでゆっくりと本が読める。お互いにとって、最も理想的ではないか。家族の誰かが帰ってくれば、その人がホールに入る前に渡り廊下から部屋に戻れば分からない。それに二階の自分の部屋よりも、天井の高いホールの方が夏場は涼しくて読書に向いている。

この異様な状況とどこかで折り合いをつけようと考えた、言人なりの工夫だった。

やがて、玄関先の話し声が止《や》んだ。微かに扉の閉まる音が聞こえ、ホール前の廊下を歩く気配が伝わってくる。それが廊下奥の階段を上っている物音に変わり、そして聞こえるか聞こえないかのノックの音がした。

おそらく中から返答がないので、津口はドアを開けるだろう。そして言人がいないことに気づくが、同時に床の上のドールハウスも目に止まるから、そのままいつも通り熱中し出すはずである。

しばらく自分の部屋の気配に耳をすませる。でも静かなままなので、ようやく言人は横溝正史の『悪魔の手毬唄』を読み出した。

それは彼が、これまで読んだことのない雰囲気を持った本だった。昔の日本の田舎を舞台にして、外国のミステリ小説の中で描かれるような奇怪な事件が繰り広げられることの意外性に、まず目を見張った。極めて日本的な土壌の中で展開されるミステリ小説というものが、彼にはショックだったのである。と同時に自分は大人の小説を読んでいるんだという興奮と満足感が、徐々に彼の身体中を満たしていった。おそらく性的興奮に近いものだったかもしれない。はじめて覚えた高なりだった。ちょうど秤屋《はかりや》の娘が、またしても手毬唄の歌詞通りに殺されたところを、むさぼるように読んでいたときだった。

――右肩に手が置かれた。

ギョッとして振り返ると、津口十六人が真後ろに立っていた。

いつの間に……と慄《おのの》いた途端、手を置かれてひんやりとした肩口から、ぶるぶると全身に震えが走った。

言人は自分の部屋の方向に顔を向け、渡り廊下を右手にした格好でソファに座っていた。ホールの入口は、ほぼ彼の正面にある。この状態で津口が後ろにいるということは、彼は渡り廊下を通ってホール西面の階段を下りてきたことになる。それにまったく気づかなかったとは……。

な、なんですか……と言おうとして、目が合った。

にちゃりとした笑いを向けられ、そのまま顔を伏せてしまう。

と、右肩に置かれた手が首筋へと這うように進み、同時に左肩に置かれた手が二の腕へと下りる。それぞれの手が別の生き物のように這い回る。その気色悪さは、とても言葉にはできない。

やがて両手がそのまま胸元から下腹部へと進み、半ズボンから剝き出しの太股へと辿り着いた瞬間、真夏にもかかわらず言人の全身にぞっと鳥肌が立ち、さぁっと顔から血の気が退いた。

「ちっぃうんだすーほとそぐよ――」

耳元で囁きが聞こえた。例の意味不明の津口の独り言に似ていたが、大きな違いがひとつあった。

その声は彼のものではなかった。

六月下旬に『ワールド・ミステリー・ツアー13』の「第1巻／ロンドン篇」と「第2巻／イタリア篇」を刊行する。二冊同時配本のうえ、各巻が十三章から構成されるため手間ばかりがかかり、かなり忙しい思いをした。だが、刊行後は幸い各紙誌でも取り上げられ、シリーズとしては良いスタートを切ることができた。その後、八月下旬には「第3巻／パリ篇」を出し、九月の声を聞いた現在は、十月刊の「第4巻／東京篇」の編集に追われている最中だった。

ここまで頑張れたのは、信濃目稜子のお蔭かもしれない。肉体的には日に日に疲労しているのが自分でも実感できるほどだったが、精神的にはずっとハイな状態が続いていたといえる。

「顔色が悪いですよ」

玉川夜須代から何度言われようが、わざわざ休養をとる気にはならない。それに土曜日は出社しても、日曜日まで働くことは滅多になかった。まったく休まなかったわけではない。ただ、唯一の休日を稜子と過ごしてしまうだけで。

稜子はあの日以来、ちょくちょく遊びに来るようになった。最初は二週間に一度の割合だったのが、すぐ毎週末になる。しかも、そのたびに手作りのお菓子を持参してくる。それも次に来るまで保つほどの分量を作ってくるのだ。

とはいえ、つき合っているという雰囲気ではなかった。いい年齢の男女がこれほど急接近して、何もないのもおかしいと思うが、本当にそうだった。特に私が奥手だったわけでも、稜子のガードが堅かったわけでもなく、信じられないことだが初対面時の関係——すなわち作者と読者——が、その後も続いていたのである。

この作者と読者という関係は、また編集者と読者という関係にも変化した。つまり『ワールド・ミステリー・ツアー13』の構想を練ったり、自分が担当する十三章のテーマを考えたりするのに、いつしか稜子の意見を聞くようになっていたからだ。

稜子自身がミステリーマニアだったわけではない。ただ、この企画そのものが広義のミステリーをテーマ対象としていたため、なまじのマニアよりも稜子のような一般的な本好きに意見を求める方が良かったのである。だいたい本書の構想について意見を聞くといっても、稜子から具体的なアイディアが出ることを期待してはいない。要は誰かに話しているうちに、自分の頭の中がまとまっていくのだ。誰でも良いと言えばそれまでだが、稜子ほどぴったりの人物も珍しかった。

また、何度か撮影にもつき合ってもらった。あとで気づいたのだが、稜子と外で会ったのは、実はこの撮影がはじめてだった。それまでは、せいぜい武蔵名護池の周辺を散策するぐらいで、ほとんどは私の家で色々な話をすることが多かった。私自身は出不精《でぶしょう》なのだが、その気《け》が稜子にもあるのか、特にどこかへ行きたいとも言わない。のんびりと珈琲を飲んで、手作りのお菓子を食べながら、二人で取り留めもない話をする。それが性に合っていたのだろう。稜子はダイエットをしているのか——その必要はまったくないのに——私ほどは食べなかったが……。

撮影というのは「第４巻／東京篇」の中で、加門七海氏に執筆してもらった「東京の将門《まさかど》伝説を巡る」と題した章で使用する将門関係のものと、阿部正路氏に執筆してもらった「円朝の幽霊画を愛《め》でる」と題した章で使用する円朝の墓、それと同巻の十三章で私が書こうと思っていた「乱歩の東京幻想空間を彷徨《さまよ》う」で使用する乱歩関係のものである。

将門は有名な大手町《おおてまち》の首塚をはじめ、祭神として祀られている神田明神《かんだみょうじん》、兜《かぶと》が埋められたという伝承のある兜神社、同じく鎧《よろい》神社、その他に鬼王《きおう》神社、筑土八幡《つくどはちまん》神社、水稲荷《みずいなり》神社、烏森《からすもり》神社、神田山日輪寺《かんださんにちりんじ》、鳥越《とりごえ》神社などになる。すべて都内にあるとはいえ、一日で全部を回るのは少しハードであるうえ、原稿の内容とレイアウトの関係でその必要もないため、事前に四、五箇所に絞った。円朝の墓は、その幽霊画を所蔵している谷中《やなか》の全生庵《ぜんしょうあん》にあるため、将門の撮影の中に組み込むようにした。

また乱歩は、その短篇小説の中から東京の具体的な地名が出てくるものや、おそらく都内が舞台になっているであろう作品を選び、その中でも特に東京という地に深く関連しているものを取り上げるつもりだった。最終的に選んだのは、「D坂の殺人事件」の団子坂《だんござか》、「屋根裏の散歩者」を映画化した「江戸川乱歩猟奇館　屋根裏の散歩者」で原作の舞台となる東栄館に擬せられた本郷《ほんごう》のとある下宿、「陰獣」の中で小山田六郎の死体が発見される隅田川《すみだがわ》の吾妻橋《あづまばし》、「押絵と旅する男」のみならず、しばしば乱歩作品に登場して乱歩自身も一番愛したという浅草《あさくさ》、「目羅博士の不思議な犯罪」が語られた不忍池《しのばずのいけ》に決めた。

こうして八月の数日、私はキヤノンのイオスが入ったカメラバッグを肩から下げ、稜子は事前に該当箇所に印をつけた都内の地図を片手に持って、二人で撮影に出掛けた。怖い話は好きなくせに、決して信心深くない私だったが、さすがに将門の首塚を撮るときは両手を合わせた。横で稜子が熱心に拝んでいたせいもあるが、やはりこういった場合、礼儀は尽くすべきだと思ったからである。

しかし、その感心な心構えも、日暮れごろに到着した鬼王神社では、かなり薄れていた。当初は、単に神社を回って写真を撮るだけだと甘く見ていた。だが、ほとんど一日中動き回って撮影するとなると、当たり前だがかなり疲れるのだ。はっきり言って将門の祟《たた》りに怯える余裕なぞ、きれいになくなってしまう。

鬼王神社では、境内に入ったときには空一面が見る見る曇りはじめて、瞬《また》く間に雷雨に見舞われた。雰囲気的には満点の状況だったわけだが、それを不気味と感じる以前に、情けない話だがバテてしまっていた。それでも無事に予定通り撮影を終えられたのは、稜子のアシストがあったからである。方向音痴の私ひとりだったら、こうはいかなかっただろう。ぐったりとした私とは違って、しっかりと最後まで稜子はナビゲーター役を務めてくれた。

ただ少し気になったのは、鬼王神社へ向かう途中の、稜子の様子だった。神社は新宿区歌舞伎町《かぶきちょう》にあるのだが、新宿駅から歩くにしたがって落ち着きがないというか、何か他のものを探しているような、または誰かに尾けられてでもいるように、常に辺りを見回している。

「どうかしましたか」

心配して尋ねても、

「なんでもありません」

と首を振って、にっこりと笑うだけで、あとは何も言わない。でも、その微笑みには陰りがあるような気がした。

その日はお礼の意味もあり、また稜子とまともな夕食を共にしたことがなかったため、撮影が終わったあとで食事に誘ったのだが、「用事がありますから……」と早々と帰ってしまった。

　男の私でさえ疲れる撮影に同行してもらったのが、やはり良くなかったのだと思った。だが翌週末には、それまで通り武蔵名護池を訪ねてきたので訳が分からなくなった。普通なら単なる気まぐれかと思うのだが、稜子に限ってそんな……と一層戸惑ったのである。

　しかし、よく考えてみれば、ほとんど稜子のことを知らないに等しい。初対面のとき当《あ》たり障《さわ》りのない会話として、出身地のことを尋ねたくらいである。その後はあらためて個人的なことを訊く機会もないまま、今日に至っていた。普通はつき合いが深まるに連れ、徐々に個人的な私生活の話が出てくるのに、これでは逆である。

　思えば頑《かたく》ななまでに、稜子は作者と読者という関係を崩さないよう、とても注意している節がある。私が勘違いして、あらぬ妄想を抱かないように警戒しているのか。いや、それにしては、あまりにも無防備に家を訪ねて来ているではないか。どういうことなんだ？

　八月の最終の週末、稜子に事情を話し、終日を家に籠って「乱歩の東京幻想空間を彷徨う」の原稿を仕上げる。既に一章から十二章まではレイアウトも終わり、ほとんどは著者校正も済んでいる。同時に進めようと思いながら、どうしても十三章はギリギリに原稿をアップして、最後にレイアウトをすることになる。おまけに今回は、それに撮影が入るため大変なのだが、結果的には既刊本の十三章と同様の進行になっていた。

そんな状況の中、九月に入ってすぐ、いささか慌て気味に乱歩関係の撮影を行った。当日は、「第4巻／東京篇」のカバー写真の撮影を過日に済ませていた築地《つきじ》本願《ほんがん》寺《じ》の前で、稜子と待ち合わせた。

基本的に『ワールド・ミステリー・ツアー13』のカバー写真は、イギリスの写真家サイモン・マースデンの作品を使用するつもりだった。しかし、彼には日本は元よりアジアでの撮影経験がない。よって「東京篇」や先に予定している「京都篇」などの場合、新撮を行う必要がある。「ロンドン篇」がイングランドのある寺院の、「イタリア篇」がヴェネツィアの水路沿いの壁面の、「パリ篇」がヴェルサイユ宮殿内の、それぞれ彫塑を被写体とした写真を選んだため、以降の巻も同じテイストのもので統一したいと思っていた。そうなると「東京篇」と「京都篇」は、対になるものを考えたくなる。「京都篇」は何の躊躇いもなくお稲荷さんの像がイメージできたので、一方の「東京篇」は狛犬だなと思った。

ところが、この狛犬探しに難儀した。結局は灯台もと暗しで、「東京篇」の一章のテーマであるお化け建築家と呼ばれた伊東忠太の作品の築地本願寺に、堂々たる狛犬が――それも忠太の造形に相応しく羽根の生えた狛犬が――鎮座していたことに、遅《お》蒔《そま》きながら気づいた。あとはマースデンの写真から滲み出す、あの独特の雰囲気を演出できるようにカメラマンと打ち合わせをして、盆休み明けに撮影をした。背景となる空に陰鬱さがほしいため、撮影は夜明け前と夕暮れ刻の二回行ったが、生憎《あいにく》どちらも雲ひとつなく、あまりおどろおどろした背景にはできなかった。絶えずどんよりと曇っているイギリスのようにはいかない。

こういった経緯を稜子も知っており、一度その狛犬を見たいと言っていたので、良い機会と思い待ち合わせ場所にした。

それにしても平日の昼間なのに、都合がつくのは一体どんな仕事をしているからか。しかも土日も大丈夫なのである。最初は実家にいて、花嫁修業――と今時でも言うのか知らないが――をしているのかと思った。でも、どうやら独り暮しのようで、それなら働いているはずである。平日の昼間と週末が空いている仕事――。しかも先日の新宿での振る舞いを見ると、平日でも夜は駄目なようである。それに、あのときの周囲を気にするような様子――。

ということは、夜の仕事か。それも週末が休みなのだから、ビジネスマンを対象としたバーやクラブ関係の店だろうか。しかし、それにしてはまったく水商売っぽくない。普通そういう雰囲気が、やはり自然と出るものだが、稜子は逆に清楚《せいそ》な感じが強い。いや、強すぎるのか。これはこれで不自然なのかもしれない。

そんな考えに熱中していたとき、稜子が来た。それまでは結構リアルな考えかと思っていたのが、稜子の姿を見た瞬間、あっという間にただの邪推や妄想に成り下がってしまった。

およそファッションに関心がない私は、当然のように女性の服にも疎《うと》い。そのため的確な描写はできないが、その日の稜子はサマーセーターとでもいうのだろうか、ノースリーヴで首の部分がハイネックになっているクリーム色の上に、下は洗いざらしのブルージーンズという装いで現れた。夏でも首は暑くないのだろうか、というアホな感想を抱きながら、ともすれば私の目は剝き出しの二の腕や、ふっくらと盛り上がる小振りながら形の良いセーターの胸元を見ていた。

「今日も暑くなりそうですね」

汗ひとつかかない顔で、それも涼しげに言われると、四十度を越えても大丈夫な気になる。美人の条件のひとつとして汗をかかない人、と言ったのは誰だったか。

肩慣らしと個人的な興味もあって築地本願寺を数枚撮ると、まずは浅草へと向かった。営団日比谷《ひびや》線の築地から東銀座へ向かい、都営浅草線に乗り換える。

「浅草は、はじめてですか」

地下鉄の中で尋ねられたので、

「行くのはそうですけど、浅草には特別の思い入れがあって——」

二人の関係が近しいようで、そうでないところは、このお互いの言葉遣いにも表れていた。精神的にはかなり打ち解けているにもかかわらず、稜子は丁寧な口調を崩そうとしない。私の方は徐々に気さくな喋り方へと変えていたが、やはり完全には砕けないでいた。ひょっとすると、これはお互いの性格的なものかもしれない。ただ、これで私までが丁寧に喋ってしまうと、いつまで経っても親密な雰囲気にはならないだろうと思い、意図的に軽めの口調にしているところもあった。

しかし、そう言う意味では私たち二人には、知り合って少し経って親密さが芽生えはじめた男女の、あの淡い雰囲気がいつまでも漂っていたわけである。それが良いかどうかは別にしても……。

まったく不思議な関係だな、とあらためて思っていると、稜子が怪訝《けげん》な顔をしてこちらを見ている。

そうだった。はじめて行くのに特別な思い入れがある浅草について、である。

私にとって浅草という地は、これまで一度も行ったことがないのに、常に郷愁を掻き立てられる場であり続けた。浅草という二文字を見ると妙な懐かしさを感じるし、「あさくさ」という響きにさえ親しみを覚える。

これも偏《ひとえ》に、乱歩魔界に現出する浅草に何度となく赴いた結果であり、また乱歩の随筆に描かれるところの浅草に幾度となく足を運んだためである。転勤で住むようになるまでは出張で訪れるくらいで、興味がないというより何かうざったい印象しか持てなかった東京だが、浅草だけは違っていた。この地だけは乱歩に親しむ年数が増えるにしたがい、大げさに言えば、どんどんと美化されていった場所である。

こういった事情を説明すると、

「やっぱり三津田さんは、場というものに惹かれるのですね」

会ったばかりのとき、「家に憑かれている」と言われたが、そのことを言っているのだろうか……。

「かもしれません」

あまりよく考えずに答えると、

「怖くはありませんか」

「えっ……」

返答に困った。どういう意味で言っているのか。それが顔に出たのか、

「自分が惹かれる場に取り込まれるような、そのまま縛りつけられてしまうような、そんな怖さは感じませんか」

稜子は何気ない会話の中で時々、なぜこんなことに拘るのだろうと思う問いを発し、私を驚かせた。このときも、こちらが捉えている以上に真剣な表情だったので、

「うん、ある意味では恐怖なんだろうね」

いい加減に流せる会話ではなさそうなため、そう言いながらも頭の中で考えをまとめると、

「でも例えば――この前の首塚にしても、実際あそこに将門の首が埋まっているわけではない。それこそ首塚と伝えられている地は、他にもたくさんあります。しかし、あそこは特にそういう場所だという意味を持ってしまった。そして、その意味を多くの人が認めて伝承してきた。こうなるともう、そこに首が埋まっている、いないにかかわらず、立派に首塚として存在してしまうわけです」

「結局は人間の認識にしか過ぎない、ということでしょうか」

「そこまで割り切るつもりはないけど、基本はそうだと思います」

稜子の表情を確認するように窺いながら、

「お岩様を知ってますよね」

「四谷怪談の……」

「そうです。それじゃお岩様と聞いて、何を思い浮かべますか」

「……あの半分爛《ただ》れたような怖い顔、四谷怪談の舞台や映画で女優さんが祟られたという話……ぐらいでしょうか」

大したことが言えないのを済まながるように、

「怖い話は苦手なんです」

「いえ、大丈夫です。問題はその祟り話ですから」

「………」

「四谷怪談の話を知らない人でも、お岩様の名前は聞いたことがある人や、そのお岩様が祟るという噂を知っている人も多いと思います。そして祟り話のほとんどは、舞台や映画でお岩様役を演じる女優さん、もしくはスタッフや関係者が、四谷の於岩《おいわ》稲荷や妙行寺《みょうこうじ》のお墓にお参りしなかったために、怪我をしたり、病気になったり、時には死んだりしたというものです。そこまで具体的なことが起こらなくても、舞台や映画の現場で何かが少しでもあると、お岩様の祟りか？　と騒がれる」

「詳しくは知りませんが、そういう怪談話は耳にしたことがあります」

「ところが、この話の面白いところは、いわゆる祟りや呪いなどが実際に存在するのかという問題以前に、四谷怪談で描かれているような事件は実際にはなかった、ということです」

「えっ、嘘なんですか」

「嘘というか、鶴屋南北の創作ですね」

「創られたお話……」

「詳しく話すと長くなるので省きますが、モデルとなった事件があったのは事実です。しかし、それとお岩さんとはまったく関係がありません」

「それじゃ、お岩さんは実在していたんですか」

「ええ、ただしこの世に恨みを残すような死に方はしていない」

「それじゃ……」

「そうです。仮に祟りという現象が存在したとしても、そもそもお岩様の祟りなどあるわけがないのです」

駅の改札を抜け地下から地上に出ると、まず吾妻橋へと向かう。最初に「陰獣」の撮影を行うのは地理的な関係もあるが、乱歩の中で一番好きな作品という理由も大きかった。

首塚とお岩様の話を、頭の中で咀嚼《そしやく》するように俯《うつむ》いて歩いていた稜子が、

「三津田さんが好きな浅草というのは、乱歩によって頭の中に意味づけされたものであって、本当の浅草ではないのですか」

「もっと厳密に言うと、浅草の地そのものも、実はどうでもよいのかもしれない」

「…………」

「つまり乱歩は『浅草ゆえの東京住まい』と言うほど、こよなくこの地を愛したわけです。小屋掛けのサーカスや花やしきのダーク人形、木馬館のメリーゴーラウンドなど、当時の浅草に溢れる『いかもの食い』と称するものに強く惹かれた。彼の『浅草

趣味』という随筆の中に、『浮世のことに飽き果てた僕達にとっては、刺激剤として探偵小説を摂ると同じ意味で、探偵小説以上の刺激物として、それらのいかものを求める』という文章があります。要は、この乱歩の想いの強さですね。これに共感を覚えたからこそ、その対象となっている浅草という地に自然と愛着を感じた——ということでしょうか」

珍しく稜子は、そのまま黙り込んでしまった。

ちょうど吾妻橋に着いたので、私は撮影場所を探しはじめた。しかし、予想していたとはいえ、実際に橋の上に立ってみると絵になるところがない。橋の欄干を斜めから撮れば良いかと考えていたのだが、それでは使い物にならない絵柄と分かる。やむなく吾妻橋から一本下流の駒形橋《こまがたばし》へと移動する。

幸い駒形橋には河辺に降りる階段があり、その下はちょっとした広場になっている。隅田川の花火大会の折にでも利用される空間なのだろうか。その端の鉄柵から吾妻橋を見ると、まずまず絵になりそうだった。折しも一艘の小型船が、川面を吾妻橋へ向かって進んで行く。慌ててカメラを構えると、その風景を撮影した。

駒形橋から五辻の交差点に出ると、北向きの道の真正面に雷門《かみなりもん》が見える。門まで進み仲見世《なかみせ》通りへと入る。たちまち平日とはいえ結構な人通りに飲まれた。お上《のぼ》りさん気分で両脇の店を冷やかしながら歩く。一軒一軒の店に懐かしさのようなものを覚えたため、なぜだろうと考えてみると、なんのことはない奈良の猿沢池の周辺に並ぶ土産物屋と大差ない品揃えのせいだった。ただ、これが旅先であれば、同じような品物でも地元でないというだけで、おそらく違って見えるのだろう。これもまた、場に憑かれたと言えるのかもしれない。

浅草寺の境内を何枚か写し、辺りを散策してから花やしき遊園地までぶらぶらしたが、観光に来ているわけではないので上野へと向かう。期せずして、乱歩がよく探偵小説の筋を構想するときに辿ったらしいルートをとることになった。

稜子と話していて驚いたのは、今回の撮影に当たって事前に該当する短篇を読んできていることだった。そのため撮影場所と作品の関係について説明をしても、非常に的確な質問や感想が返ってくる。編集者でも、碌に著者の本も読まずに仕事をする輩がいるというのに……。お蔭で、こちらも遠慮することなく各々の作品について話すことができた。

「『赤い部屋』と『陰獣』に一番興味が惹かれました」

私の乱歩作品のベストが「陰獣」で、「赤い部屋」も五指に入っていたため、この言葉は非常に嬉しい。

「解説を読むと、『赤い部屋』のような作品は非常に少ないとあったんですが――」

「そうですね。海外に目を向けても、ほとんど例がありません。乱歩は谷崎潤一郎の

『途上』という作品で、はじめてプロバビリティの犯罪を知ったわけですが、果たして谷崎は何から着想を得たのか？　先行する海外作品があったのか？　興味が尽きないところです」

この二作品で描かれるプロバビリティの犯罪というのは、殺意を覚える人物の身の上に、死に至る可能性のある状況を何度も設定することにより、その人物をいずれは抹殺することを目論《もくろ》んだ殺人方法のことである。乱歩は、次のような例を挙げて説明している。

自分の家の二階に、殺したい相手Aが同居している。家には小さな子供がいる。そこで家の者が全員寝静まったころ、階段の一番上の段に子供が遊んでいたビー玉を二、三個置いておく。そうするとAが夜中に尿意を催《もよお》して一階のトイレに行くかもしれない。トイレに行くときにビー玉を踏むかもしれない。ビー玉を踏んで階段から落ちるかもしれない。階段から落ちて頭を打つかもしれない。頭を打って死ぬかもしれない——というように、階段の上にビー玉を置くという行為だけで、Aの身の上には二重三重四重五重の「かもしれない」という状況が生まれる。つまり、もしこの通りにうまくいけば、殺人者は自分の手を一切汚すことなく、Aの殺害を実行できるのである。しかも、このAの死は事件になりにくい。状況だけ見れば、子供が遊んで仕舞い忘れたビー玉にAが不幸にも足をとられて階段から落ちた、という事故にしか見えないからだ。

もっともすべて逆に捉えることもできる。Aが夜中に尿意を催さないかもしれない。催してトイレに行ってもビー玉を踏まないかもしれない。ビー玉を踏んでも階段から落ちないかもしれない。階段から落ちても頭は打たないかもしれない。頭を打っても死なないかもしれない——というように。要は「プロバビリティ」の犯罪なのである。うまくいくかどうかは、まったく分からない。しかし、もしうまくいけば儲けものである。そういう考えが、この犯罪の根底にはある。

というようなことを、いささか熱っぽく喋ってしまった。

「その『途上』という作品は面白いですか」

私の話が一段落つくと、稜子はそう尋ねてきた。

「いえ、作品としての完成度は、『赤い部屋』より遥かに落ちます。ただ『途上』はプロバビリティの犯罪を描いた嚆矢《こうし》ではありますが、文学者である潤一郎が、妻を亡きものにしたいが実力行使まではできない夫が、その殺意をいかに表すか、いや表すとすればどうなるか、を扱った作品という印象があります。もちろん潤一郎も、この犯罪の特殊性故の面白さは充分に分かっていたでしょう。でも、それを活かしきっていないというか、少なくともそういう書き方はしていません」

「乱歩は違っていたわけですね」

「まぁ、これは創作に対する姿勢の違いですが——。探偵作家であった乱歩は、この犯罪が持つ偶然を必然に変えてしまう恐ろしさに注目すると同時に、探偵小説の題材としてのアピール度の高さに気づいたと思うのです」

「アピール度……ですか」

「つまり犯罪が進行する場の設定の面白さですね。確実性があってはいけない、という計画殺人を行う上での大いなる矛盾と、しかし矛盾があるからこそ犯罪を立証する可能性が低くなるという皮肉。この大きな二つの要素を満たすための犯罪の場の設定が、いかに面白いか、絵になるかを瞬時に悟ったのだと思います。ただし、この場の設定というものは、そのプロバビリティ故に、密室殺人などの状況設定に比べると極めて甘い印象を読者に与える。そのことも乱歩は察していたのでしょう。だからこそ『赤い部屋』では、あれほどの犯罪例を盛り込んだのです」

「質よりも量で勝負する題材だと?」

「ええ、その辺りのセンスは、さすがですね」

そういう会話をしながら歩いていると、あちらこちらに河童の看板が出没しはじめた。もうすぐかっぱ橋本通りである。

「私が『赤い部屋』を読んで凄いなと思ったのは、犯罪にかかる時間なんです」

少し考え込むような表情を稜子はしている。

「プロバビリティの犯罪でも、『途上』のように夫が妻に仕掛ける場合、当然ですが、同じ相手に繰り返すことになりますよね」

「ええ」

「時間というと？」

「三津田さんがおっしゃったように、かもしれないの連続ですから、成就《じょうじゅ》するまでにかなりの時間がかかるじゃないですか」

「あぁ、その時間ですか。実は、そこがこの犯罪のネックです。しかし、自分の殺意が証明されない状況を設定するためには、これは止むを得ない。気の長い犯人でないと、なかなか実行できません」

笑いながら稜子を見ると、

「いえ、そうじゃなくて――ある意味、理想的なのではないかと」

「何がですか」

「例えば、親族の財産が欲しいとか、夫の浮気相手を殺したいとか、いわゆる殺意を覚えた相手をすぐに殺したい動機があった場合は別です。でも、何らかの理由――親の敵でもいいんですが――で復讐したいという場合、犯人側の心情としては相手の命を奪うことが最大の目的ではない、そういう状況があると思うんです」

「つまり、殺すという行為そのものは、最終的な帰結に過ぎないと」

「はい。相手が憎ければ憎いほど、恨みが激しければ激しいほど、すぐに相手が死んでしまっては納得がいかないという……」

「…………」

「私は、そんなにミステリは読んでいませんが、復讐という動機が出てきたとき真っ先に、そこに違和感を覚えます。それほど憎んでいた相手を、ある意味あっさりと殺してしまった犯人に、リアリティを感じられないんです」

「なるほど。プロバビリティの犯罪なら、逆に時間をかけざるを得ないから、犯人の復讐心も満たされるだろう……ということですね」

「ええ……」

実は稜子の話に感心していたのだが、本人は変なことを思わず喋ったと思ったのか、半ば後悔した恥ずかしそうな素振りで、ふっと顔を逸らしてしまった。

このままでは気まずい雰囲気になると思い、

「『陰獣』はどうでしたか」

一瞬間はあったものの、

「あの小説を読む前に、乱歩の初期作品を読んでおく必要があると言われたので、おっしゃる通りにしました。その意味が分かったときは、びっくりしました」

気を取り直したのか、本当に驚いたような豊かな表情で答えた。

そんな稜子を見ていると、単純ながら私もミステリを読みはじめたころの新鮮な気持ちが蘇ってきて、照れ臭いような微笑ましいような気分になる。

「特に大江春泥《おおえしゅんでい》には、とても興味を惹かれました」

「陰獣」には二人の流行探偵作家が登場する。一人は理知的な本格探偵小説を志向する〈私（寒川《さむかわ》）〉で、もう一人は耽美《たんび》的な変格探偵小説に執着する〈大江春泥〉である。同じ犯罪を描くにしても、寒川が犯罪の行われた経路を論理性に裏打ちされた推理によって暴くことを主眼とするのに対して、大江は犯罪者が犯行に至る変態的な心理や残虐な行為そのものを表現しようとする。

　事件は実業家小山田氏の夫人である静子への、この大江春泥の脅迫からはじまる。静子は若いころに郷里で、平田一郎という男の誘惑にのって一度だけ過ちを持ってしまった。だが、自分の行いを恥じた彼女は、その関係をすぐに清算した。ところが平田の方は静子を諦めておらず、自分を捨てた静子への復讐を決意していた。そして今をときめく探偵作家の大江春泥こそ、実はその平田一郎であり、それまでに彼が発表した血みどろの探偵小説は、すべて静子への恨みから執筆したものだと分かる。

　やがて大江の作品「屋根裏の遊戯」を地でいくような出来事が、小山田邸で起こりはじめる。ふとしたことで静子と知り合った寒川は、次第に事件の渦中へと巻き込まれていく……というような内容である。

「寒川も大江も、乱歩自身ですよね」

上野公園の入口から園内に足を踏み入れながら、稜子がそう言った。

「ええ、この二人の作風の違いは、それまでに発表された乱歩作品が持つ二つの傾向、それぞれを指しています」

「寒川風が『D坂の殺人事件』や『心理試験』で、大江風が『鏡地獄』や『赤い部屋』ということでしょうか」

読めば分かるとはいえ、特にミステリ好きでもない人と、やはりこういう風に会話が進んでいくのは新鮮である。

「結局、江戸川乱歩という作家が持っていた怪奇幻想小説家としての資質と、本格探偵小説家としての志向の問題だと思います」

「どういうことですか」

「以前から指摘されていますが、乱歩作品の中に本格ミステリと呼べるものは非常に少ない。もっともこれには、当時の読者がまだ欧米流の理知的な本格物に理解がなかったから、という背景がある。つまり読者の要望に応えた結果、怪奇幻想系の作品が多くなってしまったのだ、という見方です。本格系の作品が少ないとはいえ、その完成度が極めて高かったことから、ある程度これは裏づけられるかもしれません」

「でも、違う……と？」

「本格系の作品が少ないからといって、作家としてその資質がなかったと言い切るのは確かに暴論ですが、実際はそれに近かったのでは——と思います」

特に必要もなかったが、せっかく来たのだからと公園内を二、三枚写して、不忍池へと向かった。

「なぜですか」

「当時の探偵小説界の事情や乱歩自身の趣味嗜好《しこう》などを抜きにして、純粋に作品のみを読んだ場合、素直にそう感じるんです」

「先程おっしゃった資質と志向の問題ですか」

「ええ」

眼下に不忍池を見下ろす石段を降りながら頷きつつ、

「本格系の作品には、明らかにぎこちなさがあります。図《はか》らずも萩原朔太郎や夢野久作が指摘していますが、それらには西洋作品の借り物めいた感じが、常に纏わりついている」

「でも朔太郎の場合は、彼自身が耽美派ですから、単に自分の好みを言っているんじゃないでしょうか。夢野という人は知りませんが……」

石段を降り切って池へと向かうと、ゆっくりと時計回りに歩きながら撮影に適した場所を探す。

「そうですね。逆に言えば本格派の作家たちは、乱歩の本格短篇を十二分に認めているわけですから。しかし実はそこに、ジャンルを越えた作家としての悲劇があったように思うんです」

「ジャンルを越えた作家の悲劇……」

「志向と資質の話に戻りますが、作家としての乱歩は明らかに耽美派だった。ところが探偵小説という新しく魅力的な文学を見つけてしまった。しかも、それは物事に飽きやすく人生を退屈と感じる彼にとって、何よりの刺激剤となった。そして彼は、あろうことか日本における探偵小説の創始者になろうと考えた……」

「自分の資質とまったく逆の方向を志向したわけですか」

　どこか淋しそうな稜子の口調である。

「乱歩は創作するに当たって、自分は文学的な修業は一切していないから敬愛する宇野浩二の文体を真似た、ということを言っています。しかし、これは明らかにおかしい。理知的な本格探偵小説を理解していればいるほど、あのだらだらとしたセンテンスの長い浩二の文体が、いかにミステリには相応《ふさわ》しくないかが判断できたはずです。確かに当時は、まだそれに相応しいような文体のお手本はなかったでしょうが、それでも一番選んではいけない文体を、よりによって乱歩は選んでしまった。なぜなら、それが彼にとって最も書きやすかったからに他ならない。つまり彼の作家としての資質そのものに関わってくる問題だったからです」

池の周辺には所々に屋台が出ていて、平日の昼間だというのに、あちらで一人こちらで一人と、お酒を飲んでいる人が見受けられる。

池そのものは季節柄か、蓮の葉に全体を覆われていて、その水面を撮ることはできない。四分の一ほど回ったところで、蓮の葉越しに池の中島に建つ弁天堂を撮る構図でいくことに決めた。

「それにしても、乱歩の本格作品は凄いですね」

池を囲む柵の間からカメラを出した私の背中へ、稜子が声を掛ける。

「天才というのとは少し違うでしょうが、やはり才能ですね。それと物凄い努力でしょう。乱歩の中にある作家としての資質と志向がせめぎ合ったからこそ、一連の名作が生まれたわけです。そしてついに『陰獣』では、それらが融合してしまった。だからこそあの作品は、あそこまでの圧倒的な面白さがあるのだと思います」

「でも一方で、それだからこそ行き詰まってしまう」

ほとんど呟きに近い声に振り向くと、思案気な稜子の顔があった。

「そうですね」

力なく微笑みかけると、稜子も少し笑ってくれた。

「しかし、これは凄いことです。探偵小説の歴史を見ても、こんな作品は滅多に見当たりません。実際、日本ミステリの創始者であるはずの乱歩作品の模倣者が出ていないことからも、それがよく分かります」

柵にもたれていると、稜子も隣にやって来て並んだ。

「ようやくそれに匹敵する作家が現れるのは、『陰獣』の発表から五十年以上が過ぎてからです」

「どなたですか……」

「連城三紀彦――」

「あの『恋文』の……」

「ええ、同じ耽美でもその方向は違いますが、花葬シリーズをはじめとする初期短篇には、見事なまでに理知と耽美の融合があります」

「連城さんてミステリも書いてらしたんですか」

思わず苦笑いしてしまう。しかし、これが『恋文』以降に連城三紀彦を知った多くの読者の反応だろう。

「でも、そう言われれば『恋文』の中に入っていた短篇も、何かしら読者を欺くといいますか、最後まで読んで、あぁそういうことだったのか、と思う作品が多かったような気がします」

「その通りです」

この稜子の言葉で、苦笑いが微笑みに変わる。同時にあらためて稜子の聡明さを感じたが、それ以上に連城作品を理解している人と話ができる喜びがあった。

「連城さんの作品を最初から――『変調二人羽織』という短篇ですが――読んでいるミステリ読者にとっては、彼がどんどんミステリ色の薄い普通小説を書きはじめても、必ずそのどこかに彼のミステリマインドを見つける読み方をしてきたはずです。それほど初期短篇から受けた衝撃は凄まじかった。あれほどのミステリ作品を書いた作家が、そう易々《やすやす》と己がミステリスピリットを捨てるわけがない。いや、仮に本人が捨てようと思っても、それは自然と滲み出してくるのではないか――。実際、その期待は裏切られませんでした」

「そんなに素晴らしい作品を書いていながら、どうしてミステリから離れていったのでしょうか」

稜子を促して再び池の周囲を歩きはじめる。

「うろ覚えなんですが、雑誌か何かで、元々ミステリを書きたかったわけではない、というような話を読んだ記憶があります」

「乱歩とは逆だったと……」

「まぁ、それが本当でも僕の記憶違いでも、どちらにしても初期短篇のようなレベルのミステリを書き続けていくことは、どんな天才にも不可能です。必ずどこかで方向転換する必要が出てくる。詳しく研究したわけではありませんが、作品だけを年代順に見ていくと、その変遷には必然性が感じられるはずです」

「以前に三津田さんからお聞きした、乱歩が通俗長篇を書くようになった流れとは、違いますよね」

 やや自信がなさそうな、こちらの顔色を窺うような口調である。

「結果的にはまったく違いますが、ミステリ作家が辿る作風変化の大きな流れとしては、相通じるところがあるかもしれません」

ちょうど池を半周した辺りまできていた。喋りながらも一応撮影スポットは探し続けていたが、どうやら先程撮った写真を使うことになりそうだった。

しばらくは言葉なく歩いていたが、

「乱歩に『一人の芭蕉の問題』という随筆があります」

「はい」

私は話を続けた。

「当時、探偵小説は文学か文学でないか、という論争があったんです。詳細を話すと長くなるので極めて簡単にまとめますと、文学足り得ないという甲賀三郎を代表とした主張と、文学足り得るという木々高太郎を中心とした主張の真っ二つに分かれました。探偵小説は謎を読者に提示するわけですが、そこにいわゆる文学的な要素――特に登場人物の心理描写など——を盛り込むことによって、その謎の提示そのものが不可能になるというのが非文学派の主張で、探偵小説の特殊性を考えると頷けるものでした。一方の文学派は、そういったことを行ってもなお、提示できるような謎の作り方があるとしたわけです」

「難しそうですね」

眉をひそめる顔を、本当に表情が豊かだなと見つめながら、

「結局、文学派に説得力がなかったのは、その主張を実証する作品を示せなかったことです。もちろん木々高太郎の作品は面白いものでした。ただ、文学性のある作品を書こうとすればするほど、当然のように探偵小説的な興味は薄れていってしまう。本来、相反するものを融合させるわけですから、これは並大抵ではありません」

「乱歩の意見は、どうだったんですか」

「彼は中立でした。当時の立場を考えればやむを得ない態度といえますが、それ以上に乱歩は、探偵小説独自の要素を十二分に持ちながら、同時に極めて高い文学性も併せ持っている小説——そんな作品を執筆する作家が現れることを切に望んでいた。本当であれば自分が書かないといけない。しかし、書けない。本人にその自覚があったかどうか分かりませんが、一度は『陰獣』でそれに近づいていた。だから不可能ではない。ここに一人の天才が現れれば、一人の芭蕉が現れれば……」

「なぜ芭蕉に例えられるのです？」

池を一周したので、池の中島に建てられた弁天堂へと足を向ける。

「元々、俳諧というのは市井《しせい》俗人の弄《もてあそ》びに過ぎなかったのを、芭蕉という一人の天才が登場したことによって、芸術の域にまで高めてしまった。探偵小説界にもそういった一人の芭蕉が現れれば、探偵小説が一級の文学となる日が、芸術となる時がくるだろう、という内容が『一人の芭蕉の問題』には書かれている。これを読んだときには興奮しました。乱歩は優れた探偵小説を読むと〈探偵小説の鬼〉がむくむくと頭をもたげてくる、ということを書いています。そして、そうした〈鬼〉に憑依《ひょうい》された乱歩が書いた評論や随筆を読むと、こちらまで〈探偵小説の鬼〉に憑かれたような状態になってしまう。なかでもこの『一人の芭蕉の問題』は、〈鬼〉に憑かれたという以上の物凄い気迫と、また同等の崇高さを備えた雰囲気に満ち満ちている。不動明王が憤怒の形相をしていながら、実は慈悲の心を持っている感じに近いでしょうか」

「本当に凄い文章なんでしょうね」

熱っぽく語る私の様子を見て、半ば驚いたような半ばからかうような表情を、稜子は浮かべている。

「教師をしていた土屋隆夫がこれを読んで、自分がその芭蕉になろうと決心してミステリ作家になった、というエピソードもあります。実際、土屋さんは変な言い方だけど、極めて良心的な本格ミステリを書いている。そういう意味では松本清張にしても、立派に芭蕉足り得たわけです。しかし、ミステリと文学をより高いレベルで昇華させたのが連城三紀彦だったのではないか。確か連城さんがデビューしてしばらく経ったとき、ある雑誌がミステリの臨時増刊号を出しました。その中のコラムで結構な人数の作家たちに、〈私の一冊〉という文章を書かせています。要はよくある影響を受けた、記憶に残っているミステリを一冊だけ挙げるという企画です。当然、ほとんどの作家が海外物も国内物も含めて古典作品を選んでいた。皆、子供のころや学生時代に読んで衝撃を受けた作品を挙げているわけです。ところが、たった一人だけ現代作家の、それもまだ新人といってよい作家の作品を選んでいた。それは森村誠一で、作品は連城さんの『戻り川心中』だった。まったく作風の違う森村さんがこの作品を選んだところに、あらためて凄さを感じたのを今でも覚えています」

いつの間にか話は乱歩から逸れてしまったため、不忍池をあとにして動物園の横を通って谷中《やなか》へ向かいながら、これから行く団子坂について説明することにした。

それにしても自分の好きな話になると人は、ついつい喋り過ぎて相手をうんざりさせてしまうものだと、これまでの経験から分かっているのに、稜子といると逆に自制がきかない。楽しそうに聞いてくれるからだろう。それとも内心うんざりしているのか……。

どこか懐かしい家並みの風景が続く谷中の細い道を歩きながら、私は「D坂の殺人事件」にはじまる日本家屋に於ける密室犯罪について話しながらも、心中ではそんなことを思っていた。

実はこの日は、ここでバテてしまった。ちょうど昼時でもあり、休憩かたがた目についた蕎麦屋《そばや》に入った。稜子に弱いところは見せられないと思ったのだが、気づかれて心配されてしまった。残りの撮影は日を改めてと言われたが、あとは団子坂と本郷の下宿だけだったので続行した。

団子坂はまったく絵にならなかったが、本郷のとある下宿の方は、さすがに映画のロケーションに使われただけあって、圧倒的な存在感があった。場所が不案内だったため、該当地の周辺をしばらくは探し歩いたが、その建物に行き当たった瞬間すぐに分かった。木造三階建ての建物は、本当に下宿という言葉がぴったり当てはまる雰囲気を漂わせており、その内部にある時代の空気を内包していることが確信できた。ただし稜子がいることもあって、屋内に入ることは躊躇われたので、外観のみを数枚写真に収めた。

この後どうするか少し迷ったが、稜子の勧めもあって会社に一度戻り、その日は早く帰って休むことにした。

「お疲れ様です！」

編集部で玉川夜須代に声をかけられたが、

「三津田さん、本当にお疲れって顔に出てますよ。夏バテですか。大丈夫なんですか。顔が青白いですよ」

洗面所の鏡を見ると、確かに不健康そうな顔が映っている。身体もだるい。

軽く顔を洗って自分の机に戻った私は、イオスから取り出したフィルムを彼女に渡しながら、

「悪いけど、これ現像に出しといてくれるかな」

「撮影でへバったんですか。だから私も一緒に行くって言ったのに」

そう文句を言いながらも彼女は、

「どうでした？　良い写真が撮れました？　面白かったですか」

ちょうど気分転換でもしたかったのか好奇心満々の表情で、身を乗り出すように立て続けに話し掛けてくる。

用事だけ頼んで愛想がないのも悪いなと思いながら、

「じゃ、今日は帰るわ」

「鬼！　悪魔！　人非人！」

背後から訳の分からない玉川夜須代の声に送られて退社した。

その週は、デザイナーに十三章のレイアウトを急いでアップしてもらい、一章から

十三章までをすべて揃えた状態で、全体の構成やレイアウトなどの最終確認を行い、写真や図版類の印刷入稿の準備を進めながら、全章の素読みをした。編集はＤＴＰで行っているため、本文の印刷入稿は来週で間に合う。週末は久し振りに、寝て過ごそうと思っていた。

実際に土曜日は昼過ぎまで寝て、起きたあともベッドに入って本を読んでは寝て、起きては読んでを繰り返した。稜子も夕方少し来ただけで、すぐに帰った。朝からろくなものを食べていなかった私は、稜子が持ってきた手作りのシュークリームを全部平らげてしまった。

昼間あまり寝てしまうと夜に寝られなくなるものだが、そんなときは、つまらないホラービデオを観ながらビールを飲むに限る。

ささやかなコレクションの中から選ぶ。そのうちダリオ・アルジェントの作品を観たい気分になってきたが、それでは逆に眠れない。いや、アルジェントでも眠れる作品はあるが、彼のビデオを睡眠薬代わりにはしたくない。結局、無難なところで「魔鬼雨」にした。悪魔の雨を浴びた人間が溶けるシーンが話題となったオカルト映画で、ビデオとしては稀少価値でもあるのか、中古ビデオ屋でも結構な値段がついている。が、中身は退屈なものでビールのロング缶一本で寝られる。

半分辺りでウトウトしはじめたので、良い按配だとさらにビールを飲む。それから我慢して三分の二ぐらいまで観たが、ちょうど良い寝ごろだったので、そのままベッドへ直行した。

ただこうした場合、必ず夜中に一度は目覚めてしまう。この夜もそうだった。しかし、これはこれで本などを読んで過ごせるため、また乙なものである。ベッドの中で目を開けたまま様子をみたが、一向に眠くならないうえ喉の渇きを覚えたため、キッチンへと降りた。

ここのところ忙しく、夜遅くに帰ってくることが多かった。でも、夜中に目覚めて家の中を歩くのは絶えてなかったため、まるで見知らぬ土地の宿屋の屋内を手探りで進むような、ちょっとした面白さがあった。

健康的に野菜ジュースで水分を補給すると、居間を通って書斎へと向かう。思えば、しばらくこの空間には足を踏み入れていない。書斎へ行くには、もっぱら寝室から渡り廊下を使っていた。よって上から見下ろすことはあっても、実際に居間の中に身を置くことは久しくなかった。

何を考えるでもなく、しばし佇む。微かに射し込む月明りによって、西面の壁を這う階段が浮び上がっている。居間の床から渡り廊下へと延びる階段を眺めていると、いつか岡熊臣「塵埃《じんあい》」に載っているのを見た、蛇とも龍とも見紛う犬神の姿が脳裏に浮かんだ。

そういえば「犬神の悪霊《たたり》」は憑物信仰をテーマにした珍しい作品で、ホラージャパネスク映画としてなかなか良い出来栄えだったことを思い出す。しかし、日本の土着的な恐怖の中に差別問題まで含んでいるためか、いまだビデオ化はされていない。ホラー映画といえば海外のものばかりを有り難がるが、日本の少し前の作品にも素晴らしいものは多い。ただ、あまり観る機会に恵まれていないのが残念である。

取り留めもない連想をしながら、犬神とも龍神とも思える階段を見つめているうちに、それが白い頬を斜めに走る傷跡のようにも思えてくる。このまま自分があの階段を一段ずつ上がって行くと、その重みによって傷口が開き、私が通った側から血が滲み出してくるような気がする。階段が傷口だとしたら、それと交わる渡り廊下は、その傷をつけた凶器だろうか。

ふと自分が、この家の中心に佇んでいることに気づく。なぜか居間が、この家の──人形荘の──巨大な胃袋のように思える。自分の身体が見えない胃液によってどろどろと溶けていくような、全身の毛穴から体液が流れていくような、肌のべとつきを感じる。一瞬、ロバート・マラスコの『家』と、大林宣彦の「ハウス」が浮かぶ。四方の壁が脈動している感じがする。やがて、床も天井も微妙にうねり出す。

──そうか、あの階段のように見えているのは、やっぱり傷だ。胃袋を切開した手術の痕だ。ならば、この巨大胃袋から抜け出すには、あの傷口を広げればよい。先程の血の幻視はヒントだったのだ。

夢遊病者のような足取りで階段へと向かう。くねくねと脈打つ床は歩きにくいうえ、胃液の粘膜が足元にまとわりついてくる。数歩進んだだけで息が上がる。深呼吸すると、いつの間にか部屋中に充満している酸っぱい臭いに鼻がつーんとし、自分の胃液が込み上げそうになる。今すぐ表へ出て人形荘の外観を見ると、アミティヴィルの悪魔の棲む家のように、巨大な人の顔に見えるのかもしれない……という考えが頭を過る。

どれほどの時間が経っただろうか。ようやく階段に辿り着く。もう両脚が膝まで溶けてしまった感じがする。それでも転ぶことなく、痛みを覚えることなく、一歩また一歩と階段を上る。少しずつ段を進むにしたがって、既視感に見舞われる。どこかで、やはりこんな風にして、階段を上ったことがある。いや、この階段じゃない。この階段じゃないけど、同じようなシーンを体験している。

どこで――、なぜ――。

そう思いながら顔を上げて、思い出した。「霧の館」だ。自分で体験したんじゃない。「霧の館」の中で、主人公が見知らぬ家の二階へと階段を上がって行く、あのシーンだ。自分が小説の中に書いた場面だ。

急に眩暈がした。目頭を押さえ、正常に戻るまで頭を下げる。そのうち身体とずれていた魂が、すうっと元に戻ったような感覚がした。ゆっくりと目を開ける。

中途半端な位置から見下ろす居間の床には、じっとりとした闇が留まっているように見えた。一瞬、背中を向けることに恐怖しながら、一気に階段を上り切った。

書斎へ入って時計を見ると、寝室を出てから五分ほどしか経っていない。部屋の明りは点けずにスタンドだけとし、書き物机の椅子に腰を下ろす。物を書くのは部屋の隅に据えたMａｃを使っているため、こちらは読書用である。スタンドの明りだけでは書棚のすべてを照らし切れないが、見るともなしに全体を見渡す。もはや読む本を探す気があるのかどうか、自分でも分からない。とりあえず眺めているだけ、ともいえる。

夢――だったのか。起きたまま夢を見たのか。いや、それとも単に寝惚《ねぼ》けていただけか。

疲れた――と思う。好きな仕事をしているので、あまり働いているという意識がないが、やはり仕事のし過ぎなのだろうか。今日一日だらだらと過ごしたため、余計にだるいのかもしれないが、最近とみに疲れているのは事実である。

「疲れている」という言葉から「憑かれている」という文字が浮かぶ。「家に憑かれている」――そう稜子は言っていた。

憑かれた家が見せる夢――か。

やはり本を読む気がしない。Ｍａｃを立ち上げる。といって小説を書く気力があるわけでもない。今夜、自分が感じたことを思いつくままに打っておきたかった。それだけである。

ワープロソフトを開く。取り留めもない散文が画面上を流れていく。半ば自動書記状態でキーを叩く。指先の感覚があまりない。それでも文字はウイルスが増殖していくように、次々と現れる。現れては、白い画面を喰っていく。改行せずに打ち続けると、天地と左右の余白を残して文字ウイルスが画面を埋め尽くす。ざわざわ蠢《うごめ》かないのが不思議なほど、びっしりと画面を覆い尽くす。指先の感覚が益々なくなる。打ち損ない、変換ミスが増える。

カタカタカタ、カタカタカタ、カタッ、カタカタ――。

気づけば意味のない文字の羅列になっている……。

読み返さず、そのままファイルを閉じる。握力を計るように両手の指を握ったり開いたりする。しばらく繰り返したあと、今度は「忌む家」のフォルダを開く。第一回、第二回、第三回、第四回の原稿が入っている。第四回のアイコンをダブルクリックして原稿を開く。読みはじめる。

そうだ。そろそろ天海に、第四回の原稿を送らないといけない。

第三回は送ったはずだ。いや、送ったどころじゃない。それが掲載された八月号を受け取った覚えがある。

どこだ八月号は？　まだ封さえ開けていないのか。

次の第四回はこれだ。画面上を流れている、この原稿――。これを、そろそろ送らないといけない……。

しかし、送れない。この原稿を送ってよいのだろうか。

それが、分からない。

なぜなら――

私は、こんな第四回の原稿など書いた覚えがないのだから……。

『迷宮草子』一九九八年十二月号より

三津田信三氏の「忌む家」第五回は、作者の都合により休載させていただきます。

いきなり月曜日から三日間、会社を休む。その前の土日を含めて、ほとんど寝て過ごしたのだが疲れはとれない。玉川夜須代から電話が入り、見舞いに来るというのを断り、ひたすら寝る。悪夢でも見るのか、やたらと寝汗をかく。

先週の金曜日、信濃目稜子から電話があったときに、週末は少しひとりになりたいと言っておいたので、稜子は寝込んでいることを知らない。

四日目の木曜の朝、目覚めは相変わらず悪く身体も怠《だる》かったが、会社に電話すると、昨夜「東京篇」の青焼が出たという。やはり出社することにした。

昼ごろ編集部に行くと、

「三津田さん、病院に行きましたか」

まず玉川に声を掛けられた。

「いや」

力なく返事をすると、

「行った方がいいですよ、行きましょう」

彼女の大げさは毎度のことだと無視していたら、同期入社の高砂《たかさご》にも、

「みっちゃん、大丈夫か。顔色悪いぞ」

その日は一日中、「無理するな」「仕事のしすぎやな」「いいビタミン剤ありますよ」「大丈夫ですか」「野菜ジュース飲みます？」「はよ、帰れよ」「ちゃんと食べてるか」「血不足の吸血鬼みたいやぞ」と、心配から揶揄《やゆ》まで様々な言葉を掛けられた。お言葉に甘えて玉川夜須代に手伝ってもらい、その日の夜までに青焼をなんとか見終わる。

翌日の金曜日は一応出社するものの、ほとんど仕事らしいことはせず、夕方までだらだらと過ごし早々と退社した。

その夜、稜子に電話をするが留守録になっていた。体調が優れないので、この週末もひとりで過ごすつもりだと吹き込む。そういえば、ほとんど夜の電話に出たことがない。なぜだ、と考える間もなく眠りに落ちる。

翌朝、電話の音で目が覚めた。稜子からだった。用事があって見舞いには行けないけどお大事に、と言われた。こんな状態で会いたくないため、ほっとしたが、同時に少し寂しい気もした。思えば、もう二週間以上も会っていない。

しばらくベッドの上で、眠るともなく目を閉じてじっとしている。冷房に長くかか

り過ぎたように身体が怠い。こうして横になっていても、少しも疲れがとれない気がする。

ふと、このまま死んでしまうのではないか、という思いが過る。

小さいころ熱を出して寝込んでいると、決まって頭の中で数人の大声がガンガンと響いたものだ。何を言っているのかは分からない。喚《わめ》いているわけでも叫んでいるわけでもなく、洞内で反響している声を受信状態の良くないラジオで流したような、そんな声が鳴り響いていた。特に怖いという意識はなかった。ああ、またはじまった、と思うだけだ。

そして今また、頭の中に人がいる——ような気がする。いや、今そう思ったわけではない。もっと前から——。いつからだろうか。人が……、誰かが……、誰か？　誰かって、誰だろう？

目が覚めると昼過ぎだった。じっとりと嫌な寝汗をかいている。ふらふらと起き上がって一階の浴室まで降り、しばらくシャワーに身を委《ゆだ》ねる。少し気分がさっぱりしたので、ラフな格好に着替えると庭へ出た。いくら調子が悪いとはいえ、あまり引きこもるのも良くない。

玄関から裏手の竹林へと、ぶらぶらと歩く。天気は良かったが、館の裏手は陰になって、ひんやりとした空気が漂っている。気の流れが見えるわけでもないのに、それは竹林の方から来ているのが分かる。

思えば去年の今ごろは、洋館探しをしている最中だった。あの竹林の向こうから、この家を見つけたときの驚き、家へと通じる道を探したときの焦り、もう一つの暗闇坂から家へと辿り着いたときの喜び、それらの雑多な感情が、竹林を見ていると一時にどっと溢れ出してきた。

「俺は何をしているんだろう……」

自然と、そういう呟きが口を衝いて出た。そのあとにも言葉が続きそうだったが、自分が何を喋ったのかを意識した瞬間、次に生まれるべき言葉が消えてしまった。ただ頭の中には、その余韻が残っている。何か……いや、どこかへ帰らないといけない、そんな内容を持つ言葉だったような……。

思い出そうと意識すればするほど、すうっと言葉が遠のいていく。なおも執拗に追い掛けると、微かに残る言葉が持っていた意識そのものも薄れはじめて……。やがて自分は一体何を考えているのか、という思いが浮かび上がってくる。

気がつくと、人形荘を一周していた。

難しい数式でも解こうとしたように、頭が痛い。そのまま家に入る気もしないため、久しぶりに暗闇坂へ行こうと門へと向かう小道に進む。

この前この門から外へ出たのは、いつだったか――と考えながら手をかけようとしたとき、ふと違和感を覚えた。

いや、この違和感そのものに覚えがある。以前にも同じようなことがあったはずだ。あれは、いつだったか。違和感は何だったか。思い出しそうになったとき、

――目と目があった。

垣根に生えた目が、じっとこちらを見ている。幻覚ではない。しきりに瞬きをしている。瞬きをしながらも視線を逸らすことなく、ひたすらこちらを見つめている。

「…………」

絶句したまま固まっていると、

「ゆう……れ、い」

その目が喋った。

「えっ……」

やっと言葉が出た途端、目は消えた。がさがさという音を残して。

「ぼくっ、待ってくれ」

ようやくまともな声を出しながら、私は門を開けると前の小道へと出た。「ぼく」と呼びかけたのは、声が明らかに男の子のものだったからだ。

垣根を透かし見ようとしたが、青々と茂った葉っぱに遮られて向こうは見えない。

檻の前を行き来する動物のように、端から端まで垣根を覗き込みながら右往左往す

る。ようやく目の現れた辺りが、他と比べるとかなり葉っぱが疎《まば》らになっていること に気づいた。といっても、それは中味の部分で、こちら側と向こう側の表面部分は密集しているため、庭の様子を窺えないことに変わりはない。

それでもしつこく覗いていたが、何かの気配を感じて振り返ると、そこに緑色の仮面を被った少年が立っていた。

しばらくは、お互いが無言だった。よく見ると、仮面には細かく葉っぱがレリーフされている。それが何の面なのかは分からなかったが、少なくとも特撮ヒーロー物の仮面でないことだけは確かだった。

「やあ……」

とりあえず声をかけた。こちらはいい大人である。それに用事があるのも私の方なのだから。

「その面、凄いな」

半分は少年の機嫌とりであり、半分は本心だった。

「おじいちゃんの……」

少年期特有の凛《りん》とした、それでいてどこか不安そうな声色が返ってきた。小学校三、四年生くらいだろうか。

「へぇ、おじいちゃんが作ったの？」

小さく首を振りながら、

「おじいちゃんがニューギニアから持って帰って来たんだ」

この子の祖父は民族学者か何かだろうか。仮面はよく見れば見るほど、孫のお土産として買って帰るような代物ではないことが分かる。つまり勝手に持ち出しているのだろう。

しかし、そんなことを訊いても仕方ないので、

「君は、そのお面が気に入ってるんだ」

無難なことを言うと、相手は意味深長な口調で、

「魔除けのお面だから……ね」

何かしら友好的な雰囲気になりかけていたのが、この少年の一言で元に戻った。いや、それ以上に悪い空気になってしまった。

「悪いヤツから身を守る必要でもあるとか」

そんなことは露ほども思っていないくせに、そう尋ねていた。

少年はゆっくりと、まるで絶望的だというように首を振ると、そのまま人形荘の方に仮面を向けたので、

「お兄さん、あそこに住んでるんだよ」

少年から見たら立派におじさんなのだろうが、自分からそう言う必要はない。

「知ってるよ」

そう言いながらも、顔は人形荘の方を向いたままである。

「幽霊……出ない？」

「えっ」

相変わらず家を見つめたまま、

「幽霊、出ないの？　あそこは幽霊屋敷だよ」

何と答えてよいのか迷っていると、

「幽霊だよ。僕、見たんだ。二階から見たんだ」

振り返って見上げる先には、阿辺家の二階が見える。

「君、阿辺さん家《ち》の子かい？」

話を聞いてみると、少年の名は阿辺魁太《かいた》、名護池《なごいけ》小学校の三年生らしい。阿辺家の二階の裏庭に面した部屋が、魁太少年のものだという。どうやら彼は、私が人形荘に引っ越して来る前から、この家に関心があったようだ。

それはそうだろう。自分の家の裏に、こんな珍しい洋館があり、しかも人が住んでいないとなれば、この年ごろの少年なら誰もが興味を覚え、空想を逞《たくま》しくするのが普通だ。

そんな私の考えが顔に出たのだろう。魁太は急に、

「幽霊はいるよ。夜中にあの家の庭をうろつくんだ。何回か、家の中に入って行くのを見たこともあるよ」

「それは幽霊じゃなくて、肝試しに来た人じゃないのかな。学生とかだと、よくそういう遊びをするものだよ」

本当は「君の夢じゃないか」と言おうとしたのだが、とっさに言い換えた。

「ううん、違うよ。だって、いつも現れるのは同じ幽霊だもの。女の幽霊がひとりだけだもの」

さっと鳥肌が立った。魁太が見たという女性は、幽霊であれ生身の人間であれ、こうなるとどちらに転んでも危ない。

「いつから幽霊が出るの？」

「一番最初に見たのは、幼稚園のときだった。それから一年に一回くらい見るようになって……。ただ、今年の春ごろからは何回も見てるよ」

「どんな幽霊だい？」

「分かんない。……怖いから、いつもすぐに見ないようにするから」

でも、次にはまた見てしまうわけだ。少年が少し可哀想になった。やはりここは宥《なだ》めておくべきだろうか。

「でもね、お兄さんはあの家に住んでいるけど、幽霊は出ないよ。確かに君は何かを見たんだろうけど、あの家は大丈夫だよ」

いつしか仮面から覗く二つの目の表情が、生け垣に生えていたときと同じものになっていた。しばらく、その目でこちらを見つめたあと、

「だって、お兄さん……憑かれているじゃないか」

呆然と佇む私を残して、魁太は逃げるようにいなくなった。

憑かれて……いる。何に……家にか？

くらっと眩暈がした。倒れそうになるのを半屈みの状態で保ちながら、それでも頭の中は目まぐるしく働いていた。

楠土地建物商会の、楠正直のあの態度……、あれはこれだったのではないか。決して魁太少年の世迷言《よまいごと》ではなく、この家には幽霊の噂があったのだ。地元では、いや少なくとも不動産屋仲間では「幽霊物件」だった。本来なら、もっと早くに気づいていただろうに……。いや、今からでも遅くない。あの楠正直に問い質《ただ》すか。

でも、何のために？　なぜ、そんなことをする必要がある。自分が憑かれていないことを確かめるためにか……。

気づくと私は、両手の掌を胸の前辺りで広げて、それをじっと見下ろしていた。まるで、そこに記された何かの文字や印を必死で読もうとするかのように――。

どのくらい、そうしていただろう。さっと庭を吹き渡った一陣の風で、はっと我に

返った途端、声に出していた。

「別に理由などない。ただ、自分の住んでいる家がどういう家なのか、それが知りたいだけだ」

自分自身を無理にでも騙さなければ行動が起こせないと、とっさに判断した結果だろう。日本は言霊《ことだま》の国である。声に出した時点で、それが現実となる。

しかし、そんな自己の動機づけとは別に、楠土地建物商会のあの男では埒《らち》があきそうにもない、とも思っていた。何かを知っていそうだが、なかなか喋りそうにないうえ、仮に話させることができても、実は大して役立たないような気もする。

もっと別の誰かと考えたとき、不動産屋へ行く途中で道を尋ねた、スナックのママらしき女性の顔が浮かんだ。

あの人なら、何か知っているかもしれない。

私は家に戻ると、夕方まで『幻影城』のバックナンバーを読むともなくパラパラとめくって時間を潰し、それから足代町へと出掛けることにした。

九月の半ば過ぎとはいえ、まだまだ残暑が厳しい。この日も、夕方になっても気怠《けだる》いような蒸し暑さが町に淀んでいた。

普段あまりスナックと呼ばれる飲み屋に出入りしないため、どれぐらいの時間帯に行けば良いのか分からない。早く行きすぎても店は開いていないし、少し遅くなると客が入っているだろう。結局五時ごろに家を出て、様子を窺うことにする。竹林から植樹林を抜けて、もう一つの暗闇坂へと出る。まだ日の長い秋の夕方にもかかわらず、この道を通っているときは、常に逢魔《おうま》が時《とき》の直中にいるような気がする。しかも油断していると、すぐに日が暮れてしまう、そんな日没間際の時間帯に自分が存在しているように思えて仕方ない。そして、もう一つの暗闇坂を越えると、一気に現実世界へと戻る。その現実の世界では、今しも本当の逢魔が時が訪れようとしているのだが、それが嘘臭く感じられてしまう。それほどに、もう一つの暗闇坂から人形荘へと至る道には魔力があるのだろうか。

だらだらと現実世界の坂道を登りながら、思いは人形荘へと戻る。やがて駅前の南町商店街へ差し掛かったとき、最初に訪れた武蔵野住宅・賃貸サービスと武名不動産のことを思い出した。そういえば武名不動産のおやじは、あの家について何か知っていそうな態度ではなかったか。

自然と足が速まり、店の前で止まった。相変わらずベタベタと貼られた物件を記した用紙の隙間から、店内を窺う。おやじは、どうやらひとりで夕刊を読んでいるらしい。入るなら今だ。

玄関へ赴《おもむ》き、社名をあしらった硝子《ガラス》戸に手を掛けようとしたとき、おやじが顔を上げた。目と目が合った――と思った瞬間、すうっと目を逸らされた。

覚えているんだ！

私が誰か知っている。あの家について尋ねてきた男――。もしかすると現在、あの人形荘に住んでいるかもしれない男――。私がそういう人物であることを、おやじは察している。分かっているからこそ、目を逸らしたのだ。

この瞬間、おやじが一言も喋らないだろうと悟った。おそらく私のことも覚えていないというだろう。いや、それ以前に、入っていって話し掛けても、完全に無視されるかもしれない。それほど彼は、嫌なのだろう。何が？　もちろん人形荘が……？

あなたは難病ですと言われ、おまけに医者にも見放された気分を味わいながら、重い足取りでスナックへと向かう。

決して南町商店街が開けているわけではないが、足代町へ来ると、かつては栄えていた地方の××銀座と呼ばれる通りにいるような感じがする。熱気の残ったどんよりとした空気の中で、微睡《まどろ》んでいるように町が横たわっていた。この前は白昼夢の中を歩いたが、今日は逢魔が時の世界を進むわけだ。

さて、どう切り出したら良いものか。そう考えながら当のスナックを探していると、あのママさんが店の前で、打ち水をしているのに出会した。横に出された看板を見ると〈ミカ〉という店名がある。確かにここだ。

人の気配を感じたのか、水を撒きながら顔を向けたママは、

「あら」

「こんにちは」

とりあえず頭を下げると、

「暑いわね、嫌になっちゃう。部屋見つかった」

「覚えてるんですか」

びっくりして尋ねると、

「一応、客商売だからね。人の顔はよく覚えるんだよ。特に男前はね」

お愛想も客商売だからか、と思いながらも、

「お店までですか」

ママは少し意外そうな顔をしながら、

「六時からだけどいいよ。どうぞ」

「お邪魔します」
七、八人掛けのカウンターと二人掛けのテーブル席が二つの、こぢんまりとした店内だった。特に乱雑なわけでもないのに、夕方の中途半端な光の中で見るせいか、全体に薄汚れた雰囲気がある。
奥寄りのカウンター席に掛けると、

「ビール?」

店の奥から声がした。生ビールありますか、と言いそうになって、そんな設備はないのがすぐ分かり、「はい」と返事する。

奥から——といっても簡単なキッチンがあるだけのようだが——出て来たママは、グラスを私の前に置くと瓶ビールを注いでくれた。

「よろしかったら、一緒にどうですか」

「あら、嬉しい」

にっこり微笑みながら自分のグラスを持ってきた。

いくら自分が客とはいえ、店内に二人しかいないのに、ひとりだけでビールを飲む気はしない。第一これからの質問を考えると、飲んでいてもらった方が話し易い。

そう思いながらビールを注ぎ、「乾杯！」と何やら陽気そうなママに調子を合わせてグラスを干すと、

「で、私に何の用なの？」

二杯目のビールを私のグラスに満たしながら、ママが訊いてきた。

「…………」

「用があるんじゃないの？」

自分には手酌《てじゃく》しながら、こちらを見ている。

「どうして分かったんですか」

なぜそう思うのですか、と言おうとしながら、実際に出て来た言葉は違った。

「そりゃ分かるわよ。あなた、こんな所に来そうな雰囲気じゃないし。仮に気まぐれで来たにしても、駅の北側に行けば若い女の子のいる店はあるんだから」

「はぁ」

「そうなると、何か私に用事があって来たんじゃないかと思うでしょ」

「なるほど」

相変わらず厚化粧した白塗りの顔の、ギョロッとした目を見て頷きながら、とはいえ何と切り出そうかと考えていると、

「何か食べる？　大したものは作れないけど、御飯まだでしょ？」

「は、はい……」

「碌《ろく》なもの食べてないんじゃない？　お兄さん、顔色悪いもの。野菜炒めでも作ったげようか」

本当は野菜炒めなど、あまり好きではない。だが折角の好意のうえ、さすがに自分でも何か栄養のあるものを食べた方が良いと思った。

「お願いします」

「ちょっと待っててね」

ママは奥へ入ってて料理を作りながらも、あれこれと話し掛けてくる。それに応えて

いるうちに野菜炒めが出来上がった。

油でギトギトしたそれは、お世辞にも見た目は良いとは言えなかったが、食べてみて驚いたのは美味しかったことだ。

「どう、美味しいでしょ。見た目は悪いけど、なかなかいけるのよ、私の料理は」

料理が出てきてから食べるまでの、私の表情の変化を読んだかのように、ママが苦笑いした。当初の目的をすっかり忘れて、私は野菜炒めを食べ、ビールを飲み、ママと色々な話をした。

「ご馳走さま。美味しかったです」

その味に敬意を表して軽く一礼すると、ママは嬉しそうに笑いながら、

「で、楠の不動産屋のことでしょ」

またもや先回りされた。この人に対しては、あれこれ考えて話すより、とりあえず喋った方が良いなと思い、

「ええ、そうなんですが……。ところでママさんは、このお店は長いんですか」

少し唐突な質問だったが、特に不審がることなく、

「そうねぇ、もう九年になるかしら」

「それじゃ、ご存じないでしょうか。滄浪泉園と螺画浜町三丁目の間にある、洋風の建物のことを」

「洋風の建物？」

「ハーフ・ティンバーというイギリスの伝統建築なんですが……。人形荘と呼ばれているかもしれません」

「人形荘……」

ママはあらぬ方を向いて、何やら考え込んでいるようだったが、

「ひょっとして、それって人殺しのあった家じゃない？」

「ひ、人殺し！」

幽霊屋敷よりも物騒《ぶっそう》なものが出てきた。いや元来、幽霊屋敷というものは、その過去に曰く因縁の殺人事件などがつき物なわけだが……。

「うーん、私もよく覚えていないんだけど……。と言うのもさ、私がここに来る前の年の事件なのよねぇ。ただ、お店を開いたばかりのとき、お客さんから事件の話を聞いた記憶があるの。お客さんたちも、その当時としては去年の事件になるわけだけど、この辺でそんな事件なんて起こったことないから、まだ興奮が醒めてなかったんだろうね」

「事件が起こった家って、どこですか」

「それが覚えてないの。確か崖下の方だったのと、洋館だったということは聞いたような気がするんだけど……」

「住んでいた人の名前は分かりませんか」

「さぁ、聞いたと思うけど、覚えてないわ」

ママが店を出す一年前ということは、一九八八年になる。人形荘がイギリスから移築されたのが一九八五年だった。そうすると当時そこに住んでいたのは、家をわざわざイギリスから移した当人か、もしくはその家族である可能性が高い。もしかすると例の本の著者である、城南大学建築学科助教授の周防章一郎かもしれない。

「嫌だ……。ひょっとしてお兄さん、その家を楠から借りたの？」

黙り込んでしまった私の方を、半ば気遣い半ば気持ち悪がるような表情で、ママが見ている。

「家のことで、他に何か聞いた話はありませんか」

そのときの私は、ママの気持ちを斟酌《しんしゃく》している余裕はなかった。ただ人形荘に幽霊屋敷の噂があったかどうか、それだけが知りたかった。

「そうねぇ、特になかったと思うけど……」

幽霊屋敷云々というのは、阿辺家の魁太少年だけの話なのか。

「で、やっぱりお兄さん、その家に住んでるの？」

やはりママは、それが気になるらしい。

「はい、楠不動産から借りたんですが……」

隠す必要もないので正直に言うと、

「酷いヤツだね」

ママは嫌悪感丸出しの顔をしながら、

「実はね、この店もアイツんとこから借りたのよ。当時の私はまだ初《うぶ》だったから、コロッと騙されてさぁ。最初の契約期間中は、高い賃貸料を払わせられたのよ。そのうえ、自分が店で飲む分はすべてツケにしてさぁ。強突《ごうつ》く張《ば》りの守銭奴《しゅせんど》さ」

「それは楠正直という……」

「ありゃ馬鹿息子。私が言ってるのは親父の方だよ」

「それじゃ当時、問題の家を扱っていたのも父親の方ですよね」

確か楠正直も、そう言っていたはずである。

「事件の話をしてくれたお客さんも、楠の親父に遠慮したのか、その家が楠の物件だとまでは教えてくれなかったね。お兄さんに聞くまで、ちっとも知らなかった。もっともお兄さんが借りた家と、事件があった洋館とが同じかどうか、はっきりとは分からないけどね」

ここにきて自信がなくなったのか、それとも私を慰めるためか、ママは断定を避けるような態度になった。

「どちらにしろ、楠が扱う物件なんか碌なものないんだから、お兄さんもそんな家は出ちゃってさ、他を探した方がいいよ」

「そうですね」

相槌《あいづち》を打ちながらも、私はもっと詳しい話を知るための方法を考えていた。

「今の不動産屋の主人は、ご存じですか」

この問いにやや呆れ顔になりながらも、

「知ってるよ。親父とそっくりでね。ただ、親父に比べると肝っ玉が小さいから、自分よりも強く出る相手にはからっきし弱いのさ。あいつの代になってから、賃料をまけさせたからね」

「家のこと、何か知ってるでしょうか」

「さぁ、大したことは知らないんじゃないかな。もし、そんな事件があった家だったら、近づきもしないだろうしね。どうしても知りたいんだったら、親父に聞いた方がいいよ」

そんなことは止めにしたら、という表情をしながらもママは答えてくれた。

「でも、親父さんって、入院してるんでしょう」

次の瞬間、ママの大笑いが狭い店の中に響き渡った。

「入院？　あの馬鹿息子がそう言ったのかい？　違うよ。親父は養老院に入ってるんだよ」

「え……」

「ふん、あの馬鹿息子も少しは後ろめたいのかね。親父が半分寝たきりになったら、とっとと養老院に放り込んだんだよ。もっとも、そんな親父に同情するヤツはいないけどね」

「はぁ」

これでは、仮にその親父を養老院に訪ねて行ったとしても、まともな話が聞けるかどうか分からないではないか。

「ところで、お兄さん……」

今までの歯切れの良い口調とは打って変わって、ママが躊躇いがちに、

「その家って、何かあるのかい？」

「………」

あるのか？　と改まって問われれば、「ある」と答えるべきなのか。だが、かといって別に机や椅子が勝手に動いたわけでも、水道の蛇口から血が流れ出たわけでも、幽霊が出たわけでも、ない……。ただ……、ただ……？

考えがまとまらないうちに、

「人殺し――って、どんな事件だったんですか」

質問に対して質問で答えていた。

それをママは別に怒ることもなく――いや、むしろカウンターに身を乗り出すようにして、

「その事件っていうのがね――

未発表原稿より

忌む家　第五回　三津田信三

——一家惨殺事件だった。

和人の手紙に書かれたその事件について、もう言人は何度も目を通していた。

一家惨殺事件——文字通り一つの家族全員が、お父さんもお母さんも、お兄ちゃんもお姉ちゃんも、弟も妹も、お祖父ちゃんやお祖母ちゃんも、皆が殺されてしまう事件のことだ。

そんな恐ろしい事件が、この家であったというのだ。

和人から手紙が来たのは昨日だった。津口十六人が言人の身体を撫で回してから、二週間が経っていた。

あの日、津口の掌《てのひら》が恐怖で身動きできない言人の下半身を這い回っていたとき、母親が帰ってきた。

「ただいま」という母の声を聞いた途端、津口はまったく何事もなかったように、言人の背後から前のソファにすうっと回り込むと腰を下ろした。そして、それまで言人が読んでいた本について、本当に今まで二人で喋っていたかのごとく、楽しそうに話しはじめた。

言人の身体は完全にショック状態だった。全身が硬直して動けないうえに、満足に息さえもできない。ともすればヒー、ヒーと吸い込むばかりになる呼吸を、懸命に戻そうとしていた。

心の中はパニック状態である。ただ、それでもこのことを母親に知られてはいけない、と強く思った。泣きたくなるくらい——実際に半泣きだった——嫌な体験なのだが、それと同時に、なぜか自分自身に対して罪悪感を覚えてもいた。どんなことがあっても母に、両親に、家族に、この出来事を知られたくない。

以来、今日まで言人は、津口と決して二人きりにならないように注意している。どうしても部屋に二人でいないと不自然な場合——勉強を見てもらっていると母親が思っているとき——は、必ず津口の方に顔を向け、後ろを見せない工夫をしていた。

それでも気づくと、津口がすぐ側に来ていることがあった。そんなときは決まって、ハッと身を離す言人に対し、例のにちゃりとした笑みを投げかけてくる。

この薄気味の悪い笑いが最近になって、言人といるとき以外でも彼の顔に浮かぶようになった。

あれは一昨日の夜だった。夕食を食べていくように勧められた津口十六人が、家族と食卓に着いていたときである。話題は十五日から三泊四日で行く信州旅行のことだった。

母と姉の涼が、蕎麦が旨い、高原のアイスクリームが食べたい、などと盛り上がっており、父はそれに茶々を入れている。言人は適当に相槌を打っていたが、彼が大人しいのは今にはじまったことではないので、家族も気にしていない。

津口は如才なく、さらに話が面白くなるように口を挟んでいた。しかし、そんな会話の中で、津口があの笑いを母に対して見せたのを、言人は見逃さなかった。夕食の味が一気になくなってしまうほど、その笑いには忌まわしさがあった。

姉が津口に意見を求めようと顔を向ける寸前、おぞましい笑いは素晴らしい微笑みへと変わった。しかし、言人は見ていた。その日、津口が帰るまでに、父にも、姉にも、彼がにちゃりと笑いかけたのを——。

とにかく言人にとっての救いは、信州旅行だった。三泊四日とはいえ、津口から解放される。根本的な解決にはなっていないが、取り返しのつかないところ一歩手前まで追い詰められた今、この四日という時間は貴重である。うまくいけば旅行中に、両親に津口の異常さを打ち明けられるかもしれない。

そんなことを思いながら、十五日までを指折り数えていたときに、和人からの手紙が着いたのだ。

さすがに津口から受けた行為については、和人にも話していない。最後に手紙を出して向こうから電話があって以降、二人は連絡を取り合っていなかった。言人としては待つだけである。和人が人形荘について調べてくれるのを。それで何かが判明すれば、変になってしまった津口のことも同時に分かるような気がした。

だから、敢えて言う必要はないと思った。いや、それ以前に親友といえども、あんなことは話せない……。

手紙の内容は、そんな言人の複雑な心境にさらにダメージを与えるものだった。今から七年前、この家で小碓《おうす》という一家の惨殺事件があったというのだ。父親と母親、それに中学生の姉と小学生の弟の、四人家族が惨殺された事件である。

いや、正確に言うなら殺されたのは三人で、弟だけは瀕死《ひんし》の状態ながら生き残ったらしい。ただ、肉体的なダメージ以上に極度のショック状態が見られた弟は、すぐ病院に収容され、その後どうなったのか分からないという。

事件は迷宮入りとなった。有力な容疑者はいたらしい。事件の数ヵ月前から、しばしば小碓家に出入りするのを、近所の住民によって目撃されていた一人の青年である。ただ、彼が何者で、小碓家とどんな関係があり、どこから来てどこへ行ってしまったのか——が、不思議なことにまったく分からなかった。

　和人は書いている。

それにしても一体、犯人は何者だったのか？　近所の人が見かけたという青年がそうなのか？　もしその男だとすれば、何回かは小碓家に出入りしていたわけだ。なのに事件の状況は、ほとんど行きずりの犯行ではないか。動機は何だったのだろう？　数回出入りしただけの家の人々に対して、殺意を抱くような動機が生まれるだろうか？　しかも一家惨殺である。

それとも青年が小碓家を訪れたのは数回だったが、実は訪れる前から両者の間には少なからぬ因縁があったのだろうか？　でも、それなら必ず捜査線上にその関係が浮び上がってくるはずだ。

要は中途半端なのである。変な話、被害者と犯人が一面識もない衝動殺人めいた事件の方が、まだ納得がいく。小碓家の人々と犯人——やはり青年が最有力容疑者であることは間違いない——の間には、一応面識がある。しかし、その面識というのが小碓家の交際関係には決して現れない程度だったと考えられる。とすると、また動機の問題となる。なぜ、その程度のつき合いで殺意が芽生えたのか？

　さすがの和人も、結論めいたことは書いていない。

ただ、言人が今の家に入ったとき「ぞっ」としたのは、この事件に関係があるのではないか、と述べていた。そして、ここから先は何の根拠もないが、その家はいわゆる〈幽霊屋敷〉ではないかという内容のことを、和人にしては珍しく歯切れの悪い文章で記していた。

彼に言われるまでもなく、手紙を読んですぐに言人もそう感じた。しかし、だからといって津口十六人の言動や謎めいたドールハウスの存在について、何かが分かったわけではない。

両親に打ち明けようか、と思った。津口のことではなく、過去にこの家でこんな事件があったという事実のみを話すのだ。

でも、そんなことをすれば、なぜ事件のことを知っているのかと、反対に問い詰められてしまう。そうなると「ぞっ」とすることや津口の件も、自ずと喋らなければならない。

ひょっとすると両親は、事件のことを既に知っているのではないか。そんな事件があった家だからこそ、安く借りられたのかもしれない。

手紙を読んだ夜、言人はベッドの中でまんじりともしないまま夜明けを迎えた。もはや十歳の子供が考えて、何かをできる状況ではなくなっていた。いや、年齢に関係なく、ひょっとすると人間がどうこうできる問題ではないのかも……。

しかし、言人は逃げなかった。

翌日の夕食後、チャンスがやってきた。父親は食後、普段はすぐに書斎兼寝室に入ってしまうか、野球中継を熱心に見はじめるかだった。それが珍しく居間に座ってウイスキーのグラスを片手に、夕刊を読みはじめたのである。母親は台所で片づけをしている。姉も旅行が近いことに浮かれてか、その手伝いをしている。

父親に家のことを聞くなら、今しかない。

言人はまるで、見知らぬ他人にいきなり重大な頼み事をするように、ぎこちない動きで父親の側まで行くと、

「この家って、イギリスの家なんでしょ？」

珍しく息子が話し掛けてきた——それも家についての話である——ことに驚きつつ、すぐに嬉しそうな顔になった父親は、

「ああ、ハーフ・ティンバーっていう、今は造られていない古い様式の家だ」

「どうして、そんな家を建てたのかな」

新聞を畳んでグラスに口をつけ、

「あれ、お前には話してなかったか。この家は元々イギリスにあったんだぞ」

「ええっ！」

思わぬ話の展開に大声を上げてしまってから、ハッとなった。

しばらく廊下側の開け放たれたドアを見ていたが、母親が入ってくる気配はない。おそらく台所のドアが閉められているのだろう。両方が開けられているときは、しばしば双方にいる家族の声が聞こえる場合がある。

「昔のことだけど、物好きな大学の先生がいてな。この家を丸ごとイギリスから日本へ持ってきたんだな。家の引っ越しだ」

父親は言人の不審な態度には気づかず、笑いながら話し続けている。

「でもな、そんな家、その物好きな先生以外は誰も住まないんだよ」

「どうして？」

「やっぱり日本人には、馴染みがないからな。それと……」

父親の笑いが、すうっと引っ込んだ。

「それと……何？」

「いや……」

妙に態度が曖昧になったかと思うと、

「まぁ、いろいろと日本人には不便でな」

無理に快活な口調となった。

まさか父さんは、事件のことを知っているんじゃ……。

よく考えれば七年前である。十歳の言人にとって七年前といえば大昔だが、大人にとってはそうでもない。まして家族がこれから住む家のことを、まったく何も知らないというのも不自然ではないか。

「でも、急にどうしたんだ。お前が家のことを聞くなんて」

考え込んでしまった言人を、ようやく父親もおかしいと思ったようだ。

「うん……」

返事をしたきり頭が垂れてゆく。

何も話すわけにはいかない。家のことも、津口のことも、ドールハウスのことも、何も――。

このままでは泣き出してしまいそうだった。

「なぜイギリスから、この家が持ってこられたか分かるか」

頭の上で父親の声が響いた。

「……………」

「つまり、この家の持主がイギリスにはいたわけだろ? なぜその人は手放してしまったんだろう?」

楽しそうな口調になった父親に対して、言人は黙って首を振る。

「ちょっと考えてごらん。面白い答えだよ」

「………」

上半身だけ屈み込んで父親は「言人」と声をかけながら、

「さぁ、どうしてだと思う？」

ようやく顔を上げた言人の前には、嬉しそうに微笑む父の顔があった。

「分からない」

そう言うと、父の笑顔はさらに満面へと広がって、

「それはイギリスのこの家でな、一家惨殺の物凄く酷い人殺しがあったからさ」

にちゃり——という笑いの音が、した。

気がつくと、すっかり涼しくなっていた。

スナック・ミカのママに、人形荘での一家惨殺事件の話を聞いてから一ヵ月以上が経っていたものの、その後は特に新しい情報を入手していなかった。地元の図書館で過去の新聞の地方版を検索すれば、おそらく事件の記事は見つかるだろう。だが仕事の方が忙しく、それどころではなかった。

確かに人殺しのあった家に住むのは良い気分ではない。とはいえ、今のところ特に実害があるわけではないのだから――本当にないのか――まずは目の前の生活である。どうやら現実は、少々ホラーな状況に見舞われたからといって、それにドップリ浸かれるほど甘いものではないらしい。

ここしばらくは、現実のホラーに目をつむって、『ワールド・ミステリー・ツアー13』の「第5巻／イギリス篇」と「第6巻／東欧篇」の企画・編集に追われていた。

特に「東欧篇」は、菊地秀行氏にドラキュラ紀行と吸血鬼映画の原稿二章分を依頼しようと早くから手紙を出したり、吸血鬼伝承については是非とも栗原成郎氏に執筆いただこうと考えたり、付録の折込は吸血鬼の分布地図を作成しようと思ったり、個人的にも力が入っていた。

体調の方は相変わらずだったが、一時期に比べると随分ましなような気がする。ただ自分の企画を進めていると、身体的には疲れていても精神的にはなかなか参らないものである。玉川夜須代は相変わらずうるさかったが、それに冗談で応えるだけの余裕も出てきた。

そういえば稜子にも、かれこれ一ヵ月ほど会っていない。さすがに一週間に一度は電話で話していた。にもかかわらず最近どうも物足りないと思っていたら、稜子手作りのお菓子を食べていないからだと気づいた。自分では食い意地がはっているつもりはないのに……。そのことを電話で言うと、次は特大のケーキを作って行くと笑われてしまった。

すべてが元に戻っていく感じがする。元というのが何なのか、実は自分でもよく分からない。あくまでも漠然と、「あぁ、元の良い状態に返っていくんだな」という感覚である。

とはいえ、これは一時的な錯覚だった。引っ越した家に対して何かもやもやした気持ちを覚えていたのが、「お前の住んでいる家は、過去に殺人があったんだよ」と言われたことにより、「やっぱり……」と納得したからだ。

変な例えだが、心霊スポットと言われる場所で撮った写真に有り得ない「顔」や「手」がはっきりと写っていた場合よりも、その手の噂が何もないところで撮った写真に発見した異質な影の方が、より怖く感じないだろうか。

何を恐ろしいと思うかには、もちろん個人差がある。だが、どこかの家に幽霊が出たぞ……と聞かされただけでは、あまり恐怖を喚起されることはない。特に現代人であれば、よほど幽霊の形態や出現方法にでも斬新さがなければ、恐れ慄《おのの》くまでいかないだろう。なぜなら人が怖いと感じるのは、「起きたとされる」怪異そのもの、現象そのものに対してだからである。つまり未知のものに覚える不安なのだ。

確かに幽霊という「存在」は恐怖の対象である。しかし、未知なる怖さの正体がその幽霊にあると分かってしまえば、そこには一種の「理《ことわり》」が生じる。幽霊が実在するのかという問題は別にして、すべての怪異の原因は幽霊のせいである、という理《り》におちてしまう。この瞬間、少なくとも「未知」ではなくなってしまうのだ。

そういう意味で日本最恐の幽霊は誰かと考えると、『東海道四谷怪談』のお岩様ではないかと思う。それこそ正体の分かっているお岩様がなぜ怖いのか。前述の記述と矛盾するようだが、実はそうではない。

因果応報を基軸とした『東海道四谷怪談』の内容自体は、もはや現代人に恐怖を与える力はないのかもしれない。聞くところによると、最近の歌舞伎《かぶき》の公演でお岩様が化けて出るシーンでは、失笑さえ起こっているという。良くも悪くも完全に古典となっているわけだ。

にもかかわらず、四谷怪談の芝居や映画を興行するときは縁の神社や寺院に参るか、お祓いをしないといけない、と言われる。それを怠ると必ず祟りがある、とされる。そんな噂が現代においても、実《まこと》しやかに囁かれる。

ところが、『東海道四谷怪談』はモデルとなった事件はあったものの、基本的には創作である。田宮岩という女性は実在したが、お岩様が辿ったような人生とは無縁の生涯を送った人物だった。つまり四谷怪談で描かれたのは、架空の事件であり、架空の人物なのだ。

それなのに祟りがある……という不条理。稜子にも話したように、お岩様が日本最恐の幽霊だという理由はここにある。

話が少しそれてしまった。要は、人形荘で無意識に感じていたらしい得体の知れぬ影の正体が、忌まわしい過去の殺人事件の歴史——家の記憶か——にあると分かっただけで納得できた、ということなのだ。なぜそんなものの影響を私が受けるのか、という問題は棚上げにしてである。怪異の正体が判明してしまえば、幽霊の実在まで問わないとばかりに。

しかし、その躁《そう》状態が長続きしないことは、私自身よく分かっていた。近い将来の破滅を予感しつつ覚える非常に危うく、何とも不安定な、とても脆い躁であると知っていたのだ。

この異様な躁状態に終わりを告げたのは、天山天海から送られてきた『迷宮草子』の十月号だった。そこに掲載された「忌む家」の第四回の文章を、私は読むともなしに目を通したのだが……。その結果、元の良い状態に戻るどころか、以前のもやもやとした疑心暗鬼に憑かれる一歩手前のような精神状態から、一気に悪夢的な精神世界へと突き落とされることになる。

本来なら、自分で書いた小説を自分で読み何と滑稽な男であるか、と笑い話になるところだろう。だが、笑えない。そう、まったく笑えない。自分で書いた記憶がないのだから……。こんな嫌らしい内容の話を書いた覚え、というよりは書きたいと思う気持ちが自分にあろうとは考えられない。こんな話は、たとえ愛すべき怪奇小説であろうと、ちっとも楽しくない。

それに……それに自分は、この原稿を天山に送った記憶が一切ない。いや、そもそも書いた覚えのない原稿を送れるわけがないのだ。

なのに目の前には、印刷された「忌む家」の第四回がある。

なぜ……？

なぜ、こんな原稿が送られているのか。なぜ、こんな小説が書かれているのか。なぜ私に覚えがないのか。本当に私が書いたのは何回までなのか。元々どんな話を書こうとしていたのか。

こんな原稿……？

「忌む家」という小説は、どんな話だ？　一軒のイギリスの洋館に、一家が引っ越してくる。その一家とは、父と母、姉と弟。やがて、そこに加わるひとりの青年。一方、この人形荘で十年前に起こった一家惨殺事件の関係者たちは、父と母、姉と弟。そして、ひとりの青年……。

この薄気味の悪い暗合は何だろう……？

しかも、「忌む家」の第一回から第四回までの流れを見れば、以降の展開が人形荘殺人事件を再現するであろうことは予想できる。

記憶がないとはいえ、第四回の原稿をはじめて読んだのがスナック・ミカのママからあの話を聞いたあとだったら、まだ納得がいったかもしれない。だが、私が第四回の原稿の存在に気づいたのは、Ｍａｃの文字データとしてであり、それはスナックを訪れるよりかなり前だったはずだ。

「どうやら人形荘には、もっと深く関わる必要があるらしいな」

書斎で『迷宮草子』の十月号の頁を意味もなく何度も何度もめくりながら、目だけは何かの気配を探るように部屋の中を見回しつつ、そう私は呟いていた。

翌日、会社には「調べものをするから少し遅れる」と連絡を入れ、午前中に名護池の図書館へと向かう。平日の午前中のためか利用者は少なく、予想通りインターネットが使用できるパソコンが数台設置されていたため、まずネットで新聞社に接続し事件の検索を行う。

もちろん詳しい記事は、事件が起こった地元の地方版を見るに限る。十年前の新聞なら名護池の図書館でも縮刷版があるに違いない。ただ、いかんせん事件が起こった月日が分からないままでは、縮刷版で探すのも一苦労である。そこで、まず事件発生の月日を調べようと思った。

実は今朝、一度は書斎のＭａｃで調べようとした。が、どうも気分が乗らない――いや、正直に記そう。デビッド・クローネンバーグの「ビデオドローム」ではないが、あの家の中で、あの家に関わる事件の記事をパソコンの画面に映し出したとたん、モニターから得体の知れない何かが這い出して来そうな気がして、とても厭だったからだ。

接続から検索を経て結果の表示まで、わずか数分で終わった。半年以上にわたって感じていたもやもやの元凶と思われるものが、ほんの数分で目の前に現れた事実に軽いショックを受けると共に興奮した。

それは一九八八年十一月十八日の夕刊に、「一家惨殺 真夜中の惨劇」という生々しい見出しで記されていた。被害者の名字は「周防」だった。父親の名は章一郎（四十三歳）で、城南大学建築学科助教授だとある。

やっぱり、そうだったのか。おそらく人形荘をイギリスから名護池に移築したのも、彼に間違いない。楠土地建物商会で見た不動産売買に関する書類に見られた周防育という名前は、きっと事件後に人形荘を始末したであろう章一郎の親戚なのだ。

事件が起こったのは十七日だが、発見されたのが十八日の昼だったためか、その日の夕刊が第一報になっている。それから数週間に及ぶ報道から知り得た事件の全貌をまとめると、以下のようになる。

毎週金曜日、妻の珠洲《すず》（四十一歳）は近所の仲の良い主婦と一緒に、フラワーアレンジメント教室に通っていた。これまでと同様に十八日も、その主婦が珠洲を迎えに行った。しかし、インターホンを押しても返事がない。たまたま前日の夜、主婦は珠洲に電話をしていた。そのとき明日の確認もしている。不審に思った彼女が門から玄関まで入り、扉に手をかけると難なく開いた。施錠《せじよう》されていない。慌てて扉を開け珠洲を呼ぶが、まったく何の応答もない。事故でもあったのではと心配した主婦が家に上がり込み、声を掛けつつ各部屋を見て回っているうちに、寝室に血塗《ちまみ》れで倒れている二人を発見したため、すぐ警察に通報したという。

第一発見者である主婦は、倒れている二人を認めたとき、それが章一郎と珠洲とは気づかなかったらしい。警察が身元を確認するまで、被害者の正体は謎だったことになる。周防家を調べた警察は、二階の一室から長女の留深《るみ》（十三歳）を、同じく二階の別の部屋から長男の幸嗣《こうじ》（十歳）の遺体を発見する。

死亡推定時刻は、章一郎と珠洲が十七日の午後十一時から十八日の午前零時、留深が十八日の午前一時から三時である。幸嗣は発見時、両親や姉と同じく絶命しているものと見なされたのだが、実は息があったという。瀕死の状態ながら、なんとか一命は取り留めたらしい。

ただし、当初の警察発表に誤りがあったのか、夕刊では「一家惨殺」と表現されていた。大手の新聞も当たってみたが、どこも同じである。翌日の朝刊に訂正記事が出たこともふくめて。

警察の捜査は、最初から難航したようである。近隣の住民への聞き込みでも、十七日から十八日にかけて争う物音を聞いたという証言はなく、不審な人物が出入りしたという目撃情報も得られなかったからだ。もっとも周防家は住宅街から引っ込んだ立地にあったため、仮に悲鳴が上がっても、また出入りした人物がいても、それに気づける者が誰もいなかったとも言える。

ところが、やがて捜査線上に不審な人物が浮かび上がる。その年の春ごろから周防家に、ひとりの青年が出入りしていたというのだ。ただし、この青年が何者で、どうして周防家を訪ねていたのか、肝心なことが分からない。第一発見者の主婦も、なぜか青年については一言も珠洲から聞いておらず、家の中からも彼に関する手がかりは得られなかった。青年を目撃した人々が、普段それほど周防家と親しくない近隣の住民ばかりだったという事実も禍いし、警察も唯一の重要参考人を追う手立てがなかったと思われる。

事件を報じる新聞記事は次第に小さくなり、そのうち急にぷっつりと消えてしまった。思えば日ごろ、何か一つの事件を熱心に追いかけることなどない。そのため続報を追って今回の記事を辿って行くうちに、ある日ふっと消えていることに気づいたときは、えも言われぬ嫌な気分になった。忌まわしい謎の惨劇を突きつけられながら、まったく何の解決も示してもらえずに、ぽんっと投げ出されたような感じを受けたからだろう。

それにしても、この既知感は何だろう？　「忌む家」の設定と同じだという既知感とは違う。それとは違うのだ。もっと別の何かと同じだという感覚——。この事件と同じような話があったはずだという思い……。何だろう、この気持ちは？

新聞の記事だけでは事件の詳細が分からないため、当時の週刊誌など雑誌を検索する。すると、あるわあるわ、どの雑誌も先を争って本事件を掲載していた。それだけではない。どの記事も必要以上に、事件を扇情的に書いている。記事の見出しを読んだときには、そう思った。が、間違いだった。実際にこの事件は、目を覆うほどの惨状を極めていたのである。

記事内容まで目を通せたものと、その他の情報源から知り得た事件の詳細は、以下のごとくである。

まず新聞記事では、章一郎と珠洲は十七日の午後十一時から十八日の午前零時にかけて、二人同時に殺害されたように伝えている。この情報に誤りはないが、すべてを伝えてはいない。確かに二人は、その時間に前後して死亡している。だが、それは犯人が、どちらかを刺して殺し――二人とも刺し傷による出血多量が原因で亡くなっている――次いでもう片方を刺殺したからでは決してない。現場の状況から事件を再現すると、犯人は二人の頭部を鈍器で殴って身体の自由を奪い、それから約一時間以上かけて、身体中に刺し傷をつけていったのである。その行為が章一郎と珠洲、二人同時に行われたのだ。つまり章一郎に一刺しすると珠洲にも一刺し、また章一郎にもう一刺しすると珠洲にもう一刺し、といった具合に続けていったわけだ。刺し傷は二人とも、ぴったり七十七箇所あったらしい。

しかし、もっと凄惨だったのが留深である。彼女は強姦されたうえ、あろうことか生きたままで解剖された疑いがあるという。ここまで書いた雑誌と情報元は、さすがに少なかった。ただ読み比べると、生体解剖の様子に関する細部で同じ記述が多々あり、そこに信憑性を覚えた。

両親や姉と対照的だったのは、幸嗣に関する記事である。ほとんど見当たらないのだ。ある雑誌だけが、「一家皆殺し！　唯一の生存者である十歳の少年は、なぜ助かったのか？」という見出しを載せていたので、その記事を呼び出そうとした。しかし「データの表示がありません」とメッセージが出て閲覧できない。これ以上ネットで追いかけるのは無理と判断する。

この周防家殺人事件の残虐さは、いったい何なのだ？　記事の内容が本当だとすると、恨みや憎しみといった普通に考えられる動機の範疇《はんちゅう》を、もはや完全に逸脱しているではないか。実際に雑誌の中には、章一郎と珠洲の身体に残っていた七十七箇所の刺し傷に注目し、「これは犯人が、何らかの呪術的な儀式を意図した行為」ではないかと考察している記事もあった。

二人の傷が同じ数というのは確かに妙である。それも十や二十ではなく、七十七という意味ありげな数字なのだから……。

七十七……。七、十、七……。七……。なな……。な、な……。

「七は、数秘学で最も神秘的で魔術的な力を秘めていると考えられている」

ふと、そんな文章が脳裏に浮かんだ。

これは――ヘンリー・カーター『イギリスの幽霊屋敷』だ。あの本で紹介されていた「繰り返される惨劇の家」の事件だ。七十年、七年という句切りで起こった一家の惨殺事件！　すべての被害者たちが両親に姉と弟という家族構成！　しかも生き残るのが、いつも弟だけという……。

待て……ちょっと待て――。あの事件の家は、どこにあった？

気がつくと、私は大声を上げていたらしい。カウンターの職員が非難がましくこちらを見ている。だが、それどころではない。慌ただしくパソコンから離れると、図書館を飛び出した。

いきなり全力疾走をしたためか、いくらも進まないうちに息が切れ出す。それでも走り続けた。そのうち、ほとんど早歩き程度の速度になる。しかし、気持ちだけは走っていた。ひたすら家へと駆け続けていた。

ようやく家に辿り着いたとき、急激な差し込みに脇腹が見舞われ、しばらく玄関口でうずくまる。そこからは半ば這うように居間まで進み、四つん這いの状態で階段を上がり、ふらつきながら書斎に入ると、本棚の奥から『イギリスの幽霊屋敷』を引っ張り出し、大きな息を吐きつつ椅子に座る。

すぐ目次を開く。大きくイングランド、スコットランド、ウェールズの三つに分類されている中で、イングランドの章を見る。次いで章の中で、マンチェスターの地名を探す。マンチェスターの事例は六つある。そのうちのひとつが「繰り返される惨劇の家」である。

やはりそうか——。

楠土地建物商会で見たファイルの中に、人形荘がイギリスのマンチェスターから移築された旨の記述が確かにあった。これだけで断定するのは無謀かもしれないが、周防章一郎がイギリスから武蔵名護池に持ってきたのは、この「繰り返される惨劇の家」だった可能性が高いのではないか。

周防は自身の専門であるイギリスの家屋が、おそらく信じられない低価格で購入できることを何かで知り、日本に運んだのではないか。あの家で起こった、とんでもない事件のことを承知していたかは分からないが……。いや、知っていたとしても不思議ではない。イギリスの古い家には幽霊話はつきものだ。むしろ周防は、それらしいと喜んだとも考えられる。

とはいえ周防は、どこまで「繰り返される惨劇の家」に纏《まつ》わる事件を知っていたのだろう?

『イギリスの幽霊屋敷』には、最初の事件が一九〇四年のソーンダーク家殺人事件とある以外、二番目が一九七四年の事件で、三番目が一九八一年の事件としか記されていない。二番目と三番目の事件は、おそらく現存する関係者を慮《おもんぱか》ったのだろう。被害者一家の名は伏せられていた。ただ何の断わりもないことから、前者はイギリス人一家と推察できた。なぜなら後者については、わざわざ日本人一家と明記されていたからである。

周防が、この家を武蔵名護池に移築したのが一九八五年の四月である。ということは少なくとも一九八四年には、不動産売買に関する手続きを済ませていたと考えてよい。三番目の事件の三年後である。これは事件を知らない方がおかしい。

しかし、いかに自分好みのイギリスの家屋とはいえ、ほんの三年前に人殺しのあった家を——しかも殺されたのは日本人一家である——購入するだろうか。仮に過去二回の殺人事件を知らなかったとしても同じではないか。

やはり周防は、すべてを知っていたのかもしれない。三つの事件を承知のうえで、確信犯的に移築したのだとすれば……。でも、いったい何のために……？

三つの事件——。最初と二番目の間には七十年の歳月があり、二番目と三番目の間には七年の月日がある。そして三番目と周防家殺人事件の間には、また七年の期間が開く。その七年後というと一九九五年になる。三年前だ。この年にも事件はあったのだろうか。

この家で事件についてネット検索する恐怖よりも、もはや好奇心の方が勝っていた。ためらうことなくMａｃを立ち上げると、新聞社のニュース情報へと接続する。「一九九五年、武蔵名護池、家族、殺人」などのキーワードで検索をかけるが、該当する記事は検出されない。念のため九四年と九六年も調べてみたが同じである。ひょっとすると周防家の事件以来、ここは空き家だったのかもしれない。

そこに私が入ってしまった……。

なぜか四人家族ばかりが入居し、なぜか七に関する周期に当たる年に、なぜか見知らぬ青年がひとり現れ、なぜか一家を惨殺し、なぜか下の男の子だけが助かり、なぜかその少年は精神に異常を来し、そして事件は迷宮入りとなる——という舞台の忌まわしき家に、独身者の男が入ってしまった。

もっともソーンダーク家殺人事件と二番目の事件の間には、複数の家族が入居していた事実がある。この家に住んでも影響を受けなかった家族がいたのだ。おそらく家族構成が父と母、姉と弟という四人でなかったり、七に絡む年に住んでいなかったりと、惨劇の基準から外れていたためだろう。ただ、まったく影響を受けなかったと断定するのは早計かもしれない。殺されなかっただけで、何らかの怪異には見舞われた可能性はあるのだから。

そうして七十年の歳月が流れて……ついに該当する家族が入居する。以降、七年という周期ごとに起こる惨劇は、三たび繰り返されることになる。周防家殺人事件が今のところ最後の事件らしい。もし仮に、周防家の事件のあとに同じ家族構成の一家が入って暮らしていたとしたら、きっと七年後の一九九五年に、その家族も同じような惨禍《さんか》に見舞われたに違いない。そして次も、その次も、果てしなく惨劇は繰り返されていくのではないか。

いや、こうも考えられる。この事件は七回繰り返された時点で完結するのだと。つまり何らかの呪術的な理由により誰かが——もしくは何かが——七という数字にこだわったのであれば、最初から七家族の抹殺を計画していたかもしれないからだ。

それにしても七十年という歳月は、いくら何でも長過ぎないだろうか。どれほど強力な仕掛けを施したかは知らないが、七十年後に再び惨劇が起こるとは……。ただ、その後の事件が七年ごとに起きている。まったくの偶然で片づけるには、あまりにも抵抗があり過ぎる。

ここまで解釈を押し進めたところで、さらなる憶測が私の中で生まれた。

二番目の事件が最初の事件より七十年後という、言わば当たり年のような時期に起こったため、人形荘に仕掛けられていた〈何か〉に大いなる影響を与えた。その結果、続いて三番目の事件が起こる。そのままいけば七家族の大量殺人の完結に向かい、その〈何か〉は動き続けるはずだった。そんなとき周防章一郎が、建物そのものを日本へと移築した。ここで事件の連続性が断ち切られそうになった。本当なら切れていたのだ。

ところが、七十年後の大いなる影響を受けた〈何か〉の力は、海を越えても消滅しなかった。それどころか、新しい入居者の家族構成が惨劇の基準にぴたりと合ったことにより、日本で第四の事件を起こすはめになる。

つまり、この家に潜む〈何か〉の力は、今も残っていることに……。

Ｍａｃの画面に向かって考え込んでいた私は、あらためて書斎の中を見渡した。おそらく気のせいなのだろうが、どこかよそよそしい空間が、はじめて見るような見知らぬ空間が、そこにはあった。ほんの今まで快適な住空間だと思っていた部屋が、実は化物の胃袋の中だったと気づいたような、そんな気分を覚えた。

自分は幽霊屋敷に住んでいるのだ……と、ようやく実感したのが、このときだったかもしれない。

ぼうっと部屋を見回しているうちに、ふと白いものが目に入った。丸テーブルに盛り上がった白い布が……。

ドールハウス……。

すっかり忘れていた。人形荘のドールハウスだ。そうだ。この小さな家に、何の意味もないはずがない。

待てよ……。また既知感がある。幽霊屋敷、ドールハウス、惨劇……。まさか、また『イギリスの幽霊屋敷』なのか。

　机の上に出したままの本を取り上げ、慌てて頁をくる。どこだ？　イングランド、スコットランド、ウェールズ……いや、さすがに地域では覚えていない。となるとタイトルか。各事例をひとつずつ見ていく。

「ボドミン高地に出る霧」「ドルイド僧の墓室」「廃坑を歩くもの」「妖精の輪の中の顔」「座ると死ぬ椅子があるパブ」「ウォーレーン村へ行ったことはあるか？」「繰り返される惨劇の家」「魔女の呪い、一族を滅ぼす」「釘を打つ狂信一家」「生き埋めの尼僧と黒い女」「幽霊時計に憑いた悪魔」と目で追ったところで……。

　ドールハウスを〈家の形代《かたしろ》〉と見なしたことを思い出す。つまり家の藁人形である。藁人形の呪い……。魔女の呪い……？

「魔女の呪い、一族を滅ぼす」の頁を開き、ざっと本文を読む。これだ！　マンチェスターのドール・ドール荘だ。

　魔女ではないかと疑われた召使女が首になり、その腹いせに雇主のラドクリフ一家を呪い殺したのではないか、と思われる薄気味の悪い事件である。一家全員が死に絶えたあとで発見されたのが、ラドクリフ家そっくりに作られたミニチュアの家だった。この裏庭の茂みの中に隠されていた小さな家が、呪いの道具として使用されたのではないか、と著者のカーターは解釈していた。

だが、どうも違うようである。何度も本文に目を通してみたが、ドール・ドール荘と人形荘の間取りが一致しないのだ。やはり人形荘は「繰り返される惨劇の家」の方ではないか。ただ気になるのは、ドール・ドール荘の所在地がマンチェスターという類似だ。事件の起こった年代は違うが、この〈家の形代〉を用いる呪術の手法が地元の民間伝承として後世にまで残り、それを何者かが利用した可能性は考えられる。とはいえ色々と解釈を施せるのも、ここまでだろう。これ以上はデータ不足で、どうにもならないと思う。

とりあえず今後の取るべき道として、次の三つが思い浮かぶ。

一、四つの事件の詳細を調べる。特にイギリスで起こった二番目と三番目の事件について。そのうえで各事件をあらためて比較し、さらに検討する。

二、周防家殺人事件の生き残り、周防幸嗣のことを調べる。一連の人形荘殺人事件において、今もなお生存している可能性の高い人物は、やはり彼だろう。事件当時に十歳だったとすれば、今は二十歳になっているわけだ。もし会ったうえで話ができれば、彼と二人で人形荘殺人事件の謎に迫れるかもしれない。

三、目の前のドールハウスを調べる……。

一と二は時間もかかるうえ、とうてい私ひとりでは無理だろう。

一については、英国怪奇小説について造詣が深く、英米文学の翻訳家でもある飛鳥信一郎に頼むしかない。これは現実の事件とはいえ幽霊屋敷がらみのため、間違いなく信一郎の興味範囲と言える。彼なら調べる術もあるに違いない。ミステリ・ライター二の周防幸嗣については、祖父江耕介の手を借りるしかない。様々な編集者の知り合いがいるという職業柄、雑誌の仕事が多い彼は、私以上に様々な編集者の知り合いがいる。その中には「あの人は今？」といった企画を、かなり得意にしていた編集者がいたはずだ。そちらの方面から追えないか相談するのが良いと思う。

そして三のドールハウスだが……。今すぐ取りかかれて、私にできることと言えばこれしかない。

埃の被った布を取り除けると、丸テーブルから机の上に運ぶ。おそらく気のせいだろうが、心なし以前よりもずっしりと重さが増したような感じがする。

机の上に置いたドールハウスを見ていると、そこに最初からあったような、いや最初から建っていたような錯覚を覚える。それほどドールハウスは堂々としている。見れば見るほど見事な出来栄えである。

気づくと一時間近く経っていた。知らず知らずのうちに見とれていたらしい。

見てはいけない。いや、見るのは構わないのだ。調べるのだから、よく観察する必要がある。ただ、決して見とれてはならない。

まず、どこから調べるべきか……。

それにしても、この家は素晴らしい……。

再び気がつくと、もう夜だった。それも深夜である。数時間が経っていた。無断欠勤してしまったのか、と現実的な思いが頭を過る。

ところが――

そうではない……ような気がする。

何か、おかしい。

何かが……違うように思える。

寒い……？　そうだ。やけに寒いのだ。

窓を見ると開いている。開いた窓から冷気が入り込んでいる。だからかと納得しかけたが、すぐに違うと悟った。

いくら何でも寒過ぎる。いかに秋の真夜中であれ、これほど寒いのは異常だろう。

窓を閉めに行って戻る途中、ふとＭａｃのある表示を見て固まった。

数時間ではなく、一ヵ月が経っている。

モニターに映し出された日付表示は、一九九八年十一月十八日――、時刻は午前零時十七分――。

悲鳴が聞こえた……ような気がした。くぐもった悲鳴が、目の前のドールハウスの中から聞こえた……ように思えた。

と、ゆっくり玄関の扉が開いた。すうっと手前に、あたかも私を誘うごとく玄関の扉が開かれた。

そのとたん、私は吸い込まれるように扉の中へと入っていた。いや、私自身が入ったというより、まるで玄関口から奥へと進入した小型カメラの鮮明な映像が見えた、と言った方がよいかもしれない。

玄関から廊下を進む。右手にキッチンの扉が見える。やがて左手の扉が開かれ居間へと入る。いかにも家族が暮らしているらしい家具調度が配されている。正面の壁を斜めに走る階段と、その先の渡り廊下も視界に映る。

居間を横切る。目の前には両親の寝室がある。

その扉に手をかけて――

未発表原稿より

忌む家（連載回数表示なし）　三津田信三

——開こうとした。

午前零時半をとっくに過ぎている真夜中に……。

明日から——もう今日だ——家族で三泊四日の信州旅行に出かける前の夜に……。

言人は両親の寝室の扉を、開こうとしていた。

なぜなら、悲鳴が聞こえた……と思ったからだ。

明日の旅行に備えて、今夜は早々とベッドに入っていた。しかし、どうしても眠ることができない。

遠足の前の晩に眠れなくなるのと同じで、明日からの旅行を考え気持ちが高ぶったせいもある。でも、それだけなら心地よい不眠と言えただろう。もうひとつ眠れない理由があった。それは夕食の席で津口十六人が見せた、あのおぞましい振舞いのためだった。

明日からの準備で忙しいはずなのに、母親は昼過ぎから来ていた津口を夕食に誘った。ここ数日、夕餉の席には彼の姿は当たり前のようにあった。旅行が近づくにしたがい、なぜか津口の訪問が増え出したからだ。もちろん、その事実に気づいたのは言人だけであり、そこに何か良くない兆候を感じたのも彼だけだった。

いよいよ明日から旅行のため、その日の夕食では母も姉の涼も、いつも以上に信州の話題ではしゃいでいた。珍しく早く帰宅した父も加わり、家族全員がちょっとした躁状態にあった。

当然、言人は違っていた。ただ母に余計な心配をかけたくないので、それなりに振舞ってはいた。とはいえお芝居も、もはや限界だった。

しかし、この彼の努力のお蔭で、つねに夕食の席が明るかったのは確かである。それに津口が普段より饒舌になり、さらに場を盛り上げようとしたため、楽しい雰囲気のうちに夕餉は進んだと言えるだろう。そう、最後の瞬間までは……。

「今日はこれで失礼します。明日のご準備もあるでしょうから」

これまでなら夕食後も残り、父親の晩酌に付き合っていた津口が、今夜に限って早々と帰る素振りを見せた。

すかさず父が、

「いや、準備といっても着替えをバッグに詰めるだけだから。いつものように少しやっていったらいいじゃないか」

手真似で酒を呑む仕草をしながら誘った。

「いいえ、旅行の準備というのは簡単そうで、実は時間がかかりますから」

「そうですか、すみません。また今度、ゆっくりいらして下さいね」

母は半分名残り惜しそうに、あとの半分はほっとした表情をしている。

「津口さんも一緒に来ればいいのに」

姉は、もう何度もしている提案をまた口にした。夕食の席で旅行の話が出るたびに、彼女は両親には津口を誘うように、津口には同行を求めるような、そんな発言を繰り返していたのだ。

「また勝手なこと言って、ご迷惑でしょ」

「そんなことないわ。きっと津口さんも楽しいわよ」

母の小言にも姉は動ぜず、同意を求めるように津口を見ている。

「ええ、ご一緒すれば楽しいでしょうね」

「ほら」

姉は勝ち誇ったように家族を見渡した。

「でもね、僕は皆さんと、旅行をともにする必要はないんですよ」

「………………」

津口十六人の言葉に、その意味深長な口調に、父も母も姉も問いたげな表情を浮かべた。が、言人だけはハッと身を強張らせ、津口の顔をまともに見た。

そんな三人と一人の反応を咀嚼するように、楽しそうに微笑みながら、しばらく東雲家の家族の顔をひとりずつ順番に津口は眺めていた。

それから急に真面目な表情になると、

「なぜなら、僕とあなた方は——」

一呼吸おいて、もう一度全員の顔を見回し、

「もうすぐ、ひとつになるのですから」

そして家族の前で、にちゃり——と笑った。

父も母も姉も、まったく無反応だった。何か信じられないものを見た人のように、身動きひとつしなかった。ショックのあまり固まってしまったのだろう。

津口十六人は席を立つと、まるで共犯者に秘密の相槌を打つように、言人に軽くうなずきながら居間を出て行った。

最近は夢の中で、父親や母親と会話していたつもりが、いつのまにか津口になっている体験を言人は繰り返している。よって今、目の前で起こったことが現実なのか夢

なのか、とっさに分からなかった。

しかし、両親のぎこちない仕草や姉の強張った表情により、誰も津口に対して一言も発していないのに、これが夢ではないと確信した。

と同時に、これは津口のことを話す絶好のチャンスだと思った。

ところが、そそくさと父は書斎兼寝室に入り、母は忙しそうに片づけをはじめ、姉も二階へ上がってしまった。三人が三人とも、今の出来事は目の錯覚か自分たちのとんでもない勘違いだ――と信じたがっているかのように。

言人だけが、あの津口十六人の忌まわしい〈にちゃり〉を抱えたまま、眠りに就いたのだった。

それにしても、なぜ津口は他の家族の前で、あの笑いを見せたのか。これまでは言人に対してだけだった。夕食の席で彼に、にちゃりとすることはあっても、絶対に父にも母にも姉にも気づかれないようにしていた。なのに今日は、あまりにも無防備に笑った。いや、明らかに三人に笑いかけたのだ。

なぜ、わざわざ笑ったのか。あの笑いには、どんな意味があるのか。

ベッドに入ってからも頭の中には、あの嫌らしい笑いが渦巻いていた。そして眠れぬまま、いたずらに時が過ぎてゆく中で、悲鳴を聞いたような気がした。それも家の中から、階下から、居間の方から……。

枕元の時計を見ると、午前零時十七分を差している。テレビだろうか。でも、もう両親はとっくに寝ているはずだ。姉は起きているかもしれないが、こんな時間に居間でテレビなど見ないだろう。姉には今の声は聞こえなかったのか。もし耳にしていたら、きっと様子を見に部屋から出てくるに違いない。

そう思った言人は、ベッドの中でじっと耳をすました。だが、いつまでも家の中は深閑としたままで、姉の気配も一切しない。

空耳だったのかも……。

悲鳴のようなものが聞こえたと思ったのだが……。

ひょっとして姉は、ヘッドホンで音楽を聴いているのではないか。ここは自分が確かめる必要がある。

とはいうものの、なかなか踏ん切りがつかない。しばらく愚図愚図《ぐずぐず》していたが、ようやく意を決してベッドから起きる。

渡り廊下側の扉を開けようとして、なぜか怖いと思った。見ているだけでも、どうしてなのか恐怖を覚える。

もうひとつの北側の扉から部屋を出ると、電灯のスイッチを入れた。点らない。パチパチと何度も試すが真っ暗なままである。仕方なく手探りしながら、ゆっくり階段を降りる。長い廊下が玄関口まで延びているはずだが、まだ暗闇に目が慣れないのか何も見えない。右手を壁に這わせつつ少しずつ進む。やがて居間の扉を見つける。今度は扉のノブを手探る。

ガチャ……と、やけに大きな音がする。いつもこんな音がしていただろうか。ひやっとしながらも居間に入る。

窓から射し込む微かな月明りのため、居間がぼんやりと浮かんでいる。両親の寝室の扉の輪郭も、なんとなく見える。ただ、やたらと遠くに感じる。

まるで水の中を進むような重い足取りで歩き出す。しかし歩いても歩いても、一向に前方の扉に近づかない。何かが邪魔をしているように感じる。何かに行く手をはばまれているように思う。何かに……。

そして何かというのが、実は自分の恐怖心であると悟ったときには、扉の前に立っていた。

この家に引っ越してから、両親の部屋には数えるほどしか入っていない。そう思った瞬間、なぜ自分がこの部屋の前に立っているのかと考え、ゾッとした。

悲鳴らしきものが階下で聞こえた……ように思ったのは確かだ。だが、どうしてそれが両親の部屋からだと分かったのだろう？　悲鳴が聞こえた方向から？　いや違う。方向など見当もつかなかった。では、なぜ……？

扉のノブに伸ばしかけた手が震えていた。

そのままの状態で、いったい何分くらい経っただろうか。

ガチャ……と音がして、目の前の扉が開きはじめた。

内側からこちらに向かって――。

えっと思う間もなく言人はとっさに扉の陰へと、壁へと身体を張りつけていた。ぴったり壁に背中をつけ、顔も正面に向けたまま微動だにしなかった。

ゆっくりと扉は、少しずつ開いていく。

やがて九十度に開かれた状態で止まった。が、誰も出てくる様子がない。違う。そうではない。今、この扉の向こうにいるのだ。

扉が閉められれば確実に見つかる。まさに絶体絶命の状況である。にもかかわらず自分が顔さえ背けていれば、扉の方を見向きさえしなければ、大丈夫だと言人は信じ込もうとした。だが同時に、それが愚かな行為であると理解もしていた。言わば恐ろしい化物が目の前にいるのに、その存在を否定するために両目を閉じるようなものである。

扉からそらしていた顔を再び正面に戻す。さすがに直視はできない。せいぜい視界の片隅に扉を捉えておくくらいだ。それでも怖い。

ただ九十度に開かれた扉は、ずっとそのままだった。向こうにいる誰かも、まったく動こうとしない。

いったい誰が、こんな夜中に何をしてるんだろう……と思った瞬間、ゆっくりと扉が閉まりはじめた。

あっ……。

声にならない悲鳴を上げながら目をつぶった。

ガチャ……と扉の閉まる音がした。

言人は目を閉じたまま壁に張りつき、身動きひとつしなかった。肩には異様な力が入っており、両手の指が強張り壁に爪を立てている。頭の中では声なき声が叫び続け、わんわんと響き渡っている。

はぁはぁという息遣いが耳元で聞こえ、ひんやりとした手が肩に置かれる……と身構えていると、ギッギッギッと微かな音がしはじめた。

そっと目を開け、首を横に向ける。

閉まり切った扉の向こうには、渡り廊下へと上がる階段が見えている。それを見上げたところで、ふっと人影が角に消えた。姉の部屋へと通じる壁際の角へと……。

しばらく寂とした時があり、物の倒れるような音が聞こえた。今度は間違いなく姉の部屋から聞こえたのだと分かった。

何が起こっているのか、誰が起こしているのか、言人は頭では理解しながら心では拒否していた。

そうやって数十分もの間、葛藤《かっとう》を繰り返し繰り返しして、ようやく彼は両親の部屋の扉に手をかけ開けた……。

…………

――だった。

気づくと、姉の部屋の前に立っていた。

頭の中にはドス黒い赤色が、ぱっぱっぱっぱっと花火のように散っていた。振り払おうとしても、ぱっぱっぱっと赤が飛び散る。

どのくらい姉の部屋の前に立っていただろうか……。

やがて……

ガチャ……と音がして、扉が内側から開きはじめた。

今度は隠れようがなかった。そのまま立ちつくすしかなかった。

部屋から漏れる明かりが、次第に言人を照らし出していく。と同時に、扉の内側に立っている人物の姿も少しずつ現れてくる。

そうして言人の全身が浮かび上がり、扉を開けた人物の全身が露になったとき、

「わあぁぁぁぁっ！」

家中に言人の絶叫が轟《とどろ》き、

「待たせたね」

津口十六人が、にちゃりと笑った。

「わあぁぁぁぁぁっ！」

叫びながら渡り廊下の途中まで走って、ハッと我に返った。

私は何をしているんだ……？

そう思ったとたん、ぶるっと身体が震えた。吐く息が白い。まるで冬ではないか。

いや、もう冬になったのか。そうだ。いつのまにか季節は変わっていたのだ。

はっ、はっ、はっ……。

しばらく吐く息に見とれていると、ぼんやりと自分は今、書斎から出て来たらしいと思い当たった。書斎から出て寝室に向かおうと――。

書斎で何をしていた？

――ドールハウスを見ていた。

見ていてどうなった？

――見ていて、見ていて……。

ガチャ……と音がした。

驚いて振り返る。書斎の扉は閉まっている。階段の下を見る。そこの部屋の扉も閉じている。

今のは私が書斎を飛び出したときに開けた扉が、自然に閉まった音なのか？

そのまま書斎の扉を見つめる。誰かが出て来るのを待つかのように……。

誰か……。

誰かって……誰だろう？

私がいるのは？

——人形荘。

どこの？

——武蔵名護池。

本当にそうか？

——他にどこがある。他に人形荘があるのか。

書斎にある。

——書斎？

書斎に立派な人形の家がある。

「ドールハウス？」

声に出していた。白い息が生き物のように蠢《うごめ》く。ちょうど渡り廊下の真ん中あたりまで来ていた私は、ゆっくりと書斎に戻って行く。

視界の片隅に、窓の外を過ぎる何かがあった。窓を見る。最初はそれが何か分からなかった。タンポポの綿毛のような、何か植物だと思った。だが、それは雪だった。真っ白い雪が降っていた。

十一月に雪？

慌てて書斎に入り、Ｍａｃの日付表示を見る。

十七月七十七日（亡）。

なんだこれは？　壊れたのか。いったい今はいつなんだ？　何月だ？　どれぐらい日が経った？

――いつから？

そうだ……。いつから日が経ったと考えればいいのだ？

机の上を見る。人形荘のドールハウスがある。この家が建っている。玄関の扉を開けた状態で……。

そのドールハウスの手前に、私の宛名が記された封書を見つける。

この筆跡は、まさか――。

手にとって裏を返すと、差出人は杏羅市の飛鳥信一郎だった。

どういうことだ？　こんな封書がいつ届いた？　誰が郵便受けから出した？

封書の中を見ようとして、机の端に別の奇妙なものを認めた。それは印字されたA4の用紙で、数枚ほどが綺麗にそろえて置いてある。

思わず手に取ると、見出しらしき最初の一文が目に飛び込んできた。

「周防家殺人事件後の周防幸嗣の行方について」

これは祖父江耕介に依頼した――いや、依頼しようと考えていた案件ではないか。用紙はコピー紙だった。文章は13級くらいの文字で記されている。パソコンのメールか、その添付ファイルかもしれない。それを打ち出したように見える。

何が起こっているんだ？

まるで二冊ある本のうち、どちらを先に読もうかと迷うように、しばらく私は信一郎の封書と耕介の書類を交互に取り上げては戻すという行為を、自分でも滑稽《こっけい》に思うくらいに繰り返した。

最終的に、まだ封の切られていない手紙を取ると、神田の骨董屋で買ったペーパーナイフを差し込んで開封した。Ａ４の用紙が四枚入っている。真っ先に日付を確認すると、「一九九八年十二月九日」とあった。

また時間が飛んだのか。それでは今は、少なくとも十二月十日か十一日以降ということになるのか。

つーんと鼻の奥から脳天にかけて、厭な痛みが走った。自然と涙が出る。風邪をひいたように頭が重く、背筋が強張る。よろめくように椅子に腰を下ろすと、信一郎からの手紙に目を通す。

まず冒頭に、私が置かれた状況を非常に興味深く思っている、という彼の感想が述べられていた。つまり私は、これまでの出来事を信一郎に知らせているわけだ。でも、いつ？　私はいつ、そんなことをしたのか。

さらに続けて読むと、私から「頼まれた『イギリスの幽霊屋敷』に掲載されている〈繰り返される惨劇の家〉の件について調べた」結果を取り急ぎ知らせる、という意味の文章があり、以下詳細な事件記録が続いていた。

やはり私は、あの日——あの日とはいつだろう？——考えた通り、「繰り返される惨劇の家」事件について調べてくれるよう、飛鳥信一郎に依頼したのだ。そしてこの手紙が、その返答なのだ。

ある本を読む前に、その本について書かれた自分の読書感想文を、いきなり目の前に突きつけられた気分だった。それでも、どうにか手紙には目を通した。しかし読み進むにつれて、きりきりと胃のあたりが痛くなった。ここに書かれている出来事が、現実に起こったのだと考えただけで……。

読み終わるとＭａｃのメールで、すぐに受信履歴をチェックする。

それは「依頼の件」という愛想のないタイトルで、十二月六日に耕介から送られているメールだった。飛鳥信一郎と同じように、耕介にも自分が知らぬまに周防幸嗣の件を頼んでいたということか。

メールを開くと、「周防幸嗣の件で突き止めたことだけ、取り急ぎ知らせる」という短い文章と添付ファイルがあった。添付ファイルを開くと、やはり「周防家殺人事件後の周防幸嗣の行方について」というタイトルではじまる書類だった。

ということは、目の前にある書類を打ち出したのは、どうやら私自身になるらしい。これまでに起こった現象を考えれば、無自覚にプリントアウトを行うぐらい、たやすいとは思うが……。

今にも笑い出しそうになり、ぎょっとする。ここで笑ってしまうと、そのまま狂うかもしれない。ふと、そんな気がした。人間は滅多なことでは壊れないと思う反面、あっさりとイッてしまうのかもしれない。

イクと言えば、これから私はどこへ行くのだろう？

とりあえずのヒントは、この書類の中にあるのだと思うしかない。私は信一郎の手紙に続き、耕介の報告書を読みはじめたのだが——。

家族が惨殺される事件の渦中で、なぜ少年だけがいつも助かるのか。

その理由が、これなのか……？

飛鳥信一郎が調べた「繰り返される惨劇の家」事件と、祖父江耕介が追った「周防幸嗣の行方」について、そこに私が知った周防家の事件を加えてまとめたものを、以下に記す。

◎一九〇四年十一月十七日／イギリスのマンチェスターの人形荘にて、ソーンダーク家惨殺事件。

父＝サミュエル。一階の寝室にて刺殺。刺切創は七箇所あり。

母＝サラ。一階の寝室にて刺殺。同じく刺切創は七箇所あり。

姉＝リッキー。二階の自室にて撲殺？　後頭部に鈍器による損傷あり。被害者は自室の床に太い釘によって手足を打ちつけられた磔《はりつけ》状態で発見。凌辱《りょうじょく》の痕跡あり、生体解剖された痕跡あり。

弟＝クライン。居間の階段下にて全身打撲状態で発見。ただし一命は取り留める。その後の消息は不明。

◎一九七四年十一月十七日／イギリスのマンチェスターの人形荘にて、ストレンジ家惨殺事件。

父＝スパロウ。一階の寝室にて刺殺。刺切創は七箇所あり。

母＝シェリー。一階の寝室にて刺殺。同じく刺切創は七箇所あり。

姉＝レナ。二階の自室にて切傷による出血多量死。刺切創は十七箇所あり。また後頭部に鈍器による損傷が認められる。死姦の痕跡あり。

弟＝クリスピー。二階の渡り廊下にて失神状態で発見。頸部《けいぶ》に扼痕《やくこん》あるも命に別状はなし。事件後、言語障害から失語症となり、七ヵ月後に行方不明。

◎一九八一年十一月十七日／イギリスのマンチェスターの人形荘にて、信濃目《しなのめ》家惨殺事件。
父＝青磁《せいじ》。一階の寝室にて刺殺。刺切創は十七箇所あり。

母＝静子《しずこ》。一階の寝室にて刺殺。同じく刺切創は十七箇所あり。

姉＝涼子《りょうこ》。二階の自室にて刺切創による出血多量死。被害者は自室の床に太い釘によって手足を打ちつけられた磔状態のまま、陰部から頸部にかけて刃物で切り裂かれた状態で発見。凌辱の痕跡あり。

弟＝惟人《これひと》。二階の自室にてショック状態で発見。事件後、日本に帰国した模様？

◎一九八八年十一月十七日／日本の武蔵名護池の人形荘にて、周防家惨殺事件。
父＝章一郎。一階の寝室にて刺殺。刺切創は七十七箇所あり。

母＝珠洲。一階の寝室にて刺殺。同じく刺切創は七十七箇所あり。

姉＝留深。二階の自室にて生体解剖によるショック死？　凌辱の痕跡あり？

弟＝幸嗣。二階の自室にて発見。瀕死の状態？　一命を取り留めるも事件後は行方不明？


信一郎は手紙の中で、こう書いていた。

ヘンリー・カーターも指摘している「七」という数字に着目し、独自の解釈を試みたが、材料不足で充分な検討ができなかった。ただ「七」というキーワード以外に、この事件に関する一つの不気味な共通点を見つけた。それは名前のイニシャルだというのだ。

つまり、ソーンダーク家、ストレンジ家、信濃目家、周防家と、すべての被害者の名字が「S」ではじまる。しかも、父の名前がサミュエル、スパロウ、青磁、章一郎と「S」であり、母の名前もサラ、シェリー、静子、珠洲と「S」なのだ。それに加えて、姉の名前がリッキー、レナ、涼子、留深と「R」であり、弟の名前がクライン、クリスビー、惟人、幸嗣と「K」になる。

偶然で片づけるには、あまりにも一致し過ぎている。ただ、だからといってこれが何を意味するのか、まったく分からない。何とも薄気味の悪い暗合である。そう信一郎は述べていた。

確かにそうだ。だが、そもそもこの事件に、我々が理解できるような意味などあるのだろうか。

ソーンダーク家惨殺事件が一九〇四年で、周防家惨殺事件が一九八八年である。その間には、八十四年という歳月が流れている。もちろん同一犯人では有り得ない。ストレンジ家惨殺事件から周防家惨殺事件までも、十四年の時が経っている。舞台そのものも、イギリスから日本へと移っているのだ。いかに犯人が狂信的であっても、とても同一犯とは思えない。あまりにも不自然だろう。もはや人知を超えているのではないか。

深々と冷え込む書斎の中で、ぐったりと椅子に身をあずけたまま天井を見上げていると、例えようもない虚脱感に見舞われた。

このまま眠ってしまえば、ひょっとして起きたとき世界は正常に戻っているのではないか、という考えが頭を過《よぎ》る。しかし正常というのは、どういう状態か。少なくとも時間が飛ばない、幻覚めいたビジョンを見ない、書いた覚えのない小説が出現しない……そんな状態か。それとも……、それとも……、そもそも妙な家に引っ越さない状態なのだろうか。

またぞろ頭が痛くなってきた。それを振り払うように、耕介の書類を再び手に取る。が、その内容は、さらに頭痛を呼び込む役目しか果たさない。

彼は過去の週刊誌の記事を探し出したうえで、当時それを取材した記者まで捜し当てて話を聞いていた。

事件の凄惨さゆえか、当時は報道管制が敷かれたため、ほとんどの媒体は沈黙を守ったらしい。それでも、周防留深が生体解剖によるショック死を遂げたのは事実だという。しかも遺体に残された犯人のものと思われる精液の飛沫痕から、凌辱されたのは生体解剖の最中であることも明らかだった。

その記者が当時もっとも戦慄したのは、この手の事件で必ず見られる犯人の倒錯的なパワーが、まったく感じられなかったことだという。犯人は淡々と、まるで「仕事」をするように、犯行に及んだとしか思えない。記者が「儀式殺人」の可能性を考えたのも無理はないと思う。

そして周防幸嗣について意外な、とても忌まわしい事実が判明した。実は、この少年も凌辱されていたというのだ。しかも、その性的虐待というのが吐き気を催すほど凄まじいものだったらしい。「らしい」というのは、虐待の具体的な内容まで思い出すのを、その記者が嫌がったからである。ただ、両親と姉を惨殺された少年は、その後の数時間で、さらに地獄を体験したことだけは間違いなさそうだった。

すべての事件で、少年だけ致命的な外傷がないまま生存していた理由は、これだったのだ。もちろん訳など分からない。しかし、犯人の最終目的はこれだった……。

クライン・ソーンダークが『イギリスの幽霊屋敷』で、「瀕死の状態」と記されていたのは間違いで、真相は逃げようとして渡り廊下から居間の階段の下へと転落し、全身を打撲したわけだ。クリスピー・ストレンジの頸部に扼痕があったのも、少年の抵抗を封じるためのものと思われる。

もしかすると、無傷のままショック状態で発見された信濃目惟人だけが、ある意味犯人が意図した「正しい状態」なのかもしれない。周防幸嗣が瀕死の状態だったというのも、クライン・ソーンダークと同じく誤った報道だったようだ。もっとも精神的には再起不能なほど打ちのめされていたはずで、クラインやクリスピーの例にも見えるように、身体的外傷が少しもなかったと断言できるわけではない。本当に重体といえる状態だった可能性もある。だが、それは犯人が意図した状況とは、おそらく違ったのではないか。

そして事件後、少年たちが行方不明になるという共通点……。彼らに起こったことを考えれば、関係者が世間の目から少年たちを匿《かくま》おうとするのは当然であり、それが結果的には行方不明につながっているのだろう。

結局、周防幸嗣は事件後、約二年間精神病院に入院し、退院後は東北の遠戚の家で暮らしたらしい。耕介が取材した記者によると、阿寒田《あかんだ》弘重《ひろしげ》という評判のよくないノンフィクション・ライターが、執拗に周防幸嗣を追っていたという。よって詳しいことは、阿寒田に聞けば分かるのかもしれない。ただ耕介自身、この事件に深入りする気にはならなかったので、ここから先は調べていないと結んであった。

結びの言葉といえば、飛鳥信一郎も祖父江耕介も、同じ内容のことを最後に書いていた。

事情は分かるが、この件には関わらない方が良いのではないか――と。

信一郎の手紙には、はっきり「その家を出ろ」とまで書いてあった。

稜子の言葉が頭の中に響く――「そう、家に憑かれている……」

阿辺魁太少年の台詞が蘇る――「だって、お兄さん……憑かれているじゃないか」

そのとき、音がした。

バンッ……という扉の閉まる音が――。

と、声がした。

叫び声か……？

両方とも寝室の方からか……？

反射的に時計を見るが、もはや用をなしていない。長針も短針も秒針も、すべて七の数字を差し示している。

書斎から出る。渡り廊下を歩きながら窓の外を見ると、激しく雪が舞っている。すでに積もりはじめている。

寝室の前に着く。

扉のノブに手をかけ、ゆっくり回しながら——


——急いで扉を閉める。

すぐにノブの中心のつまみを回転させ、鍵をかけようとする。だが、手が震えてうまく回らない。

と、扉の向こうの渡り廊下から、タッ、タッ、タッ、タッ、タッ……と確実にこちらに近づいて来る足音が聞こえた。それも、わざと音を立てているとしか思えない、どこかふざけた調子の、それでいて実に不気味な足音が……。

言人は慌てふためいた。大声を上げながら、その場に座り込みたくなった。が、気力を奮い立たせ、扉に施錠しようとした。

バンッ！　と扉が振動する。

ほぼ同時に、カチッとつまみが回った。

いきなり家そのものが、急に眠ったかのように深閑《しんかん》とした。ほんの今まで大音響で轟いていた打楽器が突然、鳴り止んだような雰囲気である。

まだノブのつまみに指をかけたまま、言人は固まっていた。離したとたん、目の前で勝手につまみが回って、自然に錠が解かれてしまうのではないか。そんな恐怖に囚われていた。

バンッ！

再び扉が震え、ビクッとする。

バンッ！　バンッ！

バンッ！　バンッ！　バンッ！

バンッ！　バンッ！　バンッ！　バンッ！

次第に扉をたたく間合いが短くなり、その勢いも激しくなる。

扉に鍵が下りているにもかかわらず、言人はノブを両手で持つと、扉が開く廊下側とは反対方向に引っ張った。

津口は扉を引いているわけではない。たたいているのだ。つまり開くはずがないのだが、それに気づく余裕が言人にはない。

バンッ！　と耳元で大きな音がして、ふと静かになった。

ノブを引っ張る力を弱めないまま、言人は耳をすました。何も聞こえない。それでも、じっと静かに聞き耳を立てる。

すると、コト、コト、コトと音がした。

扉に耳をつける。

コト、コト、コトと確かに音がする。それも徐々に小さくなっていく。

ようやく諦めて、向こうへ戻ったのか……？

ますます扉に耳を押しつけると、全神経を聴覚に集中させる。

ギッ、ギッ、ギッ、ギッという音が聞こえる。何の音だろうと思ったのも束の間、階段だと分かった。津口が階段を下りているのだ。

いったい彼は、どうするつもりなのか……？

あいつは居間から一階の廊下に出て、廊下奥の階段から二階へと上がり、この部屋に入るつもりだろうか。だったら、あいつが階段を上っている間に、自分はこの扉から渡り廊下に出て、居間から玄関へと逃げられるのでは？

いやいや、あいつが途中でそれに気づき戻って来たら、一階の廊下あたりで鉢合《はちあわ》せになるではないか。

どうする？　どうしたらいい？

和人ならどうする？　清人ならどうする？

とても考えがまとまらない。半泣きになりながらも、なんとか泣き出さないよう堪える。本来なら号泣しているところだが、あまりの展開に頭も心も追いつかない。それに言人自身も、ここで自分が完全に泣いてしまったら、おそらく生きてはこの家を出られないに違いない。そう無意識に悟っていたのだと思う。

よし、とにかく確かめよう。

全身に入っていた力を抜くと、ゆっくりとノブのつまみを回す。

カチッ……と大きな音がして、ヒヤッとする。慌てて扉に耳を当てる。何も聞こえない。大丈夫だ。

静かに音を立てないようにノブを回す。回し切ったところで元に戻さず、そのまま扉を少しずつ開けていく。

少しずつ、少しずつ……扉を開ける。扉の隙間が広がりはじめると、そこに左目を当てる。最初は南面の壁が見える。次に窓が見える。そして渡り廊下が見える――と同時に、その半ばまで靴を脱いで、忍び足でこちらに近づいていた津口十六人と、目と目が合う。

にちゃり……と津口が笑う。

次の瞬間、おぞましい笑い顔が物凄い憤怒《ふんぬ》の形相《ぎようそう》と化すのを認める間もなく、あいつが猛然とこちらに突っ込んで来る。

「わぁっっっ！」

思わず叫んだ言人は、ノブから手を離していた。

もう鍵を下ろす余裕はない。逃げなければと焦りながらも、その場に固まってしまった。このままでは無防備に、自分の命を投げ出すだけである。だが、どうしても動けない。扉の前から離れることができない。

バンッ！

そのとき勢いあまった津口が、扉に衝突したらしい音が響いた。

と、それが合図だったかのように、ビクッと言人の身体が震えた。あとは一目散に北側の扉まで走っていた。

ところが、運動会の短距離走で、全速で走っているにもかかわらず、なかなかゴールに近づかないもどかしさを思い出す。今にも後ろから、わあっと抱きつかれそうな恐怖を覚える。怖くて怖くて、部屋の真ん中に座り込みたくなる。でも、とにかく走る。必死に走り続ける。

北側の扉に突き当たると同時に、ノブをつかんで開き、転げ落ちるように階段を下りる。最後の数段は飛び降り、半ば転ぶように着地する。

目の前に真っ暗な廊下が延びている。表玄関の常夜灯の明りが微かに射し込み、ぼうっと長い空間を浮び上がらせている。

そのまま全速力で、一気に廊下を駆け抜けようとしたとき、ギッという音が耳に入った。

ハッと立ち止まる。

ギッ、ギィイイッ……と居間の扉がゆっくりと開く。

ぽっかりと黒い口を開けた扉の空間に、すうっと真っ暗な人影が現れ、

「もーいいかい？」

幼い子供に戻ったかのような、ぞっとする虚ろな津口の声が廊下に響いた。

黒々として顔が見えないのに、にちゃり……と彼が笑ったのが分かった。

電気ショックを受けた蛙のように、ビク、ビクッと言人の身体が痙攣《けいれん》する。全身が痺《しび》れたような状態のまま、それでも目だけは居間の扉に釘づけにして、そろりそろりと後ずさりをする。その動きに合わせるごとく、居間の暗がりから、すうっと人影が姿を現す。

そろりと言人が下がる。すうっと津口が出て来る。

トンと言人の背中が壁についた。廊下の端、行き止まりだ。目の前に延びた廊下の居間の扉口には、横向きの状態のまま津口が佇んでいる。

やがて津口が、ゆっくり顔を向けはじめるや否や、言人は脱兎のごとく階段を駆け上がった。

もし廊下に飛び降りたとき、あのまま玄関まで走っていたら……という後悔が頭を過る。津口が居間から出てくる前に、外へ飛び出せていたかもしれない。だが、すぐに今ごろは捕まって切り刻まれていた可能性もあると思い、ぶるっと身体が震えた。

部屋に飛び込み、扉を閉めると同時に施錠する。

耳をすます。追いかけてくる気配はない。ひとまずホッとする。が、部屋の中を振り返り、渡り廊下側の扉が開けっ放しだと気づいた。次の瞬間、狂ったように扉まで走る。

さっと廊下を見ただけで、急いで扉を閉め鍵をかける。本当は一階の居間も覗きたかったが、とてもそんな余裕はない。

しかし、これで自分を閉じ込めてしまったことになる。あいつが居間の扉口にいる限り、どちらの扉から出ても見つかるのだから……。そのまま玄関まで突っ走ろうとしても、きっと捕まるに違いない。

どうすればいいんだ……？

二階の窓から逃げることは無理だ。つまり一階へ下りなければならない。とはいえ玄関は絶望的だ。となると窓か。どこの窓だ？

理想的なのは自分が窓を開けている間、あいつが入って来られないように鍵がかかる部屋だ。居間は危険過ぎる。トイレとバスは？　だめだ……。どちらも窓の外に格子がはまっている。

キッチンはどうだ？　キッチンなら流しの上に窓がある。流しに上がる必要があるうえ、窓から地面まで距離があるかもしれない。でも、どうにか飛び降りられるだろう。いや、だめだ……。だめだ、だめだ、だめだ。あそこには鍵がない。内側から鍵を下ろせない。キッチンに入ったのを気づかれたら、もうお仕舞いだ。

他には？　他にはないのか……。

——ある。一箇所だけある。内側から鍵がかかり、しかも窓から外へ出られる部屋が……。

そう、両親の寝室……。

だめだ。だめだ、だめだ、だめだ、だめだ、だめだ……。あそこには絶対に入れない……。決して、二度と……。あの部屋には入りたくない……。

渡り廊下側の扉に背をあずけたまま、ずるずると言人は、その場にへたり込んでしまった。

もはや限界だった。今の今まで逃げることだけを考えていたため、ようやく何とか保っていた精神も、両親の……と姉の……とを思い出した瞬間、プツッと切れてしまった。

言人は両膝を抱え、虚ろな眼差しで座り込んだまま、おのれの内面へと、自分自身の奥深いところへと、ゆっくり沈んで行きそうになった。

と、そのとき死にかけたような目が、何かに反応した。とっさに視線を走らせ、焦点を合わせる。

目はベッドの下を見ていた。

ベッドの下からは、青白い光が出ている。

引き寄せられるように四つん這いでベッドまで進むと、その下に頭を突っ込んだ言人は思わず呟いた。

「なんだ、これ……」

なぜなら彼の目の前には――


――内側から不気味な光を放つ、ドールハウスがあった。

「ここは……」

ハッと我に返る。

ここは、寝室だ……。私は書斎から寝室に向かい……そして扉を開けて……それから——それから……。

なぜ、ドールハウスがここにある？　書斎の机の上に置いたはずだ。私が持って来たのだろうか……。いや、そんなことよりも、この光は何だ？

ベッドの上に置かれた——というよりも、やはり最初からそこに建てられたごとくドールハウスはあった。小さな家の重みで蒲団がへこんで沈み、周囲が盛り上がっている様も、まるで元々あった蒲団の窪地の地形を利用して、ちゃんと計画的に建てたように見える。

そのドールハウスの内側から今、青白い燐光《りんこう》が発せられていた。奇妙な光が窓や扉の隙間から外に漏れているのだ。しかも、それは電球の光のように真っ直ぐには伸びずに、毒素のある沼気《しょうき》のごとく煙のように立ち上っている。

巨大な蛇がベッドの上でとぐろを巻いているイメージが、ふと脳裏を過る。すると漏れ出した燐光の一筋が、小さな一匹ずつの蛇に映る。空に昇る龍のような格好で宙に浮かびつつ、何十匹という小さな蛇たちが、人形荘のまわりを取り囲んでいる光景が見える。

と一瞬にして、それらが狐火のようなものに変わる。何十、何百という狐火が、ぐるぐるぐるぐる、ぐるぐるぐるぐる、家の周囲を回りはじめる。

どこからか、ドロンドロン、ドロンドロンという太鼓の音が、生暖かい風に乗って聴こえてきそうな気がする。

やがて狐火たちは消散して、霧かと見紛う細かい粒子が漂いはじめる。それが次第に濃くなり、濃霧状態へと変貌し、すっぽりと家を包み込む。

それに呼応するように、家の中の発光現象が激しくなる。モールス信号のように、パッパッパッ、パッパッ、パッパッパッパッと点滅を繰り返す。

突然、絶叫が轟く。

男か女かも分からぬような、いや人間のものとは思えぬような叫びが、人形荘の内部で響きわたる。

人形荘……？

目の前のドールハウスの人形荘なのか。

それとも今、自分がいる本物の人形荘なのか。

絶叫は、どちらで発せられたのだろう？

気づくと、真っ暗な寝室のベッドの前で、私はうずくまっていた。

網膜には先ほどの発光現象の残像があるのか、目の前の暗闇の中に色取り取りの火花のような光が、パッパッと現れては消えていく。その例えようもない美しさは、まさに闇の中の虹である。

そんな妖しい光に目を覆われ、しばらくは酔ったような状態だったが、のろのろと身体を起こすと寝室の明りを点けた。

すぐにベッドを見る。

ドールハウスがあった。

この部屋に入ってきたとき、目にしたのと同じ状態に見える。小さな家のまわりの蒲団のうねりが、複雑な地形に思えたのも一緒である。

どうやら夢ではなさそうだ。

夢……？

今の自分には、夢と現実の区別がつくのだろうか。

人間というのは面白い。こんな状況でも――いやこんな状況だからこそか――この非現実的な出来事を夢のせいにして、正気を保とうとするのだから。

そう考えると、思わず笑いそうになった。笑いそうになったが、ふと思い止まる。今、笑ってしまったら止まらなくなり、そのままいつまでも笑い続けるような気がした。そう思ったら、とてつもなく怖くなったからだ。

急いで書斎へと戻る。

渡り廊下を歩きながら外を見ると、そこには闇が広がるばかり……。確か少し前までは、宙を舞う雪が見えていたはずでは……。

しかも外に広がる闇が、陽が沈んで迎える夜の闇の暗さではない。もっと濃い、ねっとりとした墨汁《ぼくじゅう》のような闇……。黒の絵具に水を加えずに、そのまま画用紙に塗りたくったような闇……。窓硝子の向こうに闇が存在するというよりも、窓硝子に張りついているかのような闇……が、そこにあった。

見つめていると呑み込まれそうで、慌てて目をそらす。

いささか乱暴気味に書斎の扉を開ける。机の上に置いたドールハウスがない。それ以外は、出て行ったときと同じ状態に見える。飛鳥信一郎の手紙も祖父江耕介のプリントアウトも、ちゃんと存在している。

机の引き出しを開けると、ドライバーを取り出す。金槌も欲しいのだが、実家から持ってきた覚えがない。大工道具箱は必要ないと置いてきたはずだ。

何か役立ちそうなものはないかと、他の引き出しも改める。文房具セットのミニドライバーやミニペンチでは仕方ない。もっと大きくて手応えのあるものはないのかと焦っていると、裁《た》ち鋏《ばさみ》が目についた。母親が持たせてくれたものだ。これなら充分に使える。

ドライバーと裁ち鋏を右手に持つと、再び寝室へと向かう。渡り廊下を通っている間、窓の外には目を向けないようにする。ひたすら前方の寝室の扉に、その扉の先にあるドールハウスに、すべての神経を集中させる。そして念じる。

あの家を壊すのだ！

呪いの形代かもしれないドールハウスを破壊したら、いったい何が起こるのか、もちろん分からない。とんでもない事態を招くのか、まったく何の変化もないのか、予測のしようがない。

ただ、もうこれ以上あの家を放っておく気は、私にはなかった。

とっくの昔に、もったいないという意識は消えている。確かにあの家は——津口十六人が憑かれるぐらい——とても素晴らしい。しかも、そのモデルとなった人形荘そのものが実在していて、それが日本にあり、こうやって住むことができるのだから、まったく信じられない。

そんな家を壊すことなどできない。いや、できなかった。

しかし、今ならやれる。壊せる。いや、壊さなければならないのだ。

寝室の扉を開く。

妖しい光が再び放たれているかと、少し身構える。だが、室内は出て行ったときのままである。

ベッドの前に膝をつき、ドールハウスを手前に引き寄せる。この状態の方が色々と作業はしやすい。じっくり家の外面を観察する。これが現代の住宅なら、一階と二階の間にドライバーを当てて打ち込むところだが、ハーフ・ティンバー様式ではそうもいかない。

そこで、ハッとした。そして、ぞっとした。

なんとか綺麗に壊そうと考えていたのだ。解体するわけではないのに……。あくまでも壊すのが目的なのに……。どこにドライバーを当てようが問題ないのに……。いざ、この家を目にしたとたん、傷つけてはいけないと思ってしまった……。

屋根の真上にドライバーを置いた。

手っとり早く上から潰すためだ。でも金槌がなかった。どうする？　裁ち鋏で打ちつけるか。いや、それでは威力がない。だったら裁ち鋏そのもので、屋根を突き破ればいい。その方がドライバーよりも、きっと破壊力もあるはずだ。

右手に裁ち鋏をしっかり握ると、頭の横まで振り上げる。人形荘の屋根へ、ちょうど吹抜けのホールの上に突き刺せるよう、しっかり目算をつける。

そのままの姿勢で、固まる。いつでも振り下ろせるのに、固まってしまう。なぜか目の前の小さな家が、まるで鋼鉄の塊のごとく思えて仕方ない。

錯覚だ。惑わされているに違いない。正真正銘これは木で造られた家なのだ。どれほど頑丈でも、何度も鋏を突き立てれば簡単に穴が開くはずだ。最初の一突きさえ振り下ろせば――。

大きく息を吸って吐き出し、また大きく吸ったところで、

ギッ、ギィイイィッ……と微かな音がした。

吸った息を止めたまま、耳をすます。またしても確かに聞こえた。ドールハウスの中から……。

ギィイッ……と微かな微かな音が、
ハァッと一気に堪えていた息を吐き出し、裁ち鋏をしっかりと持ったまま、小さな家に顔を近づける。

ドールハウスを半周して、一階の部屋の窓が開いているのを見つける。そこは居間の奥の部屋、言人の両親の寝室だった。

まるで窃視者《せっししゃ》のような罪悪感を覚えながら、開かれた窓に少しずつ顔を寄せていく。内部には明りが点っているらしく、その光が漏れている。

窓の正面にくる。顔が九十度に曲がっている。自然と右目を閉じて、左目で窓の中を覗くと……

……両親の死体があった。

いや、正確に言えば、両親の死体と思《おぼ》しき人形の惨殺体だった。

小さな限られた窓の枠内から室内を覗いただけでも、その殺害現場の凄惨さがよく分かったほど、犯行現場はリアルに造られていた。

言人は妙な気分に襲われた。

こんな気分を何と言うのだったか。

デ……？　デジャ……？　デジャ・ヴュ！　確か既視感とか言ったはずだ。和人が教えてくれた。

はじめて見るはずなのに、過去に目にした記憶がある感覚に陥る風景……。

僕は、僕は……、こんな場面をかつて見たことがあったのか。映画だろうか。恐怖映画で観たのか。それとも……？

でも、見たような気がする光景と、どこか微妙に違う。

この光景は知っている気がするのに、この光景そのものじゃない……という感じだろうか。

では、何が違うのか。場面？　構図？　この光景を見ている自分の位置か……。

頭の中に映像が浮かぶ。

靄がかかった風景の中を、ひとりの少年が歩いている。少年の先には、扉が見える。どうやら少年は、その扉に近づいているらしい。けど、近づいているにもかかわらず、なかなか進まない。

少年は歩いている。歩いている。扉を目差している。扉に近づいている。大きな広間を横切っている。横切りながら、扉の方へと進む。進む。歩く。歩く。ようやく扉へと辿り着く。目の前には重厚な木の扉がある。閉まっている。少年はしばし佇む。じっとしている。耳をすましている。

やがて、扉のノブに手をかける。ノブをにぎる。ノブを回す。扉を開く、開こうとする。開ける、開けたい。部屋の中を、両親の部屋の中を、両親の寝室の中を——見た？ 見た……のか。何を……？ 何が……？ 何が……起こった？

少年は、彼は……、僕は、私は……？ 見た……？ デ……、デジャ……、デジャ・ヴュ……、既視感じゃない？ はじめて見る……、かつて目にした……、過去に見た……、記憶にある風景……。

遠くの方で、トントン、ガッガッ、トントントン、ガッガッと音がする。何の音だろう？ うるさいじゃないか。

僕は今、とても大切なことを思い出そうとしている。静かにしてくれ。

それでも音は止まない。相変わらず、トントントン、ガッガッと続いている。

うるさい、静かに、してくれ……。

僕は……

静かになった……。

僕は……、僕は……、何を思い出せばよいのだ。

ギィ、ギィィィッ……と音がした。

ドールハウスの反対側から聞こえたようだ。

いつのまにかベッドの上に横たえていた顔を上げ、反対側へと回り込む。

渡り廊下に面した二階の窓の、一番西の端から二番目の窓が開いている。ちょうど二階の、姉の部屋の真正面の窓だ。

鳥が空から獲物を狙って舞い降りるごとく、吸い込まれるように開いた窓に片目を近づける。

姉の部屋の扉は閉まっている。

と、ゆっくりと扉が開きはじめる。

ギィィ、ギィィィィッ……と扉が軋む音も聞こえる。

扉が開く……。

やがて、扉が完全に開かれる。

部屋の中には、床の上に大の字に寝かされた姉の人形がある。「仮面ライダー」に出てくる羽根のある怪人のように、両腕の下に翼がある……ように見えるけど、それは翼ではない。そうだとしたら真っ赤な翼だ。いや真っ赤といえば、胸から腹にかけても朱に染まっている。でも胸のあたりには、白いものも見える。白い筋のようなものが走っている。

この光景も見た……ことがある？　どこで……見た？　映画か、先ほどと同じ恐怖映画だろうか。

光景が、ある。

少年が、いる。

階段を上がる。少年は階段を上がっている。時間が経っている。何の時間か知らないが、時間が経っているのは分かる。

二階の扉の前に立つ。扉は閉まっている。開けようとする。ためらう。開けたいと思う。見たい。開けよう。けど迷う。部屋の中を見たい。開けたい。開けよう。開けようとして――。

ギィィッ……と扉が開きはじめる。少年は扉には触れていない。勝手に扉が開きはじめる。開きはじめて……、開いて……、開いて……、その開いた中には……、中には……。

少年……って、僕なの？　僕は……、僕が……見た？

と、目の前のドールハウスの部屋から、今まで覗いていた部屋から、さっと真っ黒い影が出てくる。

真っ黒い影は、そのまま渡り廊下を走り出す。真っ黒い影が走るにしたがって、渡り廊下に面した二階の窓が、先ほど開いた窓から東側へと順番に、ひとつずつバタン、バタン、バタンと次々に開いていく。そのたびに真っ黒い影の走っている姿が、目に飛び込んでくる。

真っ黒い影が走っている先にあるのは、僕の――言人の――部屋？

バンッ！と音が響く。

真っ黒い影が、扉にぶつかる音がする。

バンッ！　バンッ！

大きな音だ。

バンッ！　バンッ！　バンッ！　バンッ！

とても大きな音だ。

バンッ！　メリッ……。

バンッ！　バンッ！　メリッ……。

ああっ、扉が破られる。

扉が……今にも扉が……。

いや、違う。これは、これは……

現実の音だ！

言人はベッドから身を起こした。

バンッ！　バンッ！　と渡り廊下側から、扉の向こうから物凄い音がする。

これは現実だ。あの扉の向こうには、あいつが、津口十六人がいる。そうだ、あいつだ……。あいつがいる！　両親を……し、姉を……した……あいつが、あいつが、あいつがいる……。あいつがいるんだ！

バリッ！　と大きな音がして、扉が内側にたわんだ。

言人は急いで北の扉まで走ると、ほとんど飛びつくようにノブをにぎる。が、開かない。ノブは回るのに、扉は開かない。

なぜ？　どうして？　開かないんだ？

狂ったように扉をゆすぶる。そのとき扉の端に、奇妙なものが目についた。よーく観察すると、いくつか釘の先端のようなものが出ている。

打ちつけたんだ……。

北の扉は、向こう側から釘づけされていた。だから物音が立つのもかまわず、あいつは渡り廊下側の扉を破ろうとしているのだ。

バンッ！　バンッ！　バリッ……。

ますます扉を壊す音が激しくなった。

言人は何か考えるよりも先に、本棚に飛びついていた。それを引き出すと同時に、屋根裏への扉を開け——

――たいと思った。

どうしても屋根裏の扉を――いやこの場合はドールハウスの屋根か――開けたい。

一階の広間の奥の部屋には、両親の惨殺体の人形があった。ほんの二センチ程度の人形にもかかわらず、その滅多刺しにされた全身は非常にリアルだった。

二階の渡り廊下奥の部屋には、姉の半ば解剖された死体の人形があった。これもその大きさからは考えられないほど、ちゃんと認識できる生々しさで、心臓、肺、胃などが認められた。それだけではない。子宮らしきものまでが、遺体の横に摘出されてあった。

この二つの部屋を覗いてからは、ドールハウス中のどこであっても、目にできるようになった。すべての窓が開いたのだ。

ところが、私が寝室として使っているこの部屋にも、広間にも、渡り廊下にも、一階の廊下にも、キッチンにも、バスにも、トイレにも、どこにも弟の姿がない。四人家族のうち、両親は寝室で、姉は自室で発見した。だが、ひとりだけ残った少年がどこにもいないのだ。

過去の事件を思い出すと、クライン・ソーンダークは居間の階段下で、クリスビー・ストレンジは二階の渡り廊下で、信濃目惟人と周防幸嗣は二階の自室で発見されている。だが、ドールハウス内の該当箇所に、少年の姿はない。あと見ていないのは屋根裏だけだ。

待てよ……。

ということは、このドールハウス内で私が発見した人形の惨殺体は、今のこの状況は、過去の人形荘殺人事件の再現ではない……と？

そうだ……。該当箇所で弟が発見できていない以上、そういうことになる。

では、これは何だ？　今、私が見ている惨劇は何だ？

新たなる人形荘殺人事件か。一九〇四年のソーンダーク家殺人事件から続く五番目の事件なのか。

でも実際には、そんな事件などない。最後の事件が一九八八年の周防家殺人事件である。その七年後の一九九五年には、殺人事件など起こっていない。ちゃんと調べはついている。

では、これは？　この惨劇は、いったい何を表しているのだろう？

それとも私が知らないだけで、本当は一九九五年に五番目の事件があったのか。いや、ならば新聞社のニュース検索で引っかかるはずだ。

そうではない。そうではなくて、この惨劇に該当する何かが、実際に存在しているのかもしれない。

該当する？ 何か？ 何が該当する？ 似たもの？ 人形荘殺人事件と似たものとは？ 何だろう？

まさか……。

私の脳裏に、とんでもないものが浮かんだ。

『迷宮草子』の連載小説「忌む家」――。

馬鹿な……。あれは小説だ。いかに設定が、過去の人形荘殺人事件と酷似しているとはいえ、お話の世界である。現実ではない。

現実……？

では今、私が体験しているこれは現実か。ここ数日、いや数日どころか数週間、数ヵ月の間に起こったことは、すべて現実なのだろうか。

そもそも何が起こって、何が起こっていないのか、それさえ完全には区別がつかなくなっている。

「忌む家」もそうだ。あれは、あの小説は、本当に私が書いたのだろうか。確かに最初は、途中までは自分で書いたという自覚はある。しかし、そのあとは……。

違う……。いや、違う。そもそも私が書きたかったのは、正統的な英国怪談だったはずだ。正調幽霊小説を書こうと思っていたのだ。

なのにあれは、あの「忌む家」という小説は、私の思惑とは裏腹に、先へ進めば進むほど、どんどんと変な方向へと話がそれていった。妙な具合へと話がねじれ、曲がっていった。

ともすると小説というものは、作者の意図を無視して、まったく違う方向へと物語が展開することがある。設定段階で決めた登場人物の性格が変わったり、辿るべき本筋から脇道に入り過ぎたり、考えてもいなかった場面が乱入したり、思いがけない展開になるのは珍しくない。

だが、そもそも小説の核となるものが変化するなど、ちょっと考えられない状況である。

もし仮に、そんなことが起こるとすれば……

そんなことが起こるとすれば……

起こるとすれば……

すれば……

「そう、家に憑かれている……」

「だって、お兄さん……憑かれているじゃないか」

もし仮に、そんなことが起こるとすれば……、自分以外の意思が働いている場合ではないか。そうとしか考えられない。

自分以外の意思……？

人形荘の意思……？

あまりにも馬鹿馬鹿しい……。どうかしている。そんな考えは現実的……ではないというのか。

気が狂う寸前というのが、どんな精神状態なのか、ほんの少しだが実感できた気がした。意外と心地良いのかもしれない。

ギイ、ギイィィィッ……と音がした。

目の前の人形荘の、屋根裏の扉が開いた……のが分かった。

でも、どうやって、それを覗けばよいのだろう？

後ろを振り返る。

現実の屋根裏の扉も、開いていた。

私はベッドの前から立ち上がると、屋根裏の扉を潜って——

——扉を閉めると、梯子のような急な階段を上がる。

本当は、本棚を元の位置に戻して扉を隠したかった。けれど扉の内側からでは、とうてい無理である。一応その努力はしたのだが……。

それに屋根裏のことは、津口に話してある。いや、話さなかったか……。どっちだったろう？

しばし階段の途中で考え込むが、本棚で隠せないのなら同じだと気づく。部屋に入って来られたら、嫌でも目に入るのは間違いない。それよりも今は、早く屋根裏に上がらないと。それから屋根裏の上がり口を、何か重いものでふさがなければ。

急いで残りの段を上ろうとしたときだった。

バリッバリッ！　と物凄い音がした。この狭い空間にいても、はっきり聞こえるほど、部屋の方から凄い物音がした。

扉が破られた……。

半分くらい上がっていた階段の途中で足を止め、じっと静かに耳をすます。

でも、何も聞こえない。つい先ほどまでバンバンと凄まじかったのが、急に静かになった。物音ひとつしない静寂が突然、この家に訪れていた。

おそらく今、津口は渡り廊下の扉口にいて、部屋の中を見回しているのだろう。反対側の扉は釘づけした。だから言人が必ず、この部屋の中にいるのは間違いない。といって部屋に踏み込んだとたん、苦労して開けた扉から、するっと逃げられては元も子もない。だから、じっくり部屋の中を観察してから、きっと慎重に行動するつもりなのだ。

屋根裏の扉の前は、どうにか本棚でふさいだ。もちろん完全に元通りではない。近づかれれば気づかれるほど、扉と本棚の間には不自然な隙間ができている。ただ、そこに扉があることを知らなければ、もしかすると見逃すかもしれない。

いずれにしろ津口が見つける、または思い出す前に、この階段を上がり切ってしまおう。

途中で止まっていた右足を、次の段に乗せ体重をかける。ギィ……と階段が軋む。

左足を次の段に上げる。ギィ……と階段が鳴く。再び右足を進めたとき、ギギイィィッ……と大きく階段がうめいた。

聞かれた……？

耳をすます。何の音も聞こえない。同じ動作を繰り返す。

ギィ……、ギギイィィッ……、キィィィィッ……。

変な音がした？　階段の軋みに重なって、妙な音が聞こえた？

耳をすます。何の音も聞こえない。

再び階段を上がる。

ギィ……、ギギイィィッ……、キィィィィッ……。

やっぱり聞こえる！　何の音だ？

もう一度、耳をすます。微かに首をかしげ、じっと耳をすます。でも、何も聞こえない。

さらに同じ動作を繰り返そうとして、

「見ーつけた」

とっさに下を向くと、半開きになった扉の向こうから、にちゃりと笑った津口の顔が覗いていた。

「わっ……」

残りの階段を一気に駆け上がろうとして、まず右足がすべり、ついで左足を踏みはずし、慌てて前に出した左右の手が、それぞれ虚しく段をたたきながら、一番下まで落ちていく……。

落ちている間、時間の流れが遅くなったと思う。頭の中を、これまでの様々な記憶が駆け巡る。死ぬ間際に、よく人はそれまでの人生を一瞬にして見ると聞いたが、それでは僕は死ぬのだろうか……。

ドサッ……と女の人が横座りするような格好で、左足から落ちた。しかも扉には、背を向けた状態だ。

もうだめだ……。逃げられない……。

動くことができない……。立ち上がる気力もない……。

そのまま身体を丸めながら、石になりたいと願う。あいつが触ってきても、びくともしない硬い硬い石になりたい……。

そう念じながらも、すべての意識が背中に集中していた。

あいつが後ろにいる。

あいつが、僕のすぐ後ろに……。

「ふっふっ……」

背後から笑い声が聞こえ、「ぞっ」として思わず振り返ると――

――真っ黒い影が、扉口に立っていた。

部屋の明りを背に受けて、ぼおぅと立つその姿は、以前に写真で見たドイツの大きな影法師の幻影、ブロッケンの妖怪を、もっともっと濃くしたように見えた。

もっともブロッケンの妖怪が、蜃気楼特有の気体の揺らぎを感じるのに対して、目の前の影法師は、粘着性の極めて強い溶液のような……いや、もっと近い例で言えば泥濘《ぬか》るんだ泥のような感じがした。

こいつはドールハウスの、渡り廊下の向こうにある姉の部屋から、あのとき出てきた影ではないのか。

しかし、そんなことを思ったのは一瞬だった。

その影を目に留めるや否や、階段から落ちて打った左足の痛さも忘れて、私は懸命に屋根裏へと駆け上がっていた。

いや、駆け上がろうとしたのだが……

両手と両足がばらばらに動いているような……

両手で同じ段を何度もつかんでいるような……

両足が同じ段を何度も踏んでいるような……

一向に上へと進まないような……

そして今にも……

今にも真っ黒い影の腕が伸びて、足首を摑まれそうな……

階段から引きずり下ろされそうな……

あの真っ黒な体で全身を包まれそうな……

そんな恐怖に囚われ、震えが手と足と背中に走る。

このままでは落ちる！

そう思った瞬間、足がすべった。

反射的に右手を伸ばす。

それは屋根裏の床へと――

——右手がついた瞬間、言人は一気に残りの段を駆け上がった。

休む間もなく周囲を見回す。

階段の暗い空間で、少し目が闇に慣れていた。そのため、ぼんやりとだが屋根裏の様子はうかがえる。

何か見つけなければ……。

少し奥に箪笥らしきものがある。だめだ間に合わない。ここまで運ぶ時間がない。それに僕には重すぎる。

ギィ……、ギィ……、ギイィ……。

上がってきた！

もう何も考えず、目の前にある段ボール箱を上がり口に運ぶ。

だめだ、軽い……。

持ってみて分かったが、構わず投げ入れる。

ところが箱は、すっぽりと上がり口にはまった。

屋根裏への階段は、極端にせまい。あんな箱でも、詰物の役目を果たすかもしれない。もっと次々に投げ込めば……。

そう思い、次の段ボール箱に手をかけたときだった。

上がり口から投げ入れた箱が、少しずつ少しずつ姿を現した。まるで舞台の迫り出しを見ているように、次第に持ち上がってくるのが見える。
言人は手にした段ボールを、その箱にぶつけるように投げ捨て——
そのまま奥へと、屋根裏の奥へと……
言人が一番最初に、この家で「ぞっ」とした一階の真上に当たる場所へと……
あの忌まわしいドールハウスを発見した場所へと……。

寒々としたそこは……
追い詰められたそこは……
雑木林の中に、ぽつんと少しだけある空き地のようだった。
うずくまる。胎児のように身体を丸めて、膝を抱えて……。

やがて——
コツ、コツ……
コツ、コツ、コツッ……と足音が聞こえてきた。

あいつが……

あの真っ黒い影が……
こちらへ近づいている。
コツ、コツ……
コツ、コツ、コツッ……
あいつは……
あの真っ黒い影は……
——一体、何者なんだ……？
コツ、コツ……
コツ、コツ、コツッ……
僕に……
私に……
——何をしようと……

コツ、コツ……

コツ、コツ、コツッ……

来る！

近づいて、来る……

コツ、コツ……

コツ、コツ、コツッ……コツ。

足音が止まった。

僕の……

私の……

目の前で……。

あたりは……

薄ぼんやりとした闇……。

何の音もしない、深閑とした闇……。

静かに、顔を上げる。

そこには……

津口十六人が……

信濃目稜子が……

…………………………立っていた。

「り、りょう……こ」

顔を上げた私の目の前に立っていたのは、確かに稜子だった。しばらく会っていなかったが、間違えようもない。

そのとき、急に分かったような気がした。

「君が、津口十六人か……」

問うというより断定するような口調に、稜子は軽くうなずくと、

「下りましょう。ここでは話をしたくないわ」

書斎であらためて稜子と対峙した私は、お互いの座っている位置が、出会ってすぐ家に連れて来たときと、偶然にも同じであることに気づいた。もちろん部屋の中に漂う雰囲気は、まったく違っている。

渡り廊下を通って書斎に行く途中、外を見ると雪景色だった。今が冬だとすると、時刻は午後六時ぐらいだろうか。ようやく自分が属する世界だけは、まともな空間に修復されたようだ。もっとも時間というか月日の経過だけは、相変わらず定かではなかったが……。

部屋の中は寒々としていた。入ってすぐに暖房を入れたが、なかなか暖まらない。稜子はコートを着てマフラーを首にまいたまま、じっとこちらを見ている。

私も、そんな稜子を見ている。かといって睨み合ってるわけではない。ただお互いをじっと見つめている。この場面だけ取り出せば、まるで恋人同士が見つめ合ってい

るように映るかもしれない。

稜子から目をそらさずに、机の引出しを開ける。この家の屋根裏の鍵を取り出し、相手の目の前にぶら下げながら、

「これを送ってきたのは、君だね？」

ようやく私から視線を外した稜子は、魅せられたように鍵を見つめながら小さくうなずいた。

「つまり君は、津口十六人なんだ」

再び稜子が、小さく首を縦に動かす。

「でも、どうして……？」

続けて喋ろうとした私の言葉を遮るように、こちらに強い視線を向けながら、今度はゆっくり首を横に振る。

「えっ……」

この期に及んで否定するのか。もっとも証拠と呼べるものは何もない。でも屋根裏では、はっきりと認めたではないか。それに、たった今も……。

「どういうことだ？　やっぱり取り消すっていうのか」

静かに稜子は首を振る。

私は馬鹿にされているのだろうか——と思った瞬間、ふと閃《ひらめ》いた。

「津口十六人の名前を騙《かた》って鍵を送ったのは君だが、決して彼自身ではない。津口十六人という人物は別に存在している。そう言いたいのか」

　ここではじめて稜子はにっこりと微笑み、私の考えが正しいことを肯定した。

「誰なんだ、その人物は？」

気負い込む私とは対照的に、再び稜子は無表情になった。そして、じっと私を見つめながら、

「それは、あなた……」

　窓の外は、すっかり闇の支配下におかれている。もう暖房が利いてもよいころなのに、一向に部屋の中は暖かくならない。

　じわっと、また恐怖が忍び寄ってくる。

　やはり、稜子はおかしい。何が原因かは分からないが、おかしくなっている。あまり刺激しない方がいいだろう。しかし、この状況をどうすればよいのか。

　そんな私の考えが伝わったのだろうか。少し苛立たしげに、それでいてどこか楽しげに、稜子が口を開いた。

「まだ、私が分からないの？」

　えっ、どういうことだ？　稜子だろう。信濃目稜子だろう。信濃目……？

「まさか……」

稜子の顔を見る。急いで飛鳥信一郎の手紙を手に取る。

「一九八一年十一月十七日にイギリスのマンチェスターの人形荘にて、信濃目家惨殺事件が発生する」

「姉の涼子は……」

姉の名は、涼子！

信濃目涼子＝信濃目稜子なのか。まさか……。涼子は助かっていない。死んでいるはずではないか。

もどかしく手紙の先を追う。

「姉の涼子は、二階の自室にて刺切創により出血多量死していた。被害者は自室の床に太い釘によって手足を打ちつけられた磔状態のまま、陰部から頸部にかけて刃物で切り裂かれた状態で発見された。凌辱の痕跡あり――」

やはり殺されている。ここまでされて、生きている人間がいるはずがない。それじゃ、この部屋にいる稜子とは……？

はじめて目にしたように、稜子の顔を見る。じっと見る。見つめる。

お前は、いったい何者だ？

「実際の信濃目家の事件の中でも、あなたが書いた『忌む家』の中でも、すべての答

え は出ているわ」

信濃目家の事件と「忌む家」……、どういうことだ？

困惑する私をよそに、稜子は急に厳しい顔つきになると、

「一九八一年に起こった実際の事件の被害者家族の名字が〈信濃目《しなのめ》〉、『忌む家』に登場する家族の名字が〈東雲《しののめ》〉。現実の被害者の姉の名が〈涼子〉、『忌む家』に登場する姉の名が〈涼〉。現実の被害者の弟の名が〈惟人《これひと》〉、『忌む家』に登場する弟の名が〈言人〉。それに、おそらくあなたも調べたと思うけど、信濃目家事件の七年後に起こった事件の被害者の名字が〈周防《すおう》〉、『忌む家』に登場する東雲家事件の七年前に起こった事件の被害者の名字が〈小碓《おうす》〉。つまりこれは、〈すおう〉のアナグラム〈おうす〉に他ならない」

ここで一息つき、

「この奇妙な暗合は何なのかしら？　なぜ現実の事件の被害者たちと、これほど似通った名前が、小説の登場人物たちにつけられているのか」

稜子は机の上にあった紙とシャープペンシルを取ると、

「津口十六人の十六人という名を分解すると、十と六と人となる。六をさらに分けると三が二つになる」

次々と漢字を書きながら、

「三のひとつを最初に持ってきて、次に津口の津を置き、津口の口の中に十を入れて田とし、十六人の人は人偏《にんべん》となり言人の言と合体して信となり、最後に残った三を加えると――」

その紙を何かの証文のように突きつけながら、稜子は言った。

「これで、三津田信三となるわ」

「じょ、冗談じゃない」

あまりの展開に言葉を失っていたが、ハッと我に返った。

「確かに君の言った通りに、津口十六人という名前は分解ができる。しかし、そのうちの一文字〈人〉だけは、人偏にはできても〈信〉にはならない。なぜなら、そこに言人の〈言〉の文字を持ってくる必要があるからだ。なぜ言人の〈言〉が唐突に現れるのか。おかしいだろ？　ご都合主義のこじつけじゃないか」

「いいえ、違うわ」

稜子が楽しそうに反論する。

「名前のその部分こそ、この人形荘のおぞましい事件の要《かなめ》とも言えるんですもの。いい、犯人にとっては両親も姉も問題ではなかった。一番の目的は弟なのよ。何か呪術的な意味があるのかもしれないけど、私も理由は分からない。でも、過去の事件を見ても助かっているのは、いつも弟だけ。このことに意味がないはずがない。私は思うの。犯人はこの家に住む家族を惨殺して、その儀式の最後に少年を凌辱することにより、何か邪悪な目的を達成しようとしたんじゃないか……って。恐らく犯人は少年の一部を──それは心かもしれないわね──自分に取り込み、何か忌まわしい業を行おうとしたんじゃないかしら。だから、自分の名前の一部を使用して少年の名前の一部を作ることなど、犯人にとっては極めて自然な行為なのよ」

ここで稜子はニヤッと笑い、

「この説明が気にいらないのなら、津口の大学での専攻は何だったかしら？　小説の展開上、建築学でも問題はないのに、いえ、むしろ好都合のはずなのに、なぜわざわざ言語学などという専攻にしたのか。最後に残った〈言〉の文字を、ここに潜ませたかったとも考えられるわね」

「そ、それこそ、こじつけだろ」

辛《かろ》うじて言い返したものの、これまでの稜子からは考えられないほど、凄《すさ》まじい迫力を感じる。

だが、負けるわけにはいかない。必死に反論の糸口を探す。頭の中を「忌む家」の様々な場面が、目まぐるしく回る。回る。回る。そうだ──

「肝心なことを忘れている。いや、というより君は知らないんだ。私が津口十六人という名前を持つ人物を『忌む家』に登場させたのは、友人の祖父江耕介からその名前を聞いたあとだったんだ。これは祖父江に確かめてもらえば分かる」

「ふっふっふっ……」

稜子が笑った。それは津口の〈にちゃり〉よりも、間違いなく恐ろしい笑いだったと思う。

「そんなことは関係ないじゃない。津口が登場するのは連載の第二回からだけど、第一回だけ読めば充分だったわ。私は『迷宮草子』で『忌む家』の第一回を読んで、仰天すると同時に確信したわ。この話は人形荘の事件をモデルにしている、しかも信濃目家の事件に材をとっている」

「あっ……」

思わず私は小さく叫んでいた。

「だから君は、私を訪ねて来たのか」

「そう、そして連載を追うごとにその確信は、もうひとつの確信と共に深まっていった。それは、ここまで詳しく事件を書ける人物は、事件の犯人以外の何者でもないはずだと。しかも、あなたは過去にイギリス旅行をしている」

今や稜子の眼差《まなざ》しは、ぎらついていた。まさに獲物を目の前にした、野生動物のようだった。

「あなた、気づかなかった？」

「………………」

「夏ぐらいから、調子が悪かったでしょう」

「えっ……」

「砒素《ひそ》よ」

「うっ……」

「いつも持ってくる手作りのお菓子に、少量ずつ砒素を入れておいたの」

「だ、だって、君も食べたじゃないか」

「続けて食べなければ、一度に少しぐらいなら害はない。でもあなたは、ほぼ定期的に食べ続けた……」

砒素は少量ずつ服用すると、少しずつ体内に蓄積される。そして次第に疲れやすくなり、やがて死に至る。症状としては、顔が透き通るように青白くなり、肝臓障害などが起こる。また神経症状が現れて、指先に知覚の欠落が出ることもある。

夏バテですか。青白いですよ——という玉川夜須代の台詞が蘇る。

パソコンを打つとき指先の感覚があまりなかった——ことを思い出す。

こ、殺そうとしたのか……。

顔中を脂汗が流れていた。なぜか部屋は一向に暖まらないのに、だらだら、だらだらと嫌な汗が流れている。

「な、なぜ止めたんだ。そのまま秋以降も続けていれば、もう死んでいるかもしれないのに……」

稜子の顔色が変わった。今にも泣き出しそうな表情になりながら、

「あなたを好きになったから……」

「………」

と次の瞬間、

「あはっはっはっはっはっ！」

けたたましい狂女のような笑い声が、部屋中にこだました。

「と、私が言ったらどうする？　三文小説じゃそういう展開もあるだろうけど、現実は違うよ」

再び、ぎらぎらした目つきになりながら、

「惜しくなったんだよ。このまま何も知らせずに殺してしまうのが、とても惜しくなったんだよ」

そう言いながら、蛇のように身を乗り出して来た。

「あんたが、何も知らずに死んでしまうのが、自分がなぜ死ぬのかも、なぜ殺されるのかも知らずに死んでしまうのが、どうにも惜しくて堪らなくなったんだよ」

今や稜子の顔は、私のすぐ前まで迫っていた。

「自分が犯した事件をモデルに小説を書くだけでなく、自分自身を犯人役として小説に登場させると共に、被害者の少年にまで自分の分身的な名前をつけ、今一度小説内で人形荘殺人事件を再現しようとしたあんたの試みが、その試み故に自分の犯罪を暴いてしまったんだということを、その皮肉な結末を、どうしても面と向かって言いたくなったんだよ」

稜子の吐く息が、吐く唾が、顔にかかる。

絶叫に近い声が、耳に突き刺さる。

違う……という否定の言葉が出てこない。何も喋れない。

そんな私の態度が、すべてを認めているように映るのか、稜子の叫びは益々激しくなる。

「だから、砒素入りの菓子を食べさせるのを止めた。あんたは現実に少年の心を奪って玩《もてあそ》び味わいつくした。そして再び事件を起こす機会がないと分かると、今度は小説＝事件の再現という形で、それを追体験しようとした。しかし、そんな拘わりが馬《ば》脚《きゃく》を現してしまった。そう、あんたは被害者の少年の心に復讐されたんだ」

違う……と声に出そうとした。

そうじゃない……と説明しようとした。

だが、ようやく出てきた言葉は、

「な、なぜ君に……、そんなことが分かる」

稜子の表情が、すうっと真顔になった。

「なぜなら私が、信濃目惟人だからだよ」


信濃目……惟人……。

そうだ……。明らかなことではないか――。

過去の人形荘殺人事件では、ことごとく父親と母親と姉は惨殺されている。生き残ったのは弟だけである。その中で目の前にいる人物に合致しそうな年齢の、事件に詳しい日本人といえば、一九八一年に小学生だった信濃目惟人ひとりだけ。彼しかいないことになる。

ただし、性別をのぞいては……。

「君は、惟人……君？　男なのか」

一瞬、稜子――あえてこう呼ぼう――の表情が揺らいだ。どこか傷ついた少年のように見えたのは、錯覚だったろうか。

「私に記憶は……ない」

「事件を覚えていない……と？」

「事件以前の記憶はある。でもイギリスに渡って、この家に引っ越してきたあたりから……あやふやになる。事件前後の記憶は一切消えている。次に覚えているのは、病院のベッドの上だった。そのとき私は、すでに稜子になっていた。両親と姉は自動車事故で死んだと聞かされた。私の記憶がないのも、その事故のせいだと教えられた。日本の祖母も、そんな私を女の子として引き取ってくれた。もちろん普通の学校へは行けない。ずっと特殊な病院へ通っていた」

ゆっくりと稜子はコートを脱ぐと、次にマフラーをとった。ほっそりとした白い首には、確かに喉仏《のどぼとけ》が見える。道理で、首を隠すような服が多かったわけだ。

「記憶を失って性の意識が変わっても、どうやら本の好みまでは変わらなかったようで、数年前に『迷宮草子』を知ったわ」

「ま、まさか……」

私の驚愕をよそに稜子は淡々と、

「そう、あなたの『忌む家』を読んだのが切っかけだった」

「そ、それで記憶が戻った？」

「いくらなんでも、それは無理……。ただ、夢を見るようになった。頻繁に悪夢を見るようになった。あの小説とそっくりな家で起こる、忌まわしい惨劇の夢……。といっても、あの小説のことを夢に見ているわけではない。なぜなら夢の中の事件の方が小説より、どんどん先へと進んでいくから……」

「記憶の追体験……」

もはや稜子は私を凝視することなく、遠くを見るような眼差しで、

「そのうち、おかしいと思い出した。これは夢なんかじゃない、と考え出した。日本に帰って来てから年月が経つにしたがい、さすがに両親と姉の死には、何か特殊な事情があったらしいと疑っていた。自分に起こった変化を受け入れてはいたけど、どう考えても家族の死と関係があるはずだ、とも思っていた。ただ、当時は私自身が子供だったし、祖母の世話にもなっていた。過去をどうこう言うより、毎日毎日、社会生活をするのが精一杯だった。だから行動を起こすまでには至らなかった。でも、今は違う。祖母はとっくに亡くなった。私も独り立ちできている。それで調べてみようと思った。そして――」

「………」

ゆっくりと私に視線を向ける。

「そして、あなたに行き着いた……」

こちらの懺悔《ざんげ》を待ってでもいるのか、先程の激昂からは信じられないほど落ち着いた様子で、稜子は私と対峙している。

混乱する頭で必死に考える。つまり「忌む家」は過去の惨劇の記憶を呼び覚まし、

寝た子を起こしてしまったわけだ。いや、この表現はおかしい。なんといっても稜子は被害者なのだから。そして、犯人は私……？　そうか、犯人だ！

「それで君は、記憶が戻ったんだろう？　だったら犯人が私でないことも、今では分かってるはずじゃないか」

興奮する私とは対照的に、稜子は静かに首を振ると、

「すべてを思い出したわけじゃない。それに犯人の姿だけが、はっきりと見えない。ただ、真っ黒な影だけが、この家の中をうろつき回っている。その真っ黒な影が、私に覆い被さってくる」

一番思い出したくない記憶だけが、封じ込められたままなのだ。いや、それとも実際に本当の犯人は人間ではない、そんな真っ黒い影だったのかもしれない。

「真っ黒な影が、ドールハウスで遊ぶの」

幼い少年に戻ったような声で、稜子は続ける。

「真っ黒な影が、階段を上って来るの」

「真っ黒な影が、渡り廊下をこっちに来るの」

すっくと立ち上がる。

「りょ、稜子……。惟人君？」

様子がおかしい。

「真っ黒な影が、扉をたたくの」

「真っ黒な影が、扉をドンドン……」

「真っ黒な影が、扉をバンバン……」

「真っ黒な影が、扉を……」

「真っ黒な影が、来る！」

「真っ黒な影が、入って来る！」

次第に声が大きくなりはじめる。

「真っ黒な影が、両親を……」

「真っ黒な影が、姉を……」

「真っ黒な影が、私を……」

「真っ黒な影があぁぁっ……」

ほとんど絶叫に近い叫びを発すると、そのままバタッと机に突っ伏した。

「お、おい、稜子……」

少し躊躇いながらも、その肩に手をかけて揺さぶる。

「真っ黒……」

まだ、ぶつぶつと呟くような声が聞こえる。

「真っ黒……、真っ黒な影……」

「稜子……」

肩を揺する。

「真っ黒な影は……」

「…………」

「お前だぁっ！」

ガバッと起き上がった稜子の両手が、私の首に絡みついた。

「わっ！」

とっさに身を退いた私は、そのまま椅子ごと後ろへ倒れ込み、その拍子に稜子の両手も首から離れた。

背中を床につけ頭だけ持ち上げた状態で、机を見上げる格好になる。両足は倒れた椅子の脚に乗っている。

机の上には、腹這いになった稜子がいた。両手と首だけを机の端から出した稜子が、私を見下ろしている。

目と目が合った。

顔にバサッとかかった髪の間から、狂女のような眼差しが覗く。

ぐびっ……稜子の喉仏が動いた。

と次の瞬間、ずっずっずっずっずっと蛇のように、稜子の身体が机の上を這い、私の上に落ちてきた。

「あっわっわっわっ」

両肘を機関車のピストンのように動かし、身体を後ろへずらす。

どさっと稜子の顔が、ちょうど私の股間に当たる。

「ううっ……」

と二人が同時に呻いた。どうやら落ちたとき稜子は、私の両足が乗っていた椅子の角で胸を打ったらしい。

そう見て取るが早いか、私は一気に起き直ると廊下へと駆け出した。

「ううぬぅあわぁぁぁ！」

すぐに言葉にならない叫びが追いかけてくる。

渡り廊下に出て、とっさに寝室の方へと走り出してしまい、「しまった！」と声に出して叫んだ。

一階の居間に通じる階段を下りれば、そのまま玄関から逃げられるのだ。

一瞬の判断で戻ろうと振り返ったところへ、半ば四つん這いの格好のまま稜子が部屋から飛び出してきた。手にはいつのまにか、包丁らしきものを持っている。

再び目と目が合う。

距離的には向こうの方が階段には近い。しかし、爬虫類のように——実際それと同等の嫌悪感を覚える——四つん這いになっているため、動きはこちらの方が速いに違いない。

そう思うのだが、先ほど部屋の中で飛びかかってきた稜子の恐ろしい姿が脳裏にちらつき、身体が竦《すく》んでいる。これでは勝目がないかもしれない。かといって、このまま寝室に入ってしまうと……

バッと稜子が跳ね起きた。まるで短距離走者のスタートダッシュを見るような、とても敏捷な動きで、こちらへと猛然と突っ込んで来る。

慌てて私も走り出す。

「待てぇぇ、言人！」

あたりの空気が震えるほどの絶叫が、背後から響く。

言人……？

稜子は、もはや私が何者で、自分が誰で、ここがどこなのかも理解していないのではないか。

タッタッタッ……すぐ後ろから足音が聞こえる。

はぁはぁはぁ……すぐ後ろから息遣いが届く。

このまま全速で走ると、寝室の扉にぶち当たる。すると扉を開けるどころか満足にノブも回さないうちに、稜子に追いつかれるだろう。だが速度を落とすと、扉までたどり着く前に捕まってしまう。

私は一瞬で判断した。

渡り廊下を全速で走りながら、左側の手摺《てすり》に身体を預ける。おそらく稜子には、私が手摺を飛び越え、一階に飛び降りるように見えたと思う。だから、とっさに居間へと下りる階段に向かおうかと考え、足が鈍ったはずだ。いや、そうなることを私は目論んだ。

だが、実際には手摺に身を預けたまま、私は渡り廊下を滑るように直進した。手摺はブレーキとして利用したに過ぎない。

そのまま確実にノブをつかむと、扉を開けて寝室へと入り鍵をかけた。

すぐに扉への体当たりを覚悟して身構えたが、何もない。渡り廊下側からは、何の物音もしない。

一気に肩の力が抜ける。が、安堵したのは束の間だった。なんとも厄介な状況に自らを追い込んでしまったからだ。

渡り廊下側での待ち伏せを考えると、この扉は開けられない。つまり北側の扉から出るしかない。そこから階段を下りた先は、一階の廊下のどん詰まりになる。玄関までは一直線に廊下が延びているが、その途中には一階の居間の扉口もある。そこで稜子に待ち伏せされれば、やはり終わりだ。

私が稜子なら、そこで待つ。渡り廊下側の扉から出て居間に下りても、玄関へ行くには一階の廊下を通らなければならない。いや、居間の奥の部屋に入り、窓から外へ出る手もある。

いずれにしろ一階の居間の扉口にいれば、私がどんな行動を起こそうと、いち早く反応できるのは間違いない。

どうしよう？　立て籠るか。

それは嫌だ。一刻も早く出たい。この家から逃げたい。

冷静に考えろ。落ち着いて考えろ。やはり一番良いのは、北側の扉から一階に下り、玄関から外へ出るルートだろう。一階の廊下は直線のうえ、玄関の扉は外開きだから出やすいはずだ。

問題は、どうやって稜子を一階の居間の扉口から引き離しておくか。

それには、私が渡り廊下側の扉から出ようとしている、と思わせるのが何と言っても効果的に違いない。

だが、どうやって錯覚させる？

あたりを見回しているうちに、ベッド横のサイドテーブルに載った『迷宮草子』が、ふと目に留まった。

これは確か短篇「葉隠の夜語り」が掲載された号だった……と思ったとき、作中で主人公の少年が土蔵を逃げ出すシーンが頭を過った。

あの仕掛け——というほどのものではないが——は使えないだろうか。あれを応用すれば、北側の扉にいながら渡り廊下側の扉を開くことができるのではないか。

引っ越しのときに使ったビニールの紐が残っている。それと箒《ほうき》はある。あとは重りか。室内で適当なものを物色する。ベッドわきの電気スタンド？　これは使える。それと箒を安定させるものがいる。何かないか。これは結構難しい。そうか、本だ。それも全集本のようなどっしりとした本。これでなんとかなる。

短篇「葉隠の夜語り」で使用した仕掛けの応用とは、次のようなものだった。

渡り廊下側の扉は向こう側に開く。そこで、この扉のノブを回し、元に戻らないようテープで固定する。次に扉の少し手前に、電気スタンドを頭の部分にくくりつけた箒を用意する。これが扉の方向以外には倒れないように、その足元の三方に分厚い本を積み上げておく。それから箒の頭を扉寄りに傾けた状態で、箒にビニールの紐を結んで支える。その紐を部屋の家具調度品や、場合によっては打ちつけた釘の頭などを通して、北側の扉まで持っていく。あとは、その紐を持って階段を下りればいい。

そして、一階の廊下で紐を離す。箒が傾いて扉に当たり、音がすると同時に扉が開く。たとえ稜子が一階の居間の扉口にいても、必ずそちらの方を見上げるだろう。うまくいけば、様子を見に行くかもしれない。その一瞬の隙に、私は玄関まで駆け抜けるわけだ。

一番の問題は、私が考えたように、稜子が実際に一階の居間の扉口にいるかどうかだ。そんな冷静な判断をしているかどうか。もしかすると、まだ渡り廊下側の扉の向こうで、息を潜めているのかもしれない。

扉のノブを回している間が、もっとも恐ろしかった。今にも向こう側から、バッと扉が開かれるのではないか、とびくびくしながら少しずつ少しずつ、そおっとノブを回す。完全に回し切る。何も起こらない。セロハンテープでノブをぐるぐる巻きにする。テープを伸ばすときの、ピッという音が漏れるだけで、扉の向こうに万一いるかもしれない稜子に、それが聞こえるのではないかと気が気ではない。

もうあと戻りはできない。残りの仕掛けを急いですませる。箒に結びつけた紐を北側の扉まで伸ばす。なるべく紐の高低を一定に保つ必要がある。引っ越しのときに買っておいた、裏に粘着テープのついた未使用のフックを三つ使う。

紐をゆるませないよう注意しながら、北側の扉を開ける。ぽっかりと口を開いた暗闇へと、階段が延びている。目が慣れるまで、しばらくその暗闇を見つめる。耳もすます。静かだ。

そろりそろりと階段を下りはじめる。途中、微かに階段が軋み冷やっとするが、一階からは何の物音もしない。

やがて、階段を下り切る。

真っ直ぐに伸びた廊下の突き当たりに、外の常夜灯の輝きがぼんやりと映る、扉の上の明かり取りが見える。

さらに、しばらく目を慣らす。

居間への扉は……開いている。

ただ、ここから室内の様子は分からない。

心の中でカウントダウンを行う。

三……、二……、一！

紐を離す。

ドン、ガシャ……という音が、一階の廊下の奥にいても聞こえた。

次の瞬間、脱兎のごとく玄関を目差して走り出す。

居間の扉の前を通る。

が、その方を見向きもせずに、ひたすら玄関の扉だけを見て走る。

扉を通過する。

さらに走る。

後ろの気配も、後ろの物音も、後ろの出来事は何も分からない。

ただ、ひたすら走る。

走って、走って、玄関に着く。

と同時に扉のノブを回して外へ！

外へ出る。

包丁を振り上げた稜子が笑いながら立っている、

外へ出る——

＊

その後の記憶は……ない。

気がつくと、寝室のベッドの前に倒れていた。何十時間も寝たあとの寝起きのように、頭がぼうっとしている。起き上がろうとしたら、二日酔いのように頭がキリキリと痛むと共に、床に手をついた右肩に、ズンッと痛みが走った。

見ると、肩から背中にかけて血が滲み出している。のちほど病院で教えられたのだが、右肩には鋭利な刃物による、かなり深い刺切創があったらしい。

ほんの数秒ほど、自分に何が起こったのか理解できなかった。

しかし、すぐに肩の痛みも忘れてガバッと起きなおり、

「り、りょうこ！」

と叫ぶと、部屋中を見回していた。

誰もいない……。

何度も何度も躊躇いながら、開け放たれたままになっている渡り廊下側の扉から、

そうっと向こうを覗く。

やはり誰もいない……。

北側の扉も開いたままになっている。

稜子は、どこへ行った？

ただただ呆然と、魂が抜けたように佇む。

いったい何がどうなったのか……。

何かを探そうという目的もなく、今度は漠然と部屋の中を見回す。

このとき、もし部屋の中が引っ越す前の空き家の状態に戻っていて、自分がこの家に住んでいた形跡など一切なくなっている……という怪談めいた状況にでもあれば、まだ私は納得していたかもしれない。

だが、そんなオカルトめいた現象は何も起こっていない。部屋の中には、すっかり見慣れた光景が存在するばかりで……。

いや、ひとつだけあった。

ベッドの上のドールハウスが、打ち壊されていた。それも徹底的に、おそらく裁ち鋏を使って滅多刺しにしたのだろう。破片がベッド一面に散らばっている。

誰が、こんなことをした？

私か……？

そう、私しかいないだろう。

稜子が消えたのも、これと関係があるのだろうか。

ドールハウスの残骸を見下ろしながら自問自答する。

おそらく私は玄関先で稜子と対峙し、とっさに家の中に戻ろうとして、背中を見せてしまった。そのとき、右肩を刃物で切りつけられた。しかし、そのまま私は廊下の奥まで走って逃げると、階段を上って寝室に飛び込んだ。そして、ドールハウスを壊した——。

ここまでの展開は想像できる。でも、その後いったい何が起こったのか。稜子は追いかけて来なかったのか。どうして稜子は私に止めを刺さずに、いなくなってしまったのだろう？

ドールハウスの残骸を見ながら考える。だが、まったく分からない。

両親の惨殺体の人形が、家の壁の下にあるのが目に留まる。家の破片を取りのけると、姉の人形も出てくる。

いつしか呼吸が荒くなる。ドクドクドクッ……という心臓の音が、急に聞こえはじめる。

ともすれば震える指で残骸をよけながら、屋根裏部屋の破片を探す。家は粉々に打ち砕かれているため、一階も二階も混ざり合っており、どこに何があるのか見分けがつかない状態になっている。

屋根裏へと上がる階段を見つける。屋根裏の梁らしき部材もある。これは屋根裏に通じる寝室の扉だ。その他、屋根裏に仕舞われていた箱や家具類まで見つけるが、少年の人形だけ見当たらない。

おかしい。ひょっとして最初からなかったのか。少年だけは殺されないため、人形も用意されなかったのか。

コトッ……と微かな微かな音がした。

目の前の残骸の中から、聞こえたような気がする。

耳をすませながら、ベッドの上に目を這わす。

カリッ……

確かに今、左目の視界で破片のひとつが、ほんの少しだけ動いた。

その破片を見つめる。見つめる。じっと見つめる。

しかし、動かない。

そうっと左手を伸ばす。その破片の上へと伸ばす。伸ばして、伸ばして、破片をつまむ。つまんだと思う間もなく、破片を放り投げる。

その下には、膝を抱えてうずくまる少年の人形があった。

思わず溜息が漏れる。

しばらく少年の人形を見つめたあと、

「助かったよ」

そう自然に声をかけていた。

と、人形が立ち上がった。右手には刃物を持っている。

「…………」

振り返ると人形と同じ格好の、稜子が立っていた。

その後のことは、今もって詳述したい気分ではない。

私が次に気づいたときは、病院のベッドの中だった。下手な小説の場面転換でも見るような目覚めを体験したわけだが、本当だから仕方がない。

側には、なんと祖父江耕介がいた。彼の話によると、大晦日の深夜、私から支離滅裂な電話があったという。

そう、私は一九九九年の年明けを、意識のないまま病院で迎えたことになる。

仕事の都合で帰省せずに東京に残っていた耕介は、その電話から何か大変なことが起こったと判断して、すぐに駆けつけてくれた。彼によると、私は玄関先で背中を血塗れにして倒れていたという。

すぐに救急車を手配して病院に運んでくれ、命に別状がないことが分かったため、いったん自分のマンションに帰ったあと、元旦にまた来てくれたらしい。私は右肩と左肩胛骨の下に、それぞれ刺切創があった。右肩は玄関で、左肩胛骨の下は寝室で、稜子に刺されたものだろう。幸い後者は軽傷だった。とはいえ両手を動かすたびに、当分は辛い思いをしなければならない。

当然この件は警察沙汰になった。

私は、稜子の正体と人形荘と「忌む家」との関係以外は、すべて正直に話した。ただし、玄関先と寝室で行われたと思われる傷害事件時の記憶が少しもないため、事情聴取をした年配の刑事は苦い顔をしていた。

どうやら警察は、私と稜子の間に痴情の縺れがあったと見なしたようだ。執拗に思い当たる原因はないかと尋ねられた。しかし私は、あくまでも稜子の個人的な思い込みにより——厚かましくも自分がスティーヴン・キングの『ミザリー』の主人公ポール・シェリダンで、稜子がアニー・ウィルクスであるかのように——一方的に自分が被害を受けたと主張した。事実思い込みという点では間違っていないはずだ。

ところが、警察はそんな主張を受け入れる気はないようで、二人に男女間の諍いがあったと決めつけていた。

幸い新聞では、よくある傷害事件として小さく報道されただけだった。お蔭で会社も首にならずにすんだ。あくまでも事件に巻き込まれた、と判断したのだろう。

私は退院すると、人形荘を出て元のコーポへと戻った。

稜子は事件以来、ぷっつり消息を絶ってしまった。警察に教えた電話番号の住居に住んでいたのは、新宿のパブに勤めている女性だった。稜子と家賃を折半にしていたらしい。ただ、もっぱら彼女は携帯電話を使用しているので、ほとんど住居の電話は稜子の専用だったという。

稜子も彼女と同じ職についていたが、十一月の半ばで辞めている。それから部屋に帰って来ない日が増えたものの、ちゃんと家賃は払っていたので特に気にはしなかった。稜子を最後に見たのは十二月のはじめで、以後は一度も会っていない。そう女性は言ったそうだ。

警察は稜子の勤めていた店も調べたが、消息どころか身元さえつかめなかった。その後、再び私に対する追及が強まった。私は最初の主張を変えることなく、稜子についても詳しいことは知らぬ存ぜぬで通した。

数日が経ち、数週間が経ち、数ヵ月が経ち、時が流れた……。

稜子の消息は、ようとして分からなかった。何度も顔を合わせたある年配の刑事は、そのうち稜子の実在性を疑いはじめたほどである。

無理もない。事件の当事者である私でさえ、ふと、そういう思いに囚われることがあったのだから……。

そして事件から一年が経とうという、その年の十二月、私は人形荘での体験を書きはじめた。誰に読ませたいとか、作品として完成させたいとか、そんな気持ちは何もなかった。ただ、書いておきたい。そう思っただけだ。

それから一年――

二〇〇〇年の十二月に、ようやく書き終わった。

その間は、仕事をしている以外は、ただ書くことだけに専念した。稜子の行方を追おうとか、過去の人形荘の事件を調べようとか、今回の様々な出来事を解釈しようとか、そういうことは一切しなかった。

自分に何が起こったか、それを記すのみに留めた。

そして完成したのが、本稿である。とりあえず飛鳥信一郎と祖父江耕介にでも読んでもらおうか、と今は思う。

書き残したことは、もうないはずだ。

ちなみに現在も、稜子の行方は依然として不明である。

そうそう、ひとつだけ書き漏らしたことがあった。事件から半年以上が過ぎたある日、耕介が教えてくれた。

私が病院で治療を受けている間、どうしても左手を握ったまま開かなかった。看護婦が苦労して左手の拳をこじ開けると、首のとれた少年の人形が出てきた……という。

跋文

＊内容について触れている文章がありますので、本書の読了後にお読み下さい（編集部）。

妙な話を書いてしまった、と思う。しかし、妙な話ながら完成できたのは、何人もの人にお世話になったからである。

よく本の「あとがき」の最後に、「末文ながら、これこれの人にお世話になった云々」という言葉が出てくるが、昔はその意味があまり分からなかった。でも、自分が編集者になって理解できた。ひとつの原稿が一冊の本となるには、著者の才能や努力だけでは不十分なのだということが。

もちろん、本書も例外ではない。ただ、この「跋文」では、「末文」などという失礼なことは言わずに、すぐに御礼を述べたいと思う。

まず、ノンフィクション作家の島村菜津さん、ありがとうございました。彼女は拙作「霧の館」を読んで以来、機会あるごとに「早く次を書きなさい」と励まし続けてくれた。のみならず、講談社の編集者まで紹介して下さり、ともすればサボりがちな私の尻をたたくという、編集者顔負けのお世話をかけてしまった。

そして次は、講談社編集部の秋元直樹氏、ありがとうございました。約束の期日がとっくに過ぎても丁寧に原稿を読んで下さり、大変お世話になった。

実は本書をまとめるに当たり、『百物語という名の物語』の原稿の扱いについて一番悩んだ。当初は『怪奇小説に纏わる三つの物の語り』というタイトルで、『百物語という名の物語』と「葉隠の夜語り」と『ホラー作家』の三つを入れる予定だった。しかし結局、『百物語という名の物語』の扱いに憂慮し、『ホラー作家』を『忌館　ホラー作家の棲む家』と改めて刊行することになった。この構成により何か問題が発生した場合、すべての責任は私にあることを明記しておきたい。

最後は、友人である祖父江耕介氏と飛鳥信一郎氏、いろいろとありがとう。耕介は事件後も何かと気にかけてくれ、精神的な支えになってくれた。信一郎は私が書いた原稿を読んで、事件そのものの解釈をしてくれた。せっかくの機会なので、彼がくれた手紙の内容を簡単にまとめておく。
一、合理的に考えると、私が忘れているだけで、実は過去にヘンリー・カーター『イギリスの幽霊屋敷』に類する本や資料により、人形荘の事件に関する詳細を読んだり聞いたりしていた。それが偶然、事件の舞台となった家に住むことで何らかの刺激を受け、その記憶が知らず知らず蘇り、「忌む家」を書かせることになった。さらに運命的な偶然により、同作品を読んでしまった実際の事件の被害者である稜子（惟人）が、勘違いをするようになったのではないか。

二、非合理的に考えると、幽霊小説を書きたいと思っていた私の強い思念と、人形荘に残る過去の凄惨な事件に対する「家の記憶」とがリンクした。そして人形荘（もしくはドールハウス）そのものが、私に「忌む家」を書かせた。その目的は分からない――そもそも目的などないのかもしれない――が、いみじくも稜子が言ったように、五番目の事件が起こせないため、小説という形で新しい事件を発生させようとしたのではないか。誰が？　もちろん家が、である。当然、ほとんどは謎のままである。

私にも本当のところは分からない。正直な感想を述べれば、今回の事件は信一郎が記した一と二の解釈の、それぞれの要素が微妙に混ざり合った結果ではないか、という気が今ではしている。

それよりも執筆中の私を煩《わずら》わしたのは、どうしても稜子を「彼女」という代名詞で記せなかったことである。長年にわたってミステリを愛読した結果、一種のミステリ馬鹿になったのかもしれない。

そういえば信一郎は、手紙の最後に妙なことを書いていた。

「お前の記憶が何らかの原因――例えば慣れない海外旅行先での交通事故による心因性の限局性健忘など――で失われているものの、信濃目家殺人事件の犯人が本当にお前自身だった場合……という、ある意味もっとも単純でもっとも納得のいく三番目の解釈もある」

二〇〇一年春

三津田信三

西《にし》日《び》『忌館《かん》』その後

『忌館　ホラー作家の棲む家』を上梓してから、お付き合いのある作家さんたちをはじめ、友人や知人、そのうえ親にまで決まって訊かれることがある。

「あの家には、まだ住んでいるのか……」

　本を見直すと、原稿の最後の方に「人形荘を出て元のコーポへと戻った」と書いてある。なのにそう尋ねる人が多いのは、あの家での出来事が少なからぬ影響を読者に与えた、ということなのだろうか。無責任で申し訳ないが、体験者であるはずの私自身にも分からない。何が分からないのかというと——いや、そんなことを記そうとしたのではない。副題にもあるように、あの〈人形荘〉のその後をお話ししようと思う。性懲りもなく再び人形荘に住みはじめたのか、といえばそうではない。事件のあと、一度だけ訪れたことがあるのだ。

　あれは本が出てから一月も経たない、八月の終わりごろだった。講談社の担当編集者のA氏から、私に宛てられた封書が転送されてきた。実はあんな本でも、それまでに二通ほど読者からお便りをいただいていた。一通はファンレターといって良い好意的な内容だったが、もう一通は完全にイッている人のもので、小冊子が入っていたのだが、まともな日本語は一文もなく、同封の手紙もチンプンカンプンで、まったく途方に暮れる代物だった。

そんな両極端な手紙を二通もらっていたものだから、その後に転送されてきた封書を見たとき、何とも言えぬ妙な気分になった。酷評でも良いからまともな内容であってくれと中を開けると、それは思いもよらぬ内容が記された手紙だった。そう、ある意味イッている人の……。

手紙の主の彼——K・F氏としておこう——は、拙作を読んだあと、どうしても人形荘に住みたくなったのだという。見たくなった、ではない。住みたくなった、のだ。そして拙作を頼りに、あの楠土地建物商会を見つけたらしい。計算すると、あの家を私が出てから作品を上梓するまでに二年半以上が経っていて、あの事件に関して特に大きく新聞報道がなされたわけではないから、その間に人が住んでいてもおかしくはない。だがF氏の手紙によると、どうもそうではなかったらしい。

結局、彼の望みは叶《かな》った。現在、賃貸契約をして住んでいるという。私とは逆に右翼つまり東側の二階を書斎に、左翼つまり西側の二階を寝室にして暮らしている。オープン・ホールと奥の部屋は、「もったいないとは思いますが、特に用途があるわけではありませんので、使用」していないと記されていた。

ただ私と違ったのは、Ｆ氏は家を隅々まで「完全に調査した」のだという。彼が何を探そうと思ったのか、また何が見つかると期待したのか、それは本人にも分からないらしい。にもかかわらず驚くべきことに、「とんでもない成果が」あったという。その成果は「必ずや三津田様を満足させるほどの物凄い」ものであるため、一度訪ねて来ていただけないか――というのが手紙の趣旨だった。

これを読んだとき、正直すぐ無視しようと思った。手紙は会社宛てに転送されていたので、読んだのは出社した直後の午前中である。そのため、かなり客観的な判断ができたと思う。少なくとも、いきなり生原稿や自費出版本を送ってきて、興味があったら出版させて上げても良いという人や、近々の海外旅行の予定を知らせてきて、帰国したらミステリー・ツアー記を書くので旅費の負担をしてくれという人の手紙に比べると、はるかに丁寧でまともな文章で書かれていた。なのに、その記述内容には思わず身を退いてしまう何かがあった。

ところが、手紙をコーポに持って帰って数日したある夜、ふとした気紛れで読み返してみると、意外なことに引き込まれてしまった。もう居ても立ってもいられないような気持ちになった。よく夜に書いたラブレターは、朝になって読み返すと恥ずかしくて投函できないと言うが、その逆のような感じを味わったわけだ。かといって実際に訪ねて行くにはためらいがあり、念のためにと電話を番号案内で調べてみたが分からず、まず返信をしたためてから……と悠長なことを考え日々の仕事に忙殺されているうちに、九月も下旬になった。

夏の前後は、一昨年より進めている《ホラージャパネスク叢書》の企画・編集に追われていた。年内に数点は刊行する予定もある。その空隙とも言える今を逃せば、このまま何もせず終わってしまうのは目に見えていた。

その休日の午後、私は思い立ってコーポを出ると、あの家へと足を向けた。あそこを出てから——いや、逃げ出してから一度も訪れなかったばかりか、その周辺の道まで避けるようにしていた。大好きだった〈暗闇坂〉と〈もう一つの暗闇坂〉も、ずいぶんとご無沙汰だった。

人形荘を訪問する前に、まず暗闇坂へと向かった。それが、あの家に対する何か儀礼のような気がしたからだ。しかし、もはや坂には隧道のような暗闇は跡形もなかった。どこにでもある無個性に整備された、ただの坂道に成り下がっていた。

汗をかきながら坂を上がり、以前の私なら大いに失望して嘆いたに違いない、と思った。でも、このときは過去の悪夢が一気に吹き払われた気持ちだった。すると再びあの家に向かうことが、それほど悪い行為ではないと感じられた。やはり心のどこかで、あの家に対する忌避感を覚えていたのだろう。

ところが、そんな晴れ晴れとした気持ちも、もう一つの暗闇坂へと差し掛かったとたん、急に黒々と曇りはじめた。今、晴れていたかと思えば、またたく間にガスが出て、あたり一帯が白い世界に覆われてしまう山の天候のように、私の脳天気な気分も一瞬に吹き飛んでしまった。

それでも気がつくと、もう一つの暗闇坂から横道に入り、植樹林が続く私有地を早足に、まるで何かから逃れるように、または何かに引き寄せられるように、ひたすら歩を進めていた。

やがて竹林が見えてくると、見る影もなかった暗闇坂で吹き出していた汗が、そのまま冷たい水滴となって身体に纏いつき出した。夏の名残りを引きずる陽気の中を、早足で歩いているのに、悪寒が二度三度と背中を走る。なのに足取りは衰えない。それどころか次第に早くなる。何とも言えない焦燥感に囚われる。早く、早く。もっと早く。早く早く、もっと早く。もっともっと早く——来い！

息も絶え絶えになって足を止めると、目の前に人形荘があった。

心なしか大きく成長したように見える。何を馬鹿なと自分でも思うが、一回り大きくなって、それでいて、その事実を私に勘づかれないよう身を縮め、うずくまっているように見える。そう思えてしまう。

今では他人の住居となった家の周囲を、ぐるっと回ってみる。心のどこかで騙されないぞ、という気持ちが芽生える。大人しそうに見せかけて、無害なように思わせて、私を欺こうとしても無駄だ、と身構える。そうする一方で、何を妙なことを自分は考えているのか、とおかしくもなる。だけど、おかしいと感じさせることが、そもそも罠なのだ。そんな手には乗らない……

――いったい私はどうしてしまったのだろう?

自分がどんな用件でここに来たのか、あらためて思い出したとき玄関に着いていた。呼び鈴も何もない。前のままだ。扉をノックする。ドンドンと大きめにノックする。二階の東側にいれば聞こえないかもしれない。

しばらく待つが、一向に応える気配がない。今度はF氏の名前を呼びながらノックする。少しずつ声を大きくしながらノックを続ける。だが、まったく反応がない。何気なく扉に手をかけると、すうっと開いた。ためらいがちに頭だけを突っ込み、F氏の名前を呼ぶ。

屋内に私の声が響くというより、吸い込まれるように消えていく。少し迷ったが、来てくれと手紙には書いてあった。そう自分を納得させ家の中へと入る。

ふっ……と家が息をついた。

今まで我慢していた息をはいたようにも、こらえていた邪《よこしま》な笑いを漏らしたようにも思える、なんとも厭《いや》な気配を感じた。

「馬鹿馬鹿しい……」

声に出して廊下を進む。が、自分の心を欺いているのが分かるためか、後悔したときには遅いのかもしれない、という声が頭の奥の方で響いている。

途中でホールを覗くが誰もいない。家具もない状態でガランとしている。きっとF氏は二階の書斎にいるのだろう。ただ、このまま廊下奥の階段から上がるか、ホールの吹抜け階段を使って渡り廊下側から入るか、少し迷う。結局そのまま暗い廊下を進むのを止め、ホールへと足を踏み入れる。南に面した渡り廊下の窓から射し込む陽光が、記憶の中の悪夢の家を、ただの薄汚れた木造家屋へと一瞬で変貌させる。にもかかわらず、光の中に渦巻く無数のほこりの粒子が目に入ったとたん、それが見せかけのまやかしであることを悟る。

ギッギッギッ……と微かに軋む階段を上がり、渡り廊下へと出る。真っ直ぐ延びた向こうには、二階右翼の扉がある。かつての私の寝室であり、現在はF氏の書斎のはずだ。一歩一歩ゆっくりと進む。この家に来た早足からは考えられない蝸牛の歩みで、少しずつ近づいて行く。後ろから呼び止められそうな感覚と、目の前の部屋から呼び込まれているような錯覚を同時に感じながら、扉の前に立つ。

コンコンッ……と一応ノックをする。だが、応えがあるとは思っていない。もはや、そんなものは望んでいない。そんなことよりも……。いや、何だろう？

扉を開ける。誰もいない。部屋の中に入る。すぐ窓の前に置かれた机を認める。窓を背にして座る格好で、机と椅子が配されている。その窓と机の間に、原稿用紙が散らばっている。椅子の背を窓と窓の間の柱につけ、熱心に原稿を読んでいて、ふと立ち上がって部屋を出たかのように、十枚ほどの用紙が散らばっている。ひろって原稿用紙をそろえると、陽の射し込む窓際の椅子に腰掛けて、私はそれを読みはじめた――

この家に私が引っ越して来たのは、三津田信三氏の『忌館　ホラー作家の棲む家』を読んで、まだあまり日が経たないころである。講談社文庫というレーベルのためか、どちらかと言うと氏は、本書をフィクションとして記していた。が、一読して作中の〈人形荘〉が実在する家だと、私は確信した。そこまで断定できる根拠が何かあったのかと言えば、まったくない。ただ、この家の存在を疑う気には、どうしてもなれなかったのだ。

探し当てた不動産屋に尋ねたところ、幸い三津田氏以降に賃貸契約者はひとりもおらず、格安で借りることができた。

それにしても私は、なぜこの家に魅せられたのか……。

虚実が混ざっているとはいえ、あんな事件が起こった家である。それを本で読んだだけで住みたいと思うなど、かなり猟奇者めいている。そう自分でも思う。氏には失礼かもしれないが、おそらく同じ嗜好めいた何かを、あの本から読み取ったように感じる。もちろん、私が小説家志望だということも要因のひとつだろう。氏の文体に惹かれたのも事実である。だが、それ以上に、まだ人形荘には隠された秘密があるのではないか、という考えが読書中も読後も私の脳裏を離れなかった。お前の妄想だと言われれば返す言葉もない。だが私は、氏が発見していない何かが人形荘には潜んでいる……と、半ば強迫観念めいた思いを抱くようになっていた。

実際に目にした人形荘は、確かに氏が描写した通りの北方型のハーフ・ティンバーだった。しかし建築学に大して興味がない私には、ただの薄汚れた木造家屋に過ぎなかった。家に惹かれたと言いながら、決して様式に興味を持ったわけでも、建てられた年代や歴史に関心があったわけでもない。私を魅了して止まなかったのは、この家で発生した一連の事件そのものである。惨劇の家——としての人形荘に、私は限りなき想いを覚えていた。そこには先述したように、この家に眠る秘密を自分の手で探り出したい、という願望も含まれていたわけだ。

引っ越しの翌日から捜索をはじめた。まず徹底的に調べたのは、ホール奥の部屋だった。なぜなら氏はホールとその部屋を、ほとんど使用していなかったためだ。見落としがあったとすれば、一番可能性の高い場所である。だが、干からびた鼠の死骸を見つけた以外は何もなく、次に調べた寝室として使うことにした二階の西の部屋でも収穫がないまま、書斎にあてた東の部屋へと進んだ。が、やはり何も発見することはできなかった。

結局は猟奇者の妄想だったのか……。

すべての部屋を調べ終えたわけでもないのに、思ったよりも疲れていたようで、書斎の椅子に座った私は、そのまま机の上に被さるようにして、ついうとうとと寝入ってしまった。

ぶるっ……と身震いして目が覚めた。寒さのためではない。寝ている間に首筋を蛇か蜘蛛にでも這われて気づいたような、そんな起き方だった。慌てて周囲を見回したが、特に気味の悪い生き物は見当たらない。気のせいかと思い、真後ろの窓と窓の間を走る柱に目をやったときだった。それを見つけたのは……。

唐突だが、船霊《ふなだま》様をご存じだろうか。漁船などの和船の筒柱と呼ばれる部位の一部を長方形に切り取り、男女一対の人形や髪の毛、五穀または銭などを御神体として埋め込み、切り取った木片を再びはめ込んで元通りにし、海の魔物から船を守ってもらう船霊信仰の神様のことである。この船霊様の御神体を埋め込む柱と、ほぼ同じような仕掛けがほどこされているのを、書斎の窓枠横の柱で発見したのだ。

もっとも切り取った木片を元通りにするとはいえ、よく見れば長方形の切り込み跡を認めることはできる。完全に隠せるものではない。なのに書斎の柱は、かなり昔に作業が行われたためか、切り込み跡が完全に柱の黒ずみに溶け込んでおり、ちょっと見ただけでは分からないまでに同化していた。

私も最初は見間違いかと思った。念のために突き刺したアーミーナイフの切先が、ずぶずぶと入っていくのを目の当たりにして、ようやく何かあると確信した。と同時に船霊様を思い出していた。そこからは激しくナイフを動かした。

そのうち長方形の板が割れ、柱の空洞が露《あらわ》になった。それほどの深さはない。簡単に板が割れたのは歳月のせいばかりでなく、あまり厚さがなかったためと分かる。そうなると柱の空隙も浅くなる。

秘密めいた空間からは、油紙に包まれた何かの書類のようなものが出てきた。手に取って包みを開くと、パラパラと油紙がはがれて、見る間にボロボロになってしまった。このままでは中の書類も同じ運命をたどると思い、いったん机の上に置くと、ピンセットを使いながら丁寧に広げることにした。

書類のような紙の中には、手書きの英文が記されていた。かなり悪筆のうえ、私の語学力では読むのに苦労しそうな、なんとも古めかしい文体である。それでも内容の意味をつかもうと目を通しているうちに、筆者の氏名らしき綴りに行き当たり、「あっ」と声を上げた。

サミュエル・ソーンダーク……。

『イギリスの幽霊屋敷』で取り上げられた怪奇作家にして、人形荘の住人の名ではないか！　しかも、ソーンダーク家殺人事件の最初の被害者である……。

私は辞書を片手に、不遇の怪奇作家が記したと思しき手稿を読みはじめた――


私が此家《この》に引っ越して来たのはデニスタウン氏が『＊＊＊ドレッドフル』に発表した「英国幽霊屋敷探訪」を読んで直ぐの事だった。

世間はヴヰクトリア女王の崩御に騒いでゐたが、私にとってはそんな事よりも小説が書けない事の方が大問題だった。日々の生活は苦しくサラの実家に此《これ》以上の援助を求めるのも業腹で、と云って妻の内職だけでは二人の子供達の腹を満たす事も出来ず、どうしても才能の無駄遣ひでしかない添削や校閲の仕事等を遣《や》らなければならなかったからだ。唯でさへ小説が書けなくなってゐるのに執筆に割ける時間さへもなくなってしまったら、作家サミュエル・ソーンダークは本当に駄目になってしまふ。そんな鬱々とした気持に陥ってゐた折、氏の文章が目に留まった。直ぐに私は此家こそが終《つい》の住処《すみか》だと確信した。此処《ここ》なら執筆も捗《はかど》る事が確信出来た。サラに云ふと反対されるだけなので私は密かに問ひ合はせの手紙を出し、賃貸が可能で有る事を調べると直ぐに契約を交はした。

大騒ぎの荷造りと彼方此方《あちこち》へ借金等の不義理をしたまゝ半ば夜逃げのやうにして、私達一家は倫敦《ロンドン》を離れた。家は＊＊＊＊＊に在る装飾性の強いハーフ・テヰンバーで本来ならサラの機嫌も直りさうな＊＊様式だつたが、何故か妻は一瞥して眉を顰《ひそ》めたきり＊＊＊＊と云つて二度と真面《まとも》に目を向けやうとはしなかつた。オープン・ホール型の家は疾《と》つくの昔に廃れてゐたが、倫敦のせせこましい下宿に比べると天国のやうな環境である。何が不服だと云ふのか。家の中の事はサラに任せると、私は右翼の二階を書斎と決め其夜《そのよ》から早速執筆に取り掛かつた。

此迄《まで》は才能が有りながら執筆には劣悪な環境の所為《せい》で思ふやうな作品が書けなかつたが、此処なら書けるといふ確信を此家に足を踏み入れてから矢張り覚えた。事実其夜から私の執筆量は飛躍的に増え続けた。次から次へとアイデアが湧いた。「ヘクタ一丘陵」「灯がともる」「暗闇の目」「グリモーの日記」「忌む家」「壁から壁より」「柱二つ」「西階の窓」「＊＊を見るな」「後ろ机」と矢継ぎ早に怪奇短篇を執筆した。そして今は「西日」を書いてゐる。

此等の創作は書斎の西に面した窓の前の机で、主に午後の遅い時間から真夜中に掛けて行つてゐる。邪魔する者は誰もゐない。朝食兼昼食と夕食を摂《と》る以外は――いや夕食など屢《しばしば》摂るのも忘れて――私は執筆に専念した。何の雑念も這入らなかつた。日々の詰まらない生活などサラに任せておけば良い。倫敦を離れる際に少なからぬ現金を実家に無心してゐたのを私は知つてゐる。当分は其金で暮らせる筈《はず》だ。其間に傑作さへ書ければ全ては解決する。何の心配も要らない。私が何も知らないと妻は思つてゐるやうだが馬鹿にするな。＊＊＊＊＊！　私は何でも知つてゐる。私には家族が必要なのだ。家族は此家に住まなければならぬ。此家には私と妻そして子供は姉と弟といふ家族が住まなければならぬ……。＊＊＊＊＊＊＊＊は畏れ＊＊＊＊＊……と謂ふ。＊＊＊は……

いやそんな事はどうでもよい。私は今「西日」と云ふ作品を書いてゐる。此は私の最高傑作になる予感がある。誰も邪魔をするな。誰にも邪魔はさせない。誰も邪魔はしない。誰も邪魔は出来ない。何故なら……。然《しか》し妙な気配を覚える。よく〳〵思ひ出すと西日の差し込む窓を背にして執筆を始めてから、どうも誰かに見られてゐるやうな気がする。執筆中は作品に集中するから少々の雑音等は締め出してしまへるのだが、手を休めた折ふと物語の筋道を辿り直した際、誰かが後ろから覗いてゐるやうな気がする事が度々《たびたび》ある。振り返るが当然其処《そこ》には誰もゐない。椅子と窓の間には大して隙間がないうへ、此処は二階の為窓の外から室内を覗く事も出来ない。気の所為なのだらうが左肩辺りに感じる粘り付くやうな視線其ものが、日を追ふ毎に段々と澱のやうに自分の肩に積もつていくやうな感覚を受ける。まるで此家が、自分を見つめてゐるやうにも思ふ。

或る日の夕方、復《また》同じ感覚を覚えて後ろを振り返つて何気なく視線を落とした処に其《それ》はあつた。丁度椅子の真後ろは窓ではなく窓と窓の間を天地に走る柱が在るのだが、其柱の下部に何やら長方形の切り込みが這入つてゐるのだ。屈み込んでよく見ると明らかに一度切り取つて復塡《は》め込んだ跡が在る。私は机からペーパーナイフを取ると其切先を長方形の切り込みに沿つて突き刺してみた。慎重に作業を進めてゐるうちにぽろつと板が外れ柱の中を刳《く》り貫《ぬ》いた穴が現れた。覗いてみると油紙に包まれた手紙のやうな紙片が出て来た。其まま机の上に置きペーパーナイフで包みを開けてみる。紙片にはかなり古い文体で何やら此家に関する事が記されてゐるやうだつた。どうやら何代も前の住人が認《した》めて、どういふ理由でかは分からないが此柱の仕掛けに隠したのだらう。其人物は＊＊＊＊学に精通してゐるやうであつた。

私は興奮した。大いなる興味を覚えた。執筆もそつちのけで紙片を解読しやうとした。ただ文体が非常に古めかしい上に処々にラテン語の記述まであつて難儀を強ひられた。

其でも私は前の住人が認めたと思しき其手稿を読み始めた——

余が此家に住み始めたのは＊＊＊＊の……

手稿は、その中に別の手稿が出て来た段階で、もはや私の手には負えなくなってしまった。と思って顔を上げると、後ろの窓から西日が射し込んでおり、私の影が机の上に伸びていた。

でも、ここは東側の部屋ではなかったか……。

それに、その影がやけに妙だった。左肩に瘤《こぶ》があるような……、頭がもう一つあるような……、まるで誰かが覗き込んでいたかのように……。

そこで原稿は終わっていた。十数枚ある原稿用紙は終わりに近づけば近づくほど、焼けて黄色く変色していた。ちょうど強い西日に、長時間にわたって晒《さら》されていたかのように……。

ハッと気づけば、折しも背にした窓から橙色の陽が射し込んでいた。

机の上に伸びた自分の影に、私は思わず目をやりそうになって――あたりを見回したときには、螺画浜《らがはま》町の住宅街の道中に呆然とたたずんでいた。どうやって逃げだしたのか、まったく記憶がない。

以来、あの家には足を向けていない。K・F氏からも連絡はない。

そして当分、西日に背を向けるつもりはない。

解説

笹川吉晴

関東を迂回して、東北地方が先に梅雨入りした六月のどんより曇った午後、僕はこの原稿執筆のための取材に、武蔵名護池の滄浪泉園《そうろうせんえん》を初めて訪れた。十年近く住んでいる国立から中央線で三駅、家から自転車で直接ならせいぜい二十分という散歩圏内にあり、しょっちゅう近くを通っているにもかかわらず、いや、それゆえなかなか実際に訪れる機会がなかったのだ。

駅の方からではなく反対側の崖線沿い、〝坂下〟という案内板の下に自転車を駐めて、長い坂を上っていく。本書の記述通り、右手に続く家の広大な塀内には竹の繁みが覗ける。やや汗ばみながら頂まで辿り着くと、坂はさらに左に折れて突き当たった鬱蒼《うっそう》たる繁み沿い、俄《にわか》に暗闇めいて右手へと消えていく。

だが、三津田信三がこの辺りを好んで散策していた頃から十年あまり。後日談「西日」にも描かれているように、今は暗闇坂も住宅地の中にあるごく普通の坂道にすぎない。外周沿いに、滄浪泉園の入園口まで何事もなく至った。

門を潜ってやはり本書の冒頭にある通り木立の間、石畳の坂道を下っていくと、園の係員らしき女性と出会った。開口一番「蛇に気をつけてくださいね。今日は出やすい陽気だから」と言う。園内にはつがいの夫婦ものと主《ぬし》めいた大きな一匹、そしてもう一匹が棲んでいるのだそうだ。「特に頭の上に気をつけて。さっきも四阿《あずまや》の屋根からぼたぼたっと、二匹揃って落ちてきたんですよ」

頭の中を『蛇棺葬《じゃかんそう》』『百蛇堂《ひゃくじゃどう》』が過ぎる。蛇避けに木の枝を貸そうかというのを雄々しく断って、腰も退け気味に鬱蒼とした繁みの中の散策路を、窪地の底へと降りていく。池というよりは沼と言う方がふさわしい、どんよりとした水辺を歩きながら、ふと水面に目をやると――いた。一メートル五、六十はあろうか、大きな青大将がこちらの岸に向かってくねくねと泳いでくる。魅せられたように立ち止まって眺めるうち、岸に辿り着いた蛇は路を横切って、斜面を這い登っていった――。

もちろん、園内を巡りながら最も注意を向けていたのは蛇ではない。繁みの向こうにちらりとでも、あの洋館が見えないか目を凝らし、きょろきょろ眺め回していたのである。あちこちで竹の柵に塞がれた脇道を見つけては、あの日の三津田信三のように身を乗り出し、首を伸ばして覗き込むのだが――いかんせん蛇が怖くて、その先には踏み込めない。結局それらしいものは見つからないまま、一周して入園口へと戻った。

受付にいた先ほどの女性に「やっぱり出ましたよ、でかいのが」などと言いつつ、

「園の傍に洋館があるって聞いたんですけど」とさりげなく切り出してみる。

「別荘の建物はもう残っていないんですよ」

「いえ、園内じゃなくて園の外に。なんでもイギリスから移築したんだけど、殺人事件だかがあったっていう」

心なしか女性の顔が強ばったようだ。

「さあ、全然聞いたことないですね。悪質な噂じゃないですか」

にべもなく言われてしまった。

それまでの愛想のよさからが一変し、暗に追い立てられているようで居づらくなったので園を出て、念入りに周囲を巡ってみる。崖線下のどこかに、〝もうひとつの暗闇坂〟があるはずだ。坂を見つけるたび、一本一本辿ってみるが、どれもしっかり舗装されていて、雰囲気も明るい。

半ば諦めかけながら、何本目かの坂を登っていたときだった。注意していた左手に竹林が、そしてその手前に細い小道の入り口が見えたのだ。

もしかして——胸を高鳴らせながら足を踏み入れたところで、探険はあっけなく終わりを告げた。道には鉄条網がやけに念入りに、強い意志を感じさせるように何重に

も張り巡らされ、行く手を阻んでいたのだ。その奥には、ほとんど手入れのされていないらしい梅か何かの林が広がっている。さらにその先は、まったく窺い知ることは出来ない。それでも未練がましく覗き込んでいたが、通行人から不審な、というよりは禁忌に触れていることを咎めるような目で見られているのに気づき、その場を離れることにした。

その後もしばらくの間、現場の周囲を巡っては何とか入り込む道を探そうとしたが、結局見つけることは出来なかった。果たしてあの林の向こうに人形荘があったのか、今もって分からない……。

本書『忌館　ホラー作家の棲む家』は、当時同朋舎の編集者として《ワールド・ミステリー・ツアー13》という叢書を手がけていた三津田信三が、一年にわたって住んだ洋館での奇怪な体験を基にした長篇デビュー作にして、佐藤春夫が下宿した渋谷の化物屋敷や、霜島ケイの三角屋敷などと並んで、作家が実際に暮らした希有な幽霊屋敷譚の傑作である。関西の怪奇幻想系同人誌「迷宮草子」の一九九八年四月号から十月号にかけて、四回にわたって連載されながら中絶した、幻の初長篇ともいうべき『忌む家』の未発表分まで含むテキストと、執筆中に発生していた一連の怪異を同時進行《カットバック》で描いた本書は、事件から一年の空白期間を置いた後、さらに一年かけてようやく作品化に至った。その経た時間には体験の異様さと、作者に与えた深甚な影響とが刻み込まれている。

（さて、ここから先は作品の内容について、いささか踏み込んで言及することになるので、未読の方は注意されたい。）

＊＊＊＊＊＊＊＊＊＊＊＊＊＊＊＊＊＊＊＊＊＊＊＊

——というわけであらためて、『ホラー作家の棲む家』は二〇〇一年八月、講談社ノベルスより書き下ろし刊行された。本書『忌館　ホラー作家の棲む家』は、オリジナルに入念な加筆修正の上、後日談として「幻想文学」六十三号（二〇〇二年三月）に掲載された「西日」も併せて収録した、いわば〝完全版〟である。

真正面からの本格長篇幽霊屋敷小説である『ホラー作家の棲む家』が、いわゆる〈新本格〉のイメージが強い講談社ノベルスから刊行されたことは、いささか事件だった。しかも、その作者が《ワールド・ミステリー・ツアー13》（一九九八〜二〇〇〇、同朋舎）や《日本怪奇幻想紀行》《ホラージャパネスク叢書》（二〇〇〇〜〇一、同朋舎）などのムック叢書を手がけ、一部ホラー・マニアに注目されていた編集者・

三津田信三であればなおさらだ。

その期待に違わず、本作はねちっこい描写や、現実と作中作が混淆《こんこう》していく構成、それらを統括して地を這うがごとき細密な心理の語りといったホラー小説としての魅力に加えて、《ワールド・ミステリー・ツアー13》製作の舞台裏——編集者としての日常業務のドキュメントや、小説・映画についてのマニアックな蘊蓄などもふんだんに盛り込まれており、さらに興趣をそそる。ただし、言っておきたいのはこうした要素が単なるくすぐりではなく、作品の成立に深く関わって機能しているということだ。

ホラーを成立させるのは、ひとえに作中人物の恐怖を、読者が我がこととして感じ取れるかどうかにかかっている。三津田信三は、擬声語・擬態語を効果的に使いながら(「にちゃり」という笑い!)、しつこくねちっこく、ときに愚直でぎこちなく、あるいは過剰に感じるほど語り手の意識の流れに密着して、その心理を描き出していく。だが、その歪《いびつ》さこそが、憑《つ》かれたような恐怖を読者にもまた伝染させるのである。だから、『ホラー作家の棲む家』における編集裏話や趣味嗜好の披露も、語り手の人間像を浮き彫りにし、その内的世界をより強固に構築《リアル》していくための、発生する怪異を信じさせるための必然的な手段に他ならない。

かくして、受け手としても送り手としても、どっぷりと怪奇幻想に浸かりきったホラー作家は、人形荘のただならぬ妖気・邪気に憑かれてバランスを喪《うしな》っていく。その前に現われる異形のものの、精神を蝕《むしば》む生理的・視聴覚的おぞましさよ！

しかも、『ホラー作家の棲む家』においてこうした現実の混入は、単なるリアリティ付与に留まらない。それは作品の本質に関わる、読者に仕掛けられた大胆不敵な〝罠〟である。

本作に描かれていることは、当然ながらそのほとんどが〝嘘〟だ、もちろん。

例えば滄浪泉園も、そこに至る坂道も実在する。しかし、東京に〝武蔵名護池〟などという地名は存在しない。滄浪泉園があるのは〝武蔵小金井（KOGANEI）〟、つまり名護池（NAGOIKE）はそのアナグラムなのである。したがって、本稿の冒頭部分も嘘。僕が訪れた小金井の滄浪泉園は、木が鬱蒼と生い茂り蛇も出るけれど、周りはごく普通の住宅地である。

だが、三津田信三はその現実から地続きに、異界へと至る道をそっと付け加える。機会があったら、ぜひ坂下から滄浪泉園を訪れていただきたい。この静かな住宅街の一角に、三津田信三がいかにして異界を開いたか、その手つきに直接触れて興は尽きないはずである。

こうした虚実の狭間への立脚は、例えば〝嘘屋〟半村良の手口を思い起こさせる。

折に触れて紹介される作家自身の言葉——元担当編集者・小山順一の口伝によれば「大体位置を決めて五万分の一の地図を引っぱり出すだろ（…）剃刀でたてにすっと切れ目を入れて、横に引っぱると、円盤を横から見たみたいな裂け目が出来るよね（…）そん中に入れちゃうんだ。なるたけせまい方が面白いやね」（『亜空間要塞の逆襲』角川文庫版解説）を実証する、実在の鉄道路線から架空の支線を走らせた「庄ノ内民話考」（七三年／『わがふるさとは黄泉の国』河出文庫）や、詳細《リアル》に描き出された西青山の街並みが〝消滅〟する「泪稲荷界隈」（七八年／『となりの宇宙人』河出文庫）等々。これらは、現実に流通している本の編集者である三津田信三が暮らし、歩く町を巧妙にずらして裂け目を入れていく、その手つきと共通するものがある。

そして、九十九の真実に一の嘘を混ぜるという半村良が、『産霊山《むすびのやま》秘録』（七二年／集英社文庫他）の「参考文献」として「神統拾遺」なる偽書をぬけぬけとでっち上げたように、三津田信三もまた膨大な実在の書物・作品群の中に、架空のそれらを堂々と紛れ込ませる。では、それがいったいどれに当たるのかは、ここでは明かすまい。読者諸氏自身のお愉しみに取っておこう。とはいえ、「神統拾遺」がそうであったように、実在しない書物を血眼になって探し始めたら、作者はしてやったりとほくそ笑むだろうけれど。

ただひとつ、作品の本質に関わる重要なテキストについてだけは、明らかにしておこう。「百物語という名の物語」という作品は実在する。日本ホラー小説大賞にも実際に応募された。もちろん、作者は津口十六人《いざひと》――ではなくて、三津田信三本人。なんと彼は、本作『ホラー作家の棲む家』のメタ趣向をより徹底するために、あえてホラー小説大賞に応募したというのだ（東雅夫編『ホラー・ジャパネスク読本』〇六年三月、双葉文庫／探偵小説研究会編『本格ミステリ・ベスト10』〇七年十二月、原書房など）！　もっとも、一方では「何も考え」ずに応募し、落選してから「数年後のある日ふと、その続編めいた小説を書きたくなっ」た（「幻想文学」六十一号、〇一年八月）とも述べており、どちらが真相なのかは定かではない。

ただはっきりしているのは、メタ趣向を物語世界内のレベルに留めることなく自分自身の現実を取り込み、それどころかその現実に逆流して虚構化さえする試みが、驚くほど徹底的に追求されているということだ。そして、その先に三津田信三が見据えるものは作中――江戸川乱歩を巡る一連の言説に、端的に表われている。

三津田が信濃目稜子と共に乱歩の東京を巡りながら交わす乱歩談義は、単なる好事家《マニア》の愉しみに留まらず乱歩であればこその、乱歩でなければならない必然性でもって、本作のさまざまな仕掛けやモティーフを明示し、あるいは仄《ほの》めかす。現実の場所が湛える虚構性《ユートピア》と、現実とのずれ。世界を作り上げる粘着質の文体。そして、乱歩の名が想起《イメージ》させるミステリ的仕掛けの数々――。それらの最たるものが『陰獣』である。

乱歩が自身の実像／虚像《イメージ》を逆手にとって、読者に彼自身を生々しく想起させることを企み、異常心理の世界を「だらだらとセンテンスの長い文体」で狂熱的に書きつづった『陰獣』を、物語内の語り手・三津田信三は「せめぎ合」う「怪奇幻想小説家としての資質と、本格探偵小説家としての志向」が「融合してしまった」、「探偵小説独自の要素を十二分に持ちながら、同時に極めて高い文学性も併せ持っている」境地に最も近づいた小説と評する。そしてまた、物語外の作者・三津田信三も「僕の中で、ホラーとミステリの融合とかメタ志向とかの原点であり集大成であるのは、おそらく乱歩の『陰獣』であると思うんです」（『ホラー・ジャパネスク読本』）、「（メタ嗜好の）根っこにあります」（『本格ミステリ・ベスト10』）と語る。

〈資質〉と〈志向〉、〈耽美〉と〈理知〉、〈非合理〉と〈合理〉、〈雰囲気《ムード》〉と〈論理《ロジック》〉、〈狂熱〉と〈計算〉、〈文体〉と〈仕掛け〉、〈現実〉と〈虚構〉——こうした相反するもののせめぎ合いは互いをさらに先鋭化して、歪な異形の物語を生み出す。『ホラー作家の棲む家』はまさに、現実と地続きでありながら隔絶された純和風の竹林の中に、異様な情熱をもって英国から移築されたハーフ・ティンバーの洋館——しかも、その中には過去の物語を再現し、また現在をも物語化する入れ子の物語装置——ドールハウスが収められているという幽霊屋敷〝人形荘〟そのままに、現実の歪んだ鏡像の中にさらなる虚構を映し出すメタホラーなのだ。そこに詰め込まれ、思い思いに蠢《うごめ》くさまざまな要素を統括し乗りこなすのは、ひとえに作者＝語り手・三津田信三の語りの意志と行為のみ。

しかもなお驚くべきは、大乱歩と同趣向の、いやそれよりさらに徹底した現実＝虚構の試みを、これ以前には鮎川哲也編「本格推理3」（九四年四月、光文社文庫）に公募採用された短篇「霧の館」があるきりの、無名の新人作家が行なったという、その大胆不敵さ！

この試み――メタ趣向と、論理／怪奇の文体による統合は、本作から続く『作者不詳』（〇二年八月、講談社ノベルス）を経て、『蛇棺葬』（〇三年九月、同）＆『百蛇堂』（〇三年十二月、同）へと至るいわゆる《作家三部作》と、その番外編ともいうべき『シェルター 終末の殺人』（〇四年五月、東京創元社）においても充全に追求される。それを通して執拗に繰り返されるのは、乱歩の『陰獣』がそうであったように、手を替え品を替えさまざまな形での、徹底した自己抹殺――自分殺し。

そして『シェルター』の後、出版社を退職して専業作家となった三津田信三は、《刀城言耶》シリーズの第一作『厭魅《まじもの》の如き憑くもの』（〇六年二月、原書房）を世に送ることになる。そこで試みられているのは、「戦後の金田一シリーズみたいな本格を、戦前の正史のどろどろした文体で書いていたら」（『本格ミステリ・ベスト10』）

というミステリ上の実験であって、現実の作者との間に侵犯《メタ》関係は存在しない。三津田信三は現実に片足を置いた半身から、ついに全身を虚構世界へとどっぷり沈めきったのだ。

では、彼が殺したかったのは編集者としての自分――「ミステリやホラーに対する欲求が、仕事の方で昇華されてしま」う自分だったのか、といえば、ことはそれほど図式的でもないだろう。ただ、作家三部作における文体・構成・題材などのさまざまな実験を通して、三津田信三が次に進むべき道筋を見出したことは確かなのだ。その意味で本作に始まる三部作は、三津田信三の作家的青春の書なのである。

だからもし、あなたが本書で初めて三津田作品に出会ったのなら、どうかその作家的彷徨の道筋を時系列に従って辿ってみてほしい。また、すでに《刀城言耶》シリーズの読者であるなら、きっとそこかしこに、あの作家探偵譚へと至る痕跡が見出せるに違いない。

結局、三津田信三の世界はいつだって、どこかでこの現実と、奇妙にねじくれながら繫がっているのだ。

――にちゃり。

「忌館《いかん》　ホラー作家の棲む家」は二〇〇一年八月、講談社ノベルスとして刊行された『ホラー作家の棲む家』を改題、「西日『忌館《いかん》』その後」は二〇〇二年三月「幻想文学」第六十三号に掲載された「西日――『ホラー作家の棲む家』その後」を改題、ともに加筆・訂正を行ったものです。

|著者| 三津田信三　編集者を経て2001年『ホラー作家の棲む家』(講談社ノベルス/『忌館《いかん》』と改題、講談社文庫)で作家デビュー。2010年『水魑《みづち》の如き沈むもの』(原書房/講談社文庫)で第10回本格ミステリ大賞受賞。本格ミステリとホラーを融合させた独自の作風を持つ。主な作品に『忌館』(本書)に続く『作者不詳』などの〝作家三部作〟(講談社文庫)、『厭魅《まじもの》の如き憑《つ》くもの』に始まる〝刀城言耶《とうじょうげんや》〟シリーズ(原書房/講談社文庫)、『禍家《まがや》』に始まる〝家〟シリーズ(光文社文庫/角川ホラー文庫)、『十三の呪《じゅ》』に始まる〝死相学探偵〟シリーズ(角川ホラー文庫)、『どこの家にも怖いものはいる』に始まる〝幽霊屋敷〟シリーズ(中央公論新社/中公文庫)、『黒面の狐』に始まる〝物理波矢多〟シリーズ(文藝春秋/文春文庫)などがある。刀城言耶第三長編『首無《くびなし》の如き祟るもの』は『2017年本格ミステリ・ベスト10』(原書房)の過去20年のランキングである「本格ミステリ・ベスト・オブ・ベスト10」1位となった。

忌館《いかん》　ホラー作家《さっか》の棲《す》む家《いえ》

三津田信三《みつだしんぞう》

2008年7月15日第1刷発行
2023年8月10日第10刷発行

発行者――髙橋明男
発行所――株式会社　講談社
東京都文京区音羽2-12-21　〒112-8001
電話　出版　(03)　5395-3510
　　　販売　(03)　5395-5817
　　　業務　(03)　5395-3615

Printed in Japan

講談社文庫
定価はカバーに表示してあります

KODANSHA

デザイン―菊地信義
本文データ制作―講談社デジタル製作
印刷―――株式会社KPSプロダクツ
製本―――株式会社KPSプロダクツ

ISBN978-4-06-276105-5

講談社文庫刊行の辞

二十一世紀の到来を目睫に望みながら、われわれはいま、人類史上かつて例を見ない巨大な転換期をむかえようとしている。

世界も、日本も、激動の予兆に対する期待とおののきを内に蔵して、未知の時代に歩み入ろうとしている。このときにあたり、創業の人野間清治の「ナショナル・エデュケイター」への志を現代に甦らせようと意図して、われわれはここに古今の文芸作品はいうまでもなく、ひろく人文・社会・自然の諸科学から東西の名著を網羅する、新しい綜合文庫の発刊を決意した。

激動の転換期はまた断絶の時代である。われわれは戦後二十五年間の出版文化のありかたへの深い反省をこめて、この断絶の時代にあえて人間的な持続を求めようとする。いたずらに浮薄な商業主義のあだ花を追い求めることなく、長期にわたって良書に生命をあたえようとつとめるところにしか、今後の出版文化の真の繁栄はあり得ないと信じるからである。

同時にわれわれはこの綜合文庫の刊行を通じて、人文・社会・自然の諸科学が、結局人間の学にほかならないことを立証しようと願っている。かつて知識とは、「汝自身を知る」ことにつきていた。現代社会の瑣末な情報の氾濫のなかから、力強い知識の源泉を掘り起し、技術文明のただなかに、生きた人間の姿を復活させること。それこそわれわれの切なる希求である。

われわれは権威に盲従せず、俗流に媚びることなく、渾然一体となって日本の「草の根」をかたちづくる若く新しい世代の人々に、心をこめてこの新しい綜合文庫をおくり届けたい。それは知識の泉であるとともに感受性のふるさとであり、もっとも有機的に組織され、社会に開かれた万人のための大学をめざしている。大方の支援と協力を衷心より切望してやまない。

一九七一年七月

野間省一

宮城谷昌光　湖底の城 九〈呉越春秋〉
宮城谷昌光　俠骨記〈新装版〉
水木しげる　コミック昭和史1〈関東大震災～満州事変〉
水木しげる　コミック昭和史2〈満州事変～日中全面戦争〉
水木しげる　コミック昭和史3〈日中全面戦争～太平洋戦争開始〉
水木しげる　コミック昭和史4〈太平洋戦争前半〉
水木しげる　コミック昭和史5〈太平洋戦争後半〉
水木しげる　コミック昭和史6〈終戦から朝鮮戦争〉
水木しげる　コミック昭和史7〈講和から復興〉
水木しげる　コミック昭和史8〈高度成長以降〉
水木しげる　敗走記
水木しげる　白い旗
水木しげる　姑《クー》娘《ニャン》
水木しげる　決定版 日本妖怪大全〈妖怪・あの世・神様〉
水木しげる　ほんまにオレはアホやろか
水木しげる　総員玉砕せよ！〈新装完全版〉
宮部みゆき　新装版 震える岩〈霊験お初捕物控〉
宮部みゆき　新装版 天狗風〈霊験お初捕物控〉
宮部みゆき　I《イ》CO《コ》―霧の城―(上)(下)
宮部みゆき　ぼんくら(上)(下)
宮部みゆき　新装版 日暮らし(上)(下)
宮部みゆき　おまえさん(上)(下)
宮部みゆき　小暮写眞館(上)(下)
宮部みゆき　ステップファザー・ステップ〈新装版〉
宮子あずさ　看護婦が見つめた人間が死ぬということ
宮本昌孝　家康、死す(上)(下)
三津田信三　忌《い》館《かん》〈ホラー作家の棲む家〉
三津田信三　作者不詳〈ミステリ作家の読む本〉(上)(下)
三津田信三　蛇《じゃ》棺《かん》葬《そう》
三津田信三　百《ひゃく》蛇《じゃ》堂《どう》〈怪談作家の語る話〉
三津田信三　厭魅《まじもの》の如き憑くもの
三津田信三　凶鳥《まがとり》の如き忌むもの
三津田信三　首無《くびなし》の如き祟るもの
三津田信三　山魔《やまんま》の如き嗤《わら》うもの
三津田信三　水魑《みづち》の如き沈むもの
三津田信三　密室《ひめむろ》の如き籠《こも》るもの
三津田信三　生霊《いきだま》の如き重《だぶ》るもの
三津田信三　幽女《ゆうじょ》の如き怨むもの
三津田信三　碆霊《はえだま》の如き祀るもの
三津田信三　魔偶《まぐう》の如き齎《もたら》すもの
三津田信三　シェルター 終末の殺人
三津田信三　ついてくるもの
三津田信三　誰かの家
三津田信三　忌《い》物《ぶつ》堂《どう》鬼《き》談《だん》
道尾秀介　カラスの親指〈by rule of CROW's thumb〉
道尾秀介　カエルの小指〈a murder of crows〉
道尾秀介　水の柩
深《み》木《き》章《あき》子《こ》　鬼畜の家
湊かなえ　リバース
宮内悠介　彼女がエスパーだったころ
宮内悠介　偶然の聖地
宮乃《みやの》崎桜子《さきさくらこ》　綺《き》羅《ら》の皇《ひめ》女《みこ》(1)
宮乃崎桜子　綺羅の皇女(2)
三國青葉　損料屋見鬼《けんき》控え 1
三國青葉　損料屋見鬼控え 2
三國青葉　損料屋見鬼控え 3
三國青葉　福猫屋〈お佐和のねこだすけ〉

三國青葉　福　猫　屋〈お佐和のねこかし〉
宮西真冬　誰かが見ている
宮西真冬　首　の　鎖
宮西真冬　友　達　未　遂
南　杏子　希望のステージ
嶺里俊介　だいたい本当の奇妙な話
嶺里俊介　ちょっと奇妙な怖い話
溝口　敦　喰うか喰われるか〈私の山口組体験〉
村上　龍　愛と幻想のファシズム(上)(下)
村上　龍　村上龍料理小説集
村上　龍　新装版限りなく透明に近いブルー
村上　龍　新装版コインロッカー・ベイビーズ
村上　龍　歌うクジラ(上)(下)
向田邦子　新装版　眠　る　盃
向田邦子　新装版　夜中の薔薇
村上春樹　風の歌を聴け
村上春樹　1973年のピンボール
村上春樹　羊をめぐる冒険(上)(下)
村上春樹　カンガルー日和

村上春樹　回転木馬のデッド・ヒート
村上春樹　ノルウェイの森(上)(下)
村上春樹　ダンス・ダンス・ダンス(上)(下)
村上春樹　遠い太鼓
村上春樹　国境の南、太陽の西
村上春樹　やがて哀しき外国語
村上春樹　アンダーグラウンド
村上春樹　スプートニクの恋人
村上春樹　アフターダーク
村上春樹 佐々木マキ絵　羊男のクリスマス
村上春樹 佐々木マキ絵　ふしぎな図書館
村上春樹 糸井重里　夢で会いましょう
村上春樹・文 安西水丸・絵　ふわふわ
U・K・ル＝グウィン 村上春樹訳　空飛び猫
U・K・ル＝グウィン 村上春樹訳　帰ってきた空飛び猫
U・K・ル＝グウィン 村上春樹訳　素晴らしいアレキサンダーと、空飛び猫たち
U・K・ル＝グウィン 村上春樹訳　空を駆けるジェーン
T・ファリッシュ著 B・ルート絵 村上春樹訳　ポテト・スープが大好きな猫
村山由佳　天　翔　る

睦月影郎　密　通　妻
睦月影郎　快楽アクアリウム
向井万起男　渡る世間は「数字」だらけ
村田沙耶香　授　乳
村田沙耶香　マ　ウ　ス
村田沙耶香　星が吸う水
村田沙耶香　殺人出産
村瀬秀信　気がつけばチェーン店ばかりでメシを食べている
村瀬秀信　それでも気がつけばチェーン店ばかりでメシを食べている
村瀬秀信　地方に行っても気がつけばチェーン店ばかりでメシを食べている
虫眼鏡　東海オンエアの動画が6.4倍楽しくなる本〈虫眼鏡の概要欄　クロニクル〉
森村誠一　悪　道
森村誠一　悪道　西国謀反
森村誠一　悪道　御三家の刺客
森村誠一　悪道　五右衛門の復讐
森村誠一　悪道　最後の密命
森村誠一　ね　こ　の　証　明
毛利恒之　月　光　の　夏
森　博嗣　すべてがFになる〈THE PERFECT INSIDER〉

2023年6月15日現在